Sabrina Jeffries

Élevée dans une famille de missionnaires, elle a passé une partie de son enfance en Thaïlande. Diplômée de littérature, elle écrit des romances historiques et devient une autrice de best-sellers publiés dans le monde entier.

Un duc pour Diana

DE LA MÊME AUTRICE AUX ÉDITIONS J'AI LU

Sur les traces d'un escroc
Mon seul amour
La dame de la brume
Les débuts dans le monde de Béatrice

Les demoiselles de Swan Park

1 – *Le bâtard*
2 – *Séduisant et sans scrupule*
3 – *L'homme qui refusait d'aimer*

Les hommes du duc

1 – *Oublions le passé*
2 – *Quand la passion l'emporte*
3 – *Les secrets de lady Zoé*
4 – *Neuf ans de réflexion*

La fraternité royale

1 – *L'héritier débauché*
2 – *Escorte de charme*
3 – *Une nuit avec un prince*

Les hussards de Halstead Hall

1 – *Une Américaine à Londres*
2 – *L'aventurier*
3 – *La provocatrice*
4 – *Le défi*
5 – *Lady Célia*

Sabrina

JEFFRIES

DÉSIGNÉES DÉBUTANTES – 1

Un duc pour Diana

Traduit de l'anglais (États-Unis)
par Cécile Desthuilliers

J'AI LU

J'AI LU
POUR elle

Si vous souhaitez être informée en avant-première
de nos parutions et tout savoir sur vos autrices préférées,
retrouvez-nous ici :

www.jailu.com

Abonnez-vous à notre newsletter
et rejoignez-nous sur Facebook !

Titre original
A DUKE FOR DIANA

Éditeur original
Zebra Books,
published by Kensington Publishing Corp., New York

À mes amies auteurs,
Rexanne Becnel et la regrettée Claudia Dain,
merci de m'avoir appris
tout ce que je sais sur la mode
et comment l'adapter à sa morphologie
et ses couleurs personnelles.
Et merci pour tous les bons moments partagés
pendant des années.

Prologue

Londres, printemps 1807

Voilà plusieurs heures que le bal le moins fréquenté de Londres avait commencé, et pas un seul gentleman n'avait invité lady Diana Harper à danser. La jeune femme n'en était pas très surprise. Une fois que vous étiez devenue une paria dans la bonne société, vous étiez condamnée à raser les murs dans toutes les occasions mondaines. D'où le terme « faire tapisserie », songea-t-elle. À la différence que Diana et sa cadette Verity faisaient une pitoyable tapisserie, qu'on aurait volontiers arrachée du mur et jetée au rebut.

Toutefois, elles refusaient de se cacher en restant chez elles. Qu'importait si maman avait scandalisé tout le monde en s'enfuyant avec le général de division Tobias Ord. Ou si papa, le puissant comte de Holtbury, demandait le divorce pour cette même raison. Ce n'était pas la faute de Diana et de Verity, et elles n'avaient pas l'intention de faire comme si c'était le cas. Au contraire, elles se rendaient à toutes les réceptions où elles étaient conviées.

Il n'y en avait pas beaucoup, au demeurant.

Leur sœur aînée, Mme Eliza Pierce, avait eu la chance de se marier avant que leur mère s'envole vers la liberté au mépris de toutes les convenances, aussi avait-elle beaucoup moins souffert. Quand quelqu'un se montrait cruel envers elle, Eliza pouvait toujours se réfugier entre les bras solides de M. Pierce. Diana et Verity devaient faire contre mauvaise fortune bon cœur et défier le beau monde de leur reprocher une faute dont elles *n'étaient pas* responsables !

Diana soupira. Peut-être, à force de le répéter, finirait-elle par y croire. Peut-être la société les laisserait-elle enfin danser, au lieu de les reléguer dans l'ombre alors que leur jeunesse s'enfuyait.

Bonté divine, elle était d'humeur bien morose, ce soir. Et comme si cela ne suffisait pas, l'orchestre, qui jouait beaucoup trop fort, lui donnait la migraine. À ce compte, autant rentrer chez elle, où elle pourrait au moins s'entendre penser.

Par miracle, la musique s'arrêta à cet instant sur quelques notes pleines de panache. Leur meilleure amie, Isolde Crowder, s'approcha en faisant danser ses boucles brun cendré.

— Chic, vous êtes venues ! Maman espérait que tout Londres allait se bousculer ici ce soir, mais je n'y croyais pas trop.

Isolde et Diana avaient toutes les deux vingt ans, et leur amitié s'était forgée quand elles s'étaient lancées ensemble dans leur première saison. Celle-ci était leur deuxième, et s'il fallait en juger à la façon dont les choses se passaient, il y en aurait probablement une troisième. Voire une quatrième, une cinquième et…

Diana ne voulait pas y penser. Si Isolde n'avait pas eu beaucoup de succès pendant sa première saison, ce n'était pas à cause d'un scandale mais parce qu'elle était roturière. Épouser une roturière, même fortunée, n'était pas très bien vu dans les hautes sphères. Diana, elle, avait raté sa première saison à cause des rumeurs sur les infidélités notoires de ses parents.

Quant à Verity, elle venait tout juste d'être présentée à la reine et d'assister à son premier bal quand leur mère lui avait coupé l'herbe – ou plutôt la piste de danse – sous le pied en s'enfuyant avec son amant. À dix-neuf ans, elle était déjà exclue de la société. Ce n'était vraiment pas juste.

Verity arqua un sourcil dubitatif.

— Je suis surprise que votre mère ait seulement souhaité que nous venions, étant donné notre réputation.

Ses inflexions étaient amères mais elle avait de bonnes raisons, songea Diana. Le scandale lui avait fait perdre un prétendant.

— Elle ne le souhaitait pas particulièrement, mais je lui ai dit que je ne viendrais pas si elle ne vous invitait pas ! déclara Isolde avec passion.

— Vous êtes une vraie amie, répondit Diana. J'ai l'impression que tout le monde nous croit aussi salies par le comportement de maman que si nous nous étions enfuies avec elle dans la voiture de son amant.

— J'espère que ce n'est pas aussi épouvantable que cela, répondit Isolde, qui était toujours optimiste.

Diana lui adressa un sourire blasé.

— Pour Verity et moi, la saison n'a pas donné jusqu'à présent le moindre résultat.

Non loin, une dame émit un petit rire, attirant le regard de Diana. C'était la seconde fois ce soir qu'elle la surprenait en train d'épier leur conversation. Elle ne la reconnaissait pas, mais puisque cette femme était seule, elle ne pouvait rire que de leur discussion.

Diana ne voyait vraiment pas pourquoi.

— Je crois que nous ferions mieux de changer de sujet, dit-elle.

Tournant délibérément le dos à l'inconnue, elle désigna la tenue d'Isolde, un fourreau de soie gris fauve couvert d'une guipure argentée, avec d'adorables petites manches ballon ornées de rubans.

— La robe vous va bien.

Isolde lui adressa un sourire radieux.

— Merci de l'avoir dessinée ! Sans votre aide, je n'aurais pas autant dansé ce soir. Si j'avais laissé mère s'en occuper, je porterais du satin jaune canari rebrodé de grosses fleurs roses sur mon... embonpoint.

— Juste ciel ! murmura Verity. Vous me fichez la frousse.

Quand l'inconnue laissa échapper cette fois un grand éclat de rire, Diana esquissa une grimace.

— Verity, murmura-t-elle. Voilà un langage qui ne convient pas du tout à une jeune femme raffinée.

— De grosses fleurs roses sur une silhouette ronde, voilà un *style* qui ne convient pas du tout à une jeune femme raffinée, répliqua sa cadette. Dieu merci, tu es intervenue. Même moi, je sais qu'Isolde aurait une mine épouvantable en jaune canari. La couleur m'irait parfaitement, mais...

Elle décocha un sourire navré à son amie.

— ... votre superbe teint d'albâtre aurait l'air cireux.

— La couturière aurait sûrement découragé votre mère de choisir une telle couleur, déclara Diana.

— J'en doute, répondit Isolde. Maman est la plus fidèle cliente de Mme Ludgate. Jamais Mme Ludgate n'oserait la contredire. Moi-même, j'ai le plus grand mal à la contredire. Elle est épouvantablement têtue.

Isolde caressa son rang de perles de jais.

— Et, à propos de maman, jamais je ne lui demanderais son avis. Je n'ai aucune confiance dans ses goûts.

— Vous êtes pleine de bon sens, commenta Verity.

Isolde continua comme si elle ne l'avait pas entendue.

— J'espérais que vous me diriez si ces bijoux vont bien avec ma robe.

— Très bien ! la rassura Diana. Et votre réticule est parfait. L'étoffe gris fauve toute simple et le nœud de satin noir forment un joli contraste avec la guipure argentée. Vous avez meilleur goût que vous ne le croyez.

— Merci, répondit Isolde en rougissant légèrement. Me voilà soulagée.

Elle se tourna vers Verity.

— J'ai essayé d'appliquer vos idées pour la décoration, mais maman...

Elle écarquilla les yeux.

— Flûte, elle m'a repérée. Je ferais mieux d'aller saluer nos invités, ou je n'ai pas fini d'en entendre parler.

Dès qu'Isolde les eut quittées, Verity souffla sur une boucle blond doré qui retombait sur son front.

— Il fait une chaleur, ici !

Elle prit l'éventail des mains de son aînée et l'agita devant son décolleté à la peau laiteuse. Diana secoua la tête.

— Je t'avais dit de ne pas porter de velours au printemps. En cette saison, le temps est totalement imprévisible.

— Mais je préfère le velours.

— Et moi, je préfère des parents qui ne se font pas la guerre en public. Mais on n'a pas toujours ce qu'on veut.

Elle regarda droit devant elle, feignant d'ignorer la dame d'un certain âge qui passait près d'elles en les snobant ouvertement.

Verity fit la grimace.

— Peu importe, je suis résolue à faire ce qui me plaît, maintenant que je suis débarrassée de lord Minton. Il détestait le velours, alors je m'interdisais d'en porter. Je ne ferai plus jamais ça pour un homme. Regarde ce que j'y ai gagné ! Je mettrai les vêtements que j'aime, bon sang !

— Tu ne devrais pas jurer.

— Je jurerai si je veux. Et toi, tu devrais jurer plus souvent. Crois-moi, c'est sacrément libérateur.

Elle éternua puis, avec l'éventail de Diana, désigna les énormes bouquets de lys, glycines et roses disposés tous les dix pas.

— La mère d'Isolde fait ce qu'elle veut, *elle*. Pourquoi pas moi ? Franchement, qui oserait associer ces trois fleurs ? Leurs parfums sont bien trop forts.

— Elle espérait peut-être qu'ils couvriraient l'odeur rance des cakes au saumon.

— Tu n'en as pas mangé, j'espère ? s'inquiéta Verity. Il m'a suffi de les sentir pour passer mon chemin.

— Je ne m'en suis même pas approchée. J'avoue que j'ai aussi été déçue par les biscuits. Ils sont tellement sucrés que c'en est écœurant. Sauf ceux aux amandes, qui ne sont pas mauvais. Isolde m'a dit que ce sont ses préférés.

— À part ces biscuits aux amandes, j'ai trouvé presque tous les plats sans intérêt. Les perdrix rôties étaient trop sèches, les feuilletés au crabe trop mous, et malgré sa jolie présentation en panier de fruits, le blanc-manger avait une odeur d'ail. Je ne veux pas savoir ce qu'il y avait dedans.

— De l'ail ? suggéra Diana. Crois-moi, Isolde a tenté de donner à sa mère tous les conseils possibles pour ce bal, mais elle n'a rien voulu entendre. Pauvre Isolde.

— Non, pas « pauvre Isolde » ! répliqua Verity. Elle la laisse faire. Elle devrait lui tenir tête.

— Comme nous tenons tête à père ? fit Diana d'un ton désabusé.

— Ce n'est pas pareil. C'est un homme.

— Exact.

Un homme dont elles étaient totalement dépendantes. Diana l'adorait, mais parfois il se montrait si despotique qu'elle avait envie de hurler. Bien sûr, elle n'aurait pas osé le contredire. S'il était résolu à prouver qu'il avait raison, il pouvait faire de votre vie un enfer.

En ce moment, il était résolu à prouver qu'il avait raison en exigeant le divorce. Il avait tenté de culpabiliser mère pour qu'elle revienne, mais elle savait ce que savait aussi la moitié de la bonne société : père n'avait jamais été fait pour le mariage. Comme son épouse : s'il fallait en croire certains, c'était un ancien admirateur de mère qui avait légué à Diana ses yeux marron, son épouvantable chevelure de feu et ses taches de rousseur – des couleurs qu'elle était la seule à porter dans la famille.

Bien sûr, la rumeur pouvait être fausse. Diana *espérait* qu'elle l'était. Et si elle était exacte, papa n'en avait jamais rien laissé paraître ; il distribuait ses reproches à ses trois filles en toute impartialité. Quant à maman, elle n'en avait jamais dit un mot. Pourtant, Diana s'interrogeait quelquefois.

Verity tourna son regard de l'autre côté de la piste de danse.

— Je dis juste qu'Isolde devrait avoir plus confiance en son propre jugement. Elle est belle, intelligente, et s'habille avec un goût parfait quand elle n'écoute pas les conseils de sa mère. Si elle ne suivait pas si souvent ses avis calamiteux, je suis sûre qu'elle serait déjà mariée.

Leur sœur Eliza les rejoignit à cet instant.

— Tout à fait d'accord. Cette chère Isolde serait un cadeau pour n'importe quel homme.

— Tu ne dis pas ça parce qu'elle a suivi tes recommandations pour sa coiffure, bien sûr ? demanda Verity.

— Pas du tout, répondit Eliza en souriant. J'ai adoré l'aider à se coiffer. Et je suis ravie qu'elle ait adopté ma proposition de mettre des rubans dans ses cheveux plutôt qu'un turban. Elle est bien trop jeune pour porter un turban dans un bal.

Comme le volume sonore de l'orchestre montait d'un cran, Eliza leur fit signe de la suivre sur la terrasse.

— C'est nettement mieux ! s'exclama Diana alors qu'elles se dirigeaient vers l'extrémité la plus éloignée de la porte. J'en ai mal aux oreilles.

Eliza hocha la tête.

— Quelqu'un qui engage vingt musiciens alors que trois suffiraient amplement ne devrait pas être autorisé à organiser un bal.

Elle poussa un soupir.

— Isolde mérite mieux que ça. Mme Crowder illustre à la perfection la règle qui dit que ce n'est pas parce qu'on *peut* avoir quelque chose qu'on devrait l'avoir.

— Il est à craindre que mère n'en soit un autre exemple, renchérit Verity. Elle n'aurait pas pu attendre que nous soyons mariées toutes les trois, avant de s'enfuir avec son général de division et de mettre père devant le fait accompli ?

— Je suis sûre qu'elle répondrait qu'elle était très amoureuse, dit Diana. Et je soupçonne que, comme c'est un veuf plein de charme, elle a eu peur qu'une autre ne mette le grappin sur lui.

Derrière elles, quelqu'un émit une petite toux. Elles se retournèrent, surprises, et découvrirent que l'inconnue indiscrète les avait suivies sur la terrasse.

— Je crains de piétiner les convenances, mais permettez-moi de me présenter, déclara-t-elle avec un accent que Diana n'identifia pas. Je suis la nouvelle épouse du comte de Sinclair. Je présume que vous êtes les filles de lady Holtbury ?

Diana se sentit obligée de faire les présentations.

— Je suis ravie de faire votre connaissance à toutes les trois, dit la comtesse d'un ton chaleureux qui ne semblait pas feint. Croyez-moi, tout le monde ne vous snobe pas. À titre personnel, je trouve scandaleux qu'on vous reproche le comportement de votre mère. Je n'ai pu m'empêcher d'entendre votre discussion sur ce bal, et j'aurais aimé savoir comment vous l'auriez amélioré.

Elle décocha un clin d'œil à Eliza.

— À part le fait d'engager moins de musiciens, ajouta-t-elle.

Comme Eliza rougissait, Diana s'empressa de protester :

— Je crains que nous n'ayons été terriblement impolies de critiquer une soirée où on a eu la bonté de nous convier et...

— Pas du tout ! l'interrompit lady Sinclair. Je suis plus que d'accord avec tout ce que vous avez dit.

Elle alla fermer la porte du balcon et revint vers elles.

— En vérité, je vous serais très reconnaissante si vous aviez la gentillesse de m'accorder un moment. Voyez-vous, je dois moi-même organiser bientôt un bal, mais je suis américaine. Je n'ai jamais donné un bal londonien, et j'aurais bien besoin de conseils. Par exemple, lady Diana, quelle tenue me suggéreriez-vous en tant qu'hôtesse ?

Diana opta pour la prudence.

— Il semble que vous ayez déjà un goût parfait, madame. Votre robe de mousseline et votre châle à carreaux sont à la mode et flattent votre silhouette.

— Seulement parce que c'est ma femme de chambre qui a choisi ma tenue. La semaine dernière, elle m'a fait assortir un col élisabéthain à une robe de jour. Pourtant, je n'ai pas le cou assez fin pour porter un tel ornement.

Diana se détendit.

— Personne n'a le cou assez fin pour porter un col élisabéthain, madame. Même Elizabeth elle-même.

Elle jeta un regard en direction de Verity, à la silhouette longiligne et au cou de cygne.

— Sauf peut-être Verity, mais c'est bien la seule exception.

— Quoi qu'il en soit, reprit la comtesse, je n'ai pas confiance dans mon propre jugement. Et ma femme de chambre est toute jeune, écossaise, et je ne suis pas encore habituée aux Écossais. Ni aux Anglais, d'ailleurs.

— Si vous cherchez quelqu'un pour des conseils vestimentaires, dit Diana, je serai ravie de vous aider. Ce n'est pas comme si mon emploi du temps était surchargé, ces jours-ci.

Et le prestige d'une cliente telle que lady Sinclair ne manquerait pas de rejaillir sur Mme Ludgate.

— Magnifique, approuva la comtesse. Mais avant d'aborder ce point, j'ai une question à poser à votre sœur. Lady Verity, si vous étiez la maîtresse de maison, quels plats auriez-vous servis ce soir ?

Verity, qui ne s'était jamais embarrassée de fausse modestie, répondit avec aplomb :

— M. et Mme Crowder peuvent se permettre un buffet très varié, aussi j'aurais choisi un assortiment de viandes froides comportant du gibier et de la dinde rôtis, des vol-au-vent à la langoustine et du homard Thermidor, des cakes Westphalia, des cornichons et autres pickles...

— Pas de toasts à l'oignon et à l'anchois, comme Mme Crowder en propose ce soir ? s'enquit la comtesse.

— En aucun cas !

Verity se pencha vers elle pour murmurer :

— Qui voudrait avoir l'haleine parfumée à l'oignon ou à l'anchois pour flirter ? Même si une dame sait s'abstenir de ces aliments un soir de bal, les messieurs ne réfléchissent pas autant. Ils avalent tout ce qu'ils aiment sans se soucier des conséquences.

La comtesse se mordit les lèvres pour ne pas rire.

— Exact. Que sont les cakes Westphalia ?

— Il y a différentes recettes, mais la base reste la même. Une purée de pommes de terre où l'on mélange des œufs, du beurre et du lait, avant d'en faire de petites galettes frites. Parfois, on y ajoute du bacon ou du fromage.

— Ça a l'air délicieux, répondit lady Sinclair. Et pour les desserts ? Il en faut absolument, car lord Sinclair a le bec sucré !

— Vous ne le savez peut-être pas mais, moyennant finances, la maison Gunter propose des services de traiteur pour ce genre d'événements. Ils ont bien sûr des glaces et des sorbets, mais aussi des pâtisseries. Leurs prestations sont très appréciées.

— Et très coûteuses, je n'en doute pas, fit la comtesse.

— Je vous demande pardon, dit Verity, gênée. Si c'est un problème, je peux faire d'autres propositions.

Lady Sinclair éclata de rire.

— Mon nouveau mari m'assure que ce n'est absolument pas un problème, mais vous connaissez les hommes : ils préfèrent économiser si c'est possible.

Ou puiser dans les ressources de quelqu'un d'autre.

Au point où en était le procès en divorce, père tentait de contraindre le général Ord à lui verser un substantiel dédommagement pour « détournement d'affection », sa seule façon de se venger de son rival. Au demeurant, les amants semblaient totalement indifférents à ses manœuvres. Ord était si fortuné que les exigences de père ne l'affectaient pas autant que celui-ci l'avait escompté.

— Bien ! dit la comtesse, qui semblait avoir remarqué la morosité de Diana. J'adore les glaces de chez Gunter, surtout en été. Elles sont très rafraîchissantes.

— Exactement, fit Verity en souriant. Je peux les contacter de votre part, lady Sinclair, si vous envisagez de faire appel à eux pour votre bal.

— Très bien mais, voyez-vous, même si je serais heureuse de bénéficier de vos conseils, je préférerais vous *engager* pour organiser ce bal.

Elle leur adressa un sourire timide.

— D'autant qu'il doit avoir lieu dans deux semaines.

Eliza émit un hoquet de surprise, Verity esquissa un sourire incrédule, et Diana écarquilla les yeux de stupeur.

Celle-ci reprit la parole la première.

— Vous devez savoir que... comment dire... on nous regarderait d'un drôle d'air si nous acceptions de l'argent pour vous aider.

Lady Sinclair battit des paupières.

— Oh. Oui, bien sûr. J'oubliais qu'on ne fait pas ce genre de choses dans la société anglaise. Seulement, je n'ai personne à qui demander de l'aide. Mes domestiques sont nouveaux dans le métier, ou seulement habitués à entretenir le foyer d'un célibataire. Mon mari n'a aucune parente et moi non plus, du moins pas de ce côté de l'Atlantique.

Diana tenta de la rassurer.

— Nous serions ravies de vous conseiller, mais ce que je voulais dire, c'est que nous ne pouvons pas accepter d'argent.

— Parle pour toi ! s'exclama alors Verity.

Elle lui rendit son éventail d'un geste sec, comme si elle était impatiente de se mettre au travail pour aider lady Sinclair.

— Moi, je serai contente d'accepter un paiement si j'ai carte blanche pour organiser un dîner.

— Verity ! s'exclama Diana. Papa ne nous adresserait plus jamais la parole !

— Et ce serait une perte ? rétorqua Verity avec amertume. De toute façon, il ne s'en rendra même pas compte. Il est trop occupé à essayer de se venger du général Ord !

Diana frémit en entendant le constat désabusé – mais exact – de sa sœur.

— Un petit instant, veux-tu ?

Elle se tourna vers la comtesse.

— Si cela ne vous dérange pas, nous allons discuter de ceci entre sœurs avant de prendre une décision. Nous habitons Hanover Square. Si vous voulez nous rendre visite demain, nous vous dirons si nous pouvons ou non accepter un paiement, mais je crois parler pour Verity et moi-même en affirmant que nous serons heureuses de vous aider, avec ou sans rémunération. Nous ne sommes pas exactement assaillies par les admirateurs, et ceux qui nous invitent à danser ou nous rendent visite s'imaginent que…

Verity arqua un sourcil hautain.

— Disons qu'ils nous croient indignes d'être leurs épouses, mais intéressantes pour des positions moins honorables. Je présume que vous comprenez.

Une lueur de compassion passa dans le regard bleu de lady Sinclair.

— Hélas, oui. Certains hommes cherchent ce genre d'arrangement avec de jolies femmes.

Elle posa un regard éloquent sur Eliza.

— Au moins, l'une d'entre vous a pu contracter un mariage respectable.

— C'était avant l'Incident.

Comme la comtesse ne semblait pas comprendre, Diana expliqua :

— C'est le terme que nous employons pour désigner la fugue de mère avec un homme qui n'est pas son mari. Comme l'a dit une de mes amies, maman est « mariée mais courtisée ».

— Je vois, dit lady Sinclair. Madame Pierce, puis-je également compter sur vous ? J'ai absolument besoin de vos conseils pour la musique.

— Ma foi, un peu de beurre dans les épinards ne ferait pas de mal, concéda Eliza en souriant.

Diana sursauta. Eliza et son mari étaient-ils dans une mauvaise passe financière ?

La comtesse leur adressa un sourire.

— Il est grand temps que je retourne auprès de mon mari. À demain matin !

À peine s'était-elle éloignée que Diana se tourna vers ses sœurs.

— Je refuse de croire que vous acceptiez de l'argent !

Verity fronça les sourcils.

— Il ne t'est pas venu à l'esprit qu'à cause de l'Incident, nous ne trouverons jamais de mari, toi et moi ? Nos seules options, c'est vivre chez papa ou nous faire gouvernantes. Comme c'est exaltant !

Elle ajouta avec une pointe d'acidité :

— Ou pire, nous finirons dames de compagnie chez des vieilles pies qui nous donneront des leçons de morale en critiquant maman.

— Papa prendra soin de nous aussi longtemps que nécessaire, déclara Diana.

Elle ne voulait même pas envisager les options qu'évoquait Verity.

— Même quand il sera remarié ? Une fois le divorce prononcé, il cherchera une nouvelle épouse. Il n'a toujours pas d'héritier mâle. Il trouvera une jeune femme plantureuse, en fera sa jument poulinière, et bientôt nous serons transformées en vieilles tantes célibataires chargées de surveiller sa progéniture.

— Il faut absolument arrêter de lire des romans gothiques, Verity ! s'impatienta Diana. Nous n'habitons pas un château hanté, et papa n'est pas une brute résolue à nous martyriser.

— Non, c'est pire, intervint Eliza. Il ne vaut pas mieux que le père de la Belle qui envoie sa fille le remplacer comme otage de la Bête. Détourner les yeux et refuser de prendre la défense de ses propres enfants, c'est d'une cruauté insidieuse. Où est-il, quand nous avons tellement besoin de lui ? Devant le tribunal pour laver le linge sale de la famille sous les yeux de toute la ville ! Et qui paie pour son égoïsme ? Vous deux. Et moi aussi, d'une certaine manière. Dieu sait que maman n'en est pas atteinte le moins du monde. Je suis sûre qu'elle s'amuse comme une folle.

Il y avait tant de désespoir dans la voix de sa sœur que Diana en eut le cœur serré. Aux yeux du monde, Eliza était l'image de la jeune femme comblée par son mariage, mais depuis quelque temps, Diana avait remarqué que son sourire était forcé, son regard bleu éteint et ses paroles teintées d'amertume.

— Au fait, lui dit-elle, tu es très en beauté, ce soir.

La somptueuse chevelure d'Eliza était retenue par un bandeau dont la délicate nuance marron glacé rehaussait à la perfection sa blondeur. Sa robe de soie jaune primevère soulignait sa taille fine et ses hanches voluptueuses, et ses escarpins lui donnaient une silhouette élancée. C'était Diana qui avait choisi sa tenue, naturellement. La mode était sa passion. En revanche, les bijoux en or aux motifs entrelacés d'Eliza devaient être des présents de son époux. Diana ne les reconnaissait pas, mais elle était agréablement surprise qu'il ait choisi une parure aussi romantique.

— J'ai l'impression d'être une vache déguisée en brebis, marmonna Eliza.

Ses sœurs sursautèrent. Verity fut la première à demander :

— Serais-tu dans un état... intéressant ?

— Un état intéressant ? répéta Eliza.

Puis elle parut comprendre ce que voulait dire Verity et poussa un gémissement.

— Oh, non ! C'est juste que...

Elle soupira.

— Autant vous l'annoncer. De toute façon, vous le saurez bien assez tôt. Mon cher mari a décidé, sans me demander mon avis, de partir à la guerre. Il s'est acheté un brevet d'officier et espère rejoindre son régiment au Portugal dès que possible. Et il refuse absolument que je l'accompagne, à supposer que ce soit autorisé.

— Il a bien raison !

Diana prit la main de sa sœur. La seule idée que la douce Eliza suive l'armée britannique la terrifiait.

— Ce serait dangereux, reprit-elle. Il ne pense qu'à te protéger.

— Ah oui ? Après trois ans de mariage, il est déjà impatient de me quitter.

— Pour servir son pays, fit remarquer Verity. C'est tout à fait honorable.

— Peut-être, mais il n'a jamais dit que c'était son intention. Jusqu'à présent, il n'a jamais manifesté le moindre désir de s'engager. La seule raison logique, c'est qu'il déteste le scandale et les rumeurs qui nous entourent. Il prétend que cela n'a rien à voir avec son départ, mais...

— Alors tu dois le croire, décréta Verity avant de la serrer contre elle. Et de toute façon, peu importe. Tout ce qui compte, c'est que nous sommes là pour te soutenir de notre mieux.

— Et je vous en suis reconnaissante, répondit Eliza qui semblait au bord des larmes. La maison va me paraître affreusement vide sans lui. Je ne sais pas comment je vais le supporter.

— Si nous devons aider des dames à organiser des soirées mondaines, lança Diana, autant nous installer chez toi pour tenir papa à l'écart.

Le visage d'Eliza s'éclaira.

— Quelle excellente idée ! Ce sera bien plus facile de coordonner nos projets si nous vivons sous le même toit, toutes les trois.

— Eliza... je plaisantais.

— Et pourquoi pas ? demanda Verity. Il serait très facile de convaincre papa qu'Eliza a besoin de nous, puisque M. Pierce part à la guerre.

— Tout à fait ! s'exclama Eliza. D'ailleurs, depuis que je suis mariée, j'ai beaucoup appris sur la façon de tenir une maison et de surveiller les comptes. Cela ne doit pas être beaucoup plus compliqué de diriger une affaire commerciale. À ce sujet, nous pourrions demander des tarifs élevés pour ne travailler qu'avec les personnes que nous choisissons ou que nous connaissons bien.

— Exactement, renchérit Verity. De toute façon, la bonne société ne respecte que ce qui lui a coûté une fortune. Plus nos prestations seront chères, plus nous serons demandées. Et si Eliza doit se contenter d'un salaire d'officier, un revenu d'appoint ne sera pas de trop.

Diana fronça les sourcils.

— Verity, tu es consciente qu'une fois que nous nous lancerons dans cette aventure, il n'y aura pas de retour en arrière ? Il n'y aura plus de saisons, ni de chances pour nous de trouver un mari respectable ?

Verity émit un petit reniflement désabusé.

— Comme s'il restait encore le moindre espoir. De toute façon, je n'ai plus envie de faire le pied de grue dans les bals en espérant qu'on vienne me parler ou m'inviter à danser. Je préfère préparer mon avenir de femme influente qui ne dispensera ses lumières qu'aux dames qu'elle estimera dignes d'intérêt.

Elle décocha un regard complice à Diana.

— Reconnais que ce serait une sacrée revanche sur les matrones qui nous snobent aujourd'hui. Lady Sinclair propose de nous rémunérer. Pourquoi ne pas accepter ?

Diana craignait de le regretter. Toutefois, l'espoir d'être indépendante et de mener sa vie à sa guise était plus tentant que le chant des sirènes.

— Je suppose que si nous voulons préserver notre réputation, ou ce qu'il en reste, nous pourrons toujours reverser une partie de nos profits à des bonnes œuvres..., murmura-t-elle.

— Exactement ! acquiesça Eliza avec enthousiasme. Je n'ai pas besoin de beaucoup pour moi-même.

Parfois, Diana comprenait pourquoi leur mère s'était lassée de subir l'autorité de leur père et s'était enfuie. Tous ses devoirs de maîtresse de maison revenaient désormais à Verity et elle. Si elles s'en allaient, elles aussi pourraient échapper aux critiques et aux exigences incessantes de leur père. Elles vivraient dans une autre maisonnée, en supposant bien sûr que Samuel Pierce accepte qu'Eliza héberge ses sœurs.

Pourquoi s'y opposerait-il, d'ailleurs ? Son épouse aurait de la compagnie en son absence, et il serait sûr que ses sœurs prendraient soin d'elle.

C'était le plus important. Eliza avait besoin d'elles.

— Très bien, dit Diana. Nous pouvons essayer, à tout le moins.

Voilà comment, ce soir-là, naquit Elegant Occasions.

1

Londres, printemps 1811

Geoffrey Brookhouse, le nouveau lord Grenwood, abaissa la vitre de son carrosse aux armes ducales et passa la tête à l'extérieur pour avoir une meilleure vue sur le pont de Putney, où la circulation était dense. Chaque fois qu'il se rendait en ville depuis le pavillon de chasse des Grenwood dans Richmond Park, il franchissait la Tamise par un pont différent afin d'en examiner la structure. Hélas, ce serait la dernière traversée du fleuve avant un bon moment. Désormais, la famille resterait dans son hôtel particulier de Grenwood House, au cœur de Londres.

Résolu à observer ce pont dans tous ses détails, il glissa de l'autre côté de la banquette et regarda par la fenêtre. Alors qu'il s'émerveillait du fait que la structure de bois ait si bien tenu depuis plus de quatre-vingts ans, la timide Rosabel, sa petite sœur, émit une toux discrète.

— Oui ? demanda-t-il sans s'arracher à sa contemplation. Un problème, Rosy ?

Elle ne répondit pas, peut-être agacée qu'il l'ait appelée par son surnom. Leur mère, également assise sur la banquette d'en face, choisit ce moment pour intervenir.

— Elle a besoin de toute votre attention, mon garçon.

Enfer.

— Bien.

Il se tourna vers sa sœur.

Avec ses dix-neuf printemps, Rosabel était peut-être une femme à tous points de vue, mais elle était sa cadette de onze ans. Pour lui, elle était toujours une enfant, la petite fille aux boucles aile de corbeau et aux yeux émeraude qui riait aux éclats quand il la poussait à travers la maison dans une voiture miniature. Sans compter qu'elle portait ce jour-là l'une de ces tenues de mousseline blanche qui évoquaient irrésistiblement à Geoffrey les robes de baptême et l'innocence enfantine.

Si elle avait été très protégée depuis sa naissance, il avait été quant à lui l'objet de toutes les querelles entre son père et son grand-père maternel, Josiah Stockdon, propriétaire des plus grandes entreprises de ferronnerie du pays – que leurs âmes à tous les deux reposent en paix. Père et Grand-Pa s'étaient affrontés au sujet de son avenir, et c'est le second qui avait gagné.

Geoffrey ne regrettait pas d'avoir suivi la voie de son aïeul, pas un seul instant, mais s'il avait su à l'époque ce qu'il savait à présent...

Non. Cela n'aurait rien changé, sinon peut-être qu'il se serait battu plus énergiquement pour protéger sa petite sœur contre la catastrophe qui s'abattrait sur eux si quelqu'un découvrait la vérité.

— Je ne veux pas y aller, dit Rosy d'une toute petite voix.

— Où ?

— À cet endroit. Elegant Occasions.

Elle joua nerveusement avec la dentelle blanche qui ornait sa robe.

— On va parler de moi dans mon dos, et...

— On n'osera pas. Je ne le permettrai pas. Ton frère est duc à présent, l'aurais-tu oublié ?

— Tu étais duc lors de cette soirée musicale la semaine dernière, et ça n'a pas beaucoup aidé, il me semble.

Dans un soupir accablé, il songea aux murmures et aux regards condescendants. Aux yeux de la bonne société londonienne, il n'était pas un véritable duc. Il n'était pas de ce *monde*. Alors il comprenait très bien ce que ressentait sa cadette, cette impression de ne pas être dans son univers, perdu dans un océan d'obligations et de devoirs qu'on n'est pas équipé pour affronter. Encore hier...

Non. Il ne s'agissait pas de lui, bon sang, mais de Rosy. Et de leur mère également, si elle en était consciente. D'après l'attention avec laquelle elle suivait leur échange, c'était sans doute le cas. Avait-elle également des doutes sur l'intérêt d'offrir à Rosy une saison à Londres ?

Peu importait. Il devait les protéger, même si cela impliquait de les confronter à la réalité du monde. Mère continuait de pleurer la mort de père, aussi pouvait-on comprendre qu'elle fuie les mondanités, mais à présent que le deuil était officiellement terminé, Rosabel devait trouver un mari. Ainsi, Geoffrey aurait l'assurance qu'elle serait en sécurité. En Angleterre, un époux titré était la meilleure protection que l'argent pouvait offrir à une jeune femme.

— Tu as raison, admit-il. Cette soirée musicale a été pénible, mais aucun de nous n'y était préparé. À Newcastle, nous ne fréquentions pas des cercles aussi huppés. Raison pour laquelle tu… nous avons besoin d'aide.

Il se composa un sourire un peu forcé.

— Afin que tu ne passes plus jamais une soirée dans un coin de la salle en priant pour que personne ne te remarque. Et tu as entendu l'amie de mère : c'est exactement la mission d'Elegant Occasions, l'agence de Mme Pierce.

Il n'était pas en ville depuis assez longtemps pour avoir pris ses renseignements, comme il le faisait d'ordinaire avant d'engager quelqu'un, mais même s'il en avait eu le loisir, cela n'aurait pas changé grand-chose. Londres était une ville avec ses propres règles et Geoffrey n'y avait pas d'amis, à part quelques ingénieurs dont aucun n'appartenait à la haute société. À sa surprise, Mme Pierce avait accepté de le recevoir aujourd'hui, et il avait saisi cette occasion de se rendre compte par lui-même de ce que valait cette agence. À la dernière minute, il avait décidé d'emmener sa mère et sa sœur, ce qu'il aurait dû prévoir dès le début.

Son rôle de frère aîné commençait à l'épuiser.

Rosy baissa les yeux.

— Je me fiche de la saison à Londres. Je ne pourrais pas rester à la maison toute ma vie, avec maman et toi ? Ou t'accompagner dans tes voyages, là où tu vas construire des tunnels ou des ponts ? Je pourrais tenir ton foyer.

Il n'en était pas question. Hélas, il n'osait pas lui dire pourquoi. Rosy n'était pas bavarde, mais si elle révélait à mère – ou à qui que ce soit – la vérité sur père… Rien que d'y penser, il frémissait d'effroi.

S'avisant que sa mère avait remarqué son hésitation, il se pencha vers sa sœur pour prendre ses mains entre les siennes.

— Et quand je resterai pendant des mois en Belgique, qui s'occupera de mère ? Tu la laisserais seule pour me suivre ?

— Ne me mêlez pas à tout ceci, protesta l'intéressée. J'ai essayé de la persuader d'accepter au moins une saison à Londres.

Geoffrey serra la main de sa sœur.

— Et de toute façon, tu mérites d'avoir ta propre maison, ma chérie. Avec un mari et des enfants que tu adoreras. Je suis persuadé que si nous t'aidons à faire ton entrée dans le monde, tu trouveras quelqu'un qui te plaira. Crois-moi, quand tu auras rencontré l'équipe d'Elegant Occasions et que tu te sentiras à l'aise avec ces gens, le combat sera à moitié gagné.

Elle arqua un sourcil dubitatif.

— Tu m'as déjà vue à l'aise avec des étrangers ?

— Non, admit-il, mais le moment est peut-être venu d'apprendre.

— Pour que je puisse danser avec une cohorte d'admirateurs qui ne s'intéresseront qu'à ma dot ?

— Ne dis pas de sottises. Tu es une très jolie jeune femme.

Elle libéra ses mains.

— Tu es mon frère, tu ne peux que dire ça. Je suis ronde et les hommes n'aiment pas les rondes.

— Moi, si.

— Tu ne comptes pas. Une fois de plus, tu es mon…

— Frère, je sais. Je voulais juste dire que les hommes aiment toutes sortes de femmes, même celles qui sont comme toi.

Leur mère tapota chaleureusement le bras de Rosy.

— Ce charmant lord Winston Chalmers semblait vous trouver à son goût, à la soirée musicale. Sinon, pourquoi vous aurait-il rendu visite dès le lendemain matin ?

— Parce que lui et moi adorons Beethoven. Nous n'avons parlé que de musique et de poésie. Et de dessin également.

Elle rougit.

— Il était très intéressé par mes carnets de croquis.

— Je n'en doute pas un instant, marmonna Geoffrey.

Rosy se recroquevilla sur la banquette.

— Que veux-tu dire ?

Geoffrey s'interdit de répondre que le dessin, la musique et la poésie étant des domaines très prisés des jeunes femmes, ce libertin s'était probablement doté d'un vernis de culture, comme tout bon chasseur de dot.

Comme il ne répondait pas, elle pâlit.

— Je commence à comprendre. Tu penses qu'aucun homme d'un certain rang ne voudrait de moi, sauf pour ma dot.

Elle baissa de nouveau les yeux et poursuivit avec des accents désespérés :

— Je suis certainement trop grosse et trop stupide pour attirer un homme tel que lord Winston.

— Pardonne-moi, mon ange, mais ce n'était pas du tout mon propos ! répondit Geoffrey. Et si je te trouvais tous ces défauts, pourquoi accepterais-je de dépenser une fortune chez Elegant Occasions pour t'aider à te sentir plus à l'aise pendant cette fichue saison ?

— Geoffrey, votre langage ! s'exclama sa mère, comme cela lui arrivait de plus en plus souvent.

Rosy tourna les yeux vers la fenêtre. Geoffrey en aurait volontiers fait autant, mais hélas, voilà longtemps qu'ils avaient dépassé Putney Bridge. Il serra les dents, agacé. Il reviendrait observer le pont une autre fois, quand ils seraient installés à Grenwood House.

Il reporta son attention sur sa sœur.

— Quant à lord Winston, tu mérites mieux que ce monsieur. J'ai pris mes renseignements. Ne te laisse pas impressionner par son titre : il n'est que le quatrième fils d'un marquis et ne touche qu'une pension pas bien grosse.

Voyant sa sœur pâlir et sa mère écarquiller les yeux de surprise, il ajouta :

— Vous n'en saviez rien, n'est-ce pas ?

— Peu importe, marmonna Rosy. Maintenant que tu l'as fait fuir, je suis sûre de ne pas le revoir.

Elle tira nerveusement sur sa robe et détourna les yeux d'un air buté.

— Je ne peux pas l'empêcher d'assister aux fêtes et aux bals, répondit-il, mal à l'aise. Je voulais juste te mettre en garde contre lui et les hommes de son acabit.

Rosy se tourna vers leur mère.

— Vous me comprenez, maman, n'est-ce pas ? Papa a renoncé à tout pour vous. Je sais que lord Winston n'a probablement pas l'intention de m'épouser et je n'y compte pas beaucoup, mais s'il demandait ma main...

— J'ignorais que Geoffrey s'était renseigné sur cet homme, répondit mère, mais puisque c'est le cas, je suis de son avis. Nous devons faire attention à ce monsieur. À tous les hommes en général, d'ailleurs.

Elle poussa un soupir nostalgique.

— Quant à votre papa, vous ne pouvez pas le comparer à lord Winston. Contrairement à vous, je n'avais pas de dot ; c'était bien avant que mon propre père fasse fortune. Votre papa n'avait donc rien d'autre à gagner que moi. Lord Winston, en revanche… eh bien, vous le connaissez à peine. Cela ne vous fera pas de mal de rencontrer d'autres gentlemen avant de prendre une décision.

— C'est exactement mon propos, renchérit Geoffrey. D'après ce qu'on m'a dit, il est surtout connu pour son habileté à mettre les femmes dans son lit.

— Geoffrey, au nom du ciel ! s'exclama sa mère.

— Désolé, marmonna-t-il. Le seul fait de t'afficher en compagnie de cet homme pourrait ternir ta réputation, Rosy, et j'en serais d'autant plus désolé que tu as un bel avenir devant toi.

Elle lui lança un regard triste.

— Avoue-le : tu méprises les hommes tels que lui à cause de papa. Tu dis toujours que les gens de la bonne société se comportent comme s'ils valaient mieux que les autres, exactement comme papa, mais tu en fais autant. Tu riais bien avec Grand-Pa des « rupins » de Londres, comme si tu n'étais pas issu de ce monde, en prétendant qu'ils ne savent rien de la vraie vie ! Ce sont les deux faces de la même pièce. Tu les méprises, et ils te méprisent. Maintenant que tu es duc, tu peux prendre tout le monde de haut, mais plus personne n'ose te rendre la pareille.

Ces paroles étaient difficiles à entendre… en partie parce qu'elles étaient vraies. Son grand-père et lui avaient partagé la même fascination pour l'ingénierie civile. Voilà pourquoi c'était Geoffrey – et non son père – qui avait rejoint Stockdon & Fils en tant qu'associé, même si son grand-père avait légué l'entreprise à père dans ses dernières volontés. Qui aurait pu prédire que ce dernier, modeste troisième fils de vicomte, aurait été le prochain duc de Grenwood s'il n'était pas mort prématurément ? Et que Geoffrey hériterait finalement du titre de son cousin éloigné ?

Du jour au lendemain, Geoffrey s'était trouvé propriétaire d'un domaine ducal – Castel Grenwood, dans le Yorkshire – et d'un pavillon de chasse dans Richmond. Il y avait également Grenwood House, en face de Hyde Park, qui était destinée, lui avait-on fait comprendre, aux jeunes gens célibataires de la famille Brookhouse. Accaparé par le chantier de l'écluse de Teddington, il n'avait pas encore eu le temps d'y installer la résidence familiale pour que mère et Rosy profitent de la saison à Londres, mais c'était aujourd'hui son intention. Le pavillon de chasse de Richmond était trop loin de la ville pour les débuts de Rosy.

Comme l'attelage faisait halte, Geoffrey vit qu'ils avaient atteint leur destination. Il consulta sa montre de gousset. 10 heures. Ce n'était pas trop tôt pour une visite d'affaires dans la City, d'après ce qu'on lui avait dit. Un groom accourut pour s'occuper de l'attelage. Alors que l'un de ses valets mettait le marchepied, Geoffrey lui fit signe d'attendre. Il voulait finir sa discussion avec Rosy avant d'entrer dans la maison.

— Écoute-moi bien, mon ange. Si tu acceptes de faire tes débuts à Londres et que tu joues vraiment le jeu mais que tu ne rencontres personne qui te convienne, ou que tu ne trouves pas ta place dans la bonne société, ou simplement si tu ne te sens pas heureuse, je n'insisterai pas. Une seule saison, c'est tout ce que je te demande. Ensuite, tu feras ce que tu voudras. Accepte au moins d'essayer. Pour moi. Et pour maman, bien entendu.

Elle lui jeta un regard mutin.

— Et si finalement je décide d'épouser lord Winston, en admettant qu'il demande ma main ?

Cette seule idée le rendait furieux, mais comment s'y opposer frontalement ? Tout ce qu'il espérait, c'était qu'après avoir rencontré quelques bons partis, elle oublierait ce satané lord Winston.

— Tu seras libre de choisir, concéda-t-il en essayant de ne pas s'étrangler, mais il ne sera pas autorisé à te rendre visite avant la fin de la saison.

Elle pencha la tête de côté comme pour évaluer sa sincérité, puis hocha la tête d'un air magnanime.

— Jure-le, Rosabel Marie Brookhouse, insista-t-il. Sur la tombe de papa.

— Geoffrey ! s'indigna leur mère. Elle n'a pas besoin de jurer, et certainement pas sur la tombe d'Arthur. C'est d'un manque de distinction absolu !

Il faillit ricaner. Comme si leur mère avait la moindre idée de ce qui était distingué ! Mais, bien entendu, jamais il ne lui dirait cela.

— Ma parole m'engage, déclara Rosy d'un ton vertueux.

Geoffrey s'interdit d'éclater de rire.

— Tu ne sais même pas ce que ça veut dire.

À ces mots, elle parut s'assouplir un peu.

— Très bien. Alors je te promets sur la mémoire de papa que je ferai mes débuts de mon mieux. Cela ira comme ça ?

Sans doute fallait-il considérer cette réponse comme une offre de paix.

— C'est très bien, mon ange.

Il ne restait plus qu'à espérer qu'un type respectable demanderait sa main avant la fin de la saison, songea Geoffrey.

Il descendit sur le trottoir, et aida sa mère et sa sœur à en faire autant. Puis il pivota sur ses talons et s'avisa que les bureaux d'Elegant Occasions étaient situés dans un luxueux hôtel particulier d'une rue de Grosvenor Square. Curieux. Après tout, cette agence était dirigée par une femme. Peut-être celle-ci avait-elle voulu des locaux « distingués » pour sa société.

Il escorta sa mère et sa sœur en haut du perron et frappa, mais personne ne répondit. Il recommença. Toujours rien. Ce n'est qu'à la troisième tentative que la porte s'ouvrit, révélant un majordome à la mine revêche. L'homme les parcourut d'un regard glacial.

— Grenwood, se présenta Geoffrey. Je viens rencontrer Mme Pierce, d'Elegant Occasions.

L'autre ne s'adoucit pas d'un iota.

— Attendez ici.

Comme le majordome s'apprêtait à rabattre la porte, Geoffrey la bloqua avec son pied.

— J'ai rendez-vous.

L'homme parut sur le point de contester cette affirmation, puis il poussa un soupir.

— Très bien, concéda-t-il en ouvrant grand le battant pour les laisser entrer. Je vais voir avec Madame. Ses sœurs et elle vous attendaient probablement aux heures de visite habituelles.

Ses sœurs ? S'était-il trompé d'adresse ? Non. S'il en jugeait à son arrogance, le majordome les aurait envoyés au diable s'il n'avait pas frappé à la bonne porte. Celui-ci appela un valet de pied, et lui murmura quelques mots à l'oreille. Aussitôt, l'autre gravit l'escalier à toute vitesse.

Geoffrey toisa le majordome de haut.

— Vous êtes bien conscient qu'il ne s'agit pas d'une visite de courtoisie, je présume. Et c'est l'heure appropriée pour un rendez-vous d'affaires, non ?

— Tout à fait, Votre Grâce, répondit l'autre en dardant sur lui un regard polaire. Mais ces dames sont rentrées tard hier de la soirée d'une cliente très importante.

Avant que Geoffrey demande, agacé, quel client était plus important qu'un duc, sa mère murmura :

— Tout va bien, Geoffrey. Je crois que Gunter n'est pas loin. Il y a longtemps que j'ai envie de goûter leurs glaces, pour savoir pourquoi elles sont si réputées. Nous pouvons revenir plus tard.

L'embarras qu'il distinguait dans la voix maternelle ne fit que jeter de l'huile sur le feu. Sans quitter des yeux le majordome au regard toujours aussi méprisant, il répondit à sa mère :

— Nous ne partons pas. Ou alors, nous ne revenons pas.

— Ce n'est pas un problème pour moi, murmura Rosy d'une voix à peine audible.

Enfer.

— Y a-t-il un endroit où nous pouvons attendre ? demanda-t-il entre ses dents.

— S'il le faut. Je suis sûr que ces dames ne vont pas tarder à descendre.

Le majordome ordonna qu'on leur apporte du thé et les fit entrer dans un petit salon bien plus élégant que tout ce que Geoffrey avait vu à Newcastle. Les sièges filiformes semblaient aussi fragiles que du papier journal, surtout pour un homme de sa corpulence, et les rideaux jonquille l'éblouissaient. Cet endroit était bien trop sophistiqué pour lui.

Dans la maison et les bureaux de Grand-Pa, le mobilier était en solide chêne anglais, en cuir de Leeds et en cuivre poli. C'étaient une demeure et des locaux faits pour un homme. Cela avait peut-être été différent du temps de sa grand-mère, mais Geoffrey n'en saurait jamais rien car elle était morte en donnant le jour à sa mère. Peut-être aurait-elle décoré sa maison de la même façon que ce petit salon, mais il en doutait. Avant d'épouser un maître de forges, elle avait été simple fille de fermier.

Quoi qu'il en soit, Geoffrey trouvait cet endroit suspect. Il fit les cent pas sur un tapis aux motifs délicats, de plus en plus furieux à mesure que leur attente se prolongeait. Quelle sorte d'agence ces dames tenaient-elles ? Il était duc, pour l'amour du ciel ! Un duc était censé être bien accueilli n'importe où, du moins le lui avait-on affirmé. Pourtant, le majordome de Mme Pierce les traitait, sa famille et lui, comme s'ils dérangeaient.

Aucun *homme* d'affaires n'aurait prospéré avec des méthodes aussi douteuses. Geoffrey s'était attendu à une sorte de boutique, pas à ce qui était manifestement une habitation particulière. Puis il se souvint que le majordome avait mentionné des sœurs, et convint que ce lien familial pouvait expliquer le choix de travailler dans un hôtel particulier.

Un domestique leur apporta enfin du thé, mais Geoffrey était trop agacé pour en avaler la moindre gorgée. Le piètre accueil qu'on leur réservait ici était probablement la preuve que les gens d'Elegant Occasions avaient découvert qu'il était pratiquement roturier.

Pendant que mère et Rosy prenaient leur thé, il s'approcha de la fenêtre. Sa colère monta d'un cran lorsqu'il vit que son attelage était toujours devant, tenu par le groom qui semblait attendre l'autorisation du majordome pour emmener les chevaux et la voiture aux écuries.

Comment osait-on ? Mme Pierce avait accepté de le recevoir, bonté divine ! Il n'y était pour rien si elle avait supposé qu'il arriverait plus tard.

Il était sur le point de s'en aller quand sa mère murmura :

— Geoffrey ?

Il se tourna vers la porte... et son juron exaspéré s'étrangla dans sa gorge. Nimbée d'un rayon de soleil, se tenait sur le seuil la plus sublime créature qu'il ait jamais vue.

Sa somptueuse chevelure auburn avait été rassemblée en chignon sommaire, et même si ses sourcils froncés ternissaient la perfection de son front pur, Geoffrey était béat d'admiration. Tel un apprenti ingénieur observant pour la première fois un pont en voûte biaise, il était curieux de savoir comment ses composantes s'assemblaient pour former un tout aussi admirable.

Au demeurant, mis à part sa beauté sculpturale, ses « composantes » n'avaient rien d'extraordinaire : un regard brun chaleureux, un joli visage au nez saupoudré de taches de son et, pour ce qu'il pouvait en voir, des formes agréablement féminines. Le plus déstabilisant était la curiosité qu'elle éveillait en lui. Ainsi que l'accélération soudaine de son pouls.

Cela ne lui était jamais arrivé – en tout cas, pas dès le premier regard. Toutefois, étant donné les circonstances, il n'aurait pas été avisé de s'attarder trop longtemps sur ce qu'il ressentait.

Elle entra dans la pièce et tendit une main vers lui.

— Lord Grenwood, je présume ?

— Vous êtes la propriétaire d'Elegant Occasions ?

Il prit sa main et la serra un peu trop longtemps. Comme aucun d'eux ne portait de gants, le contact de sa peau contre la sienne ne fit qu'aggraver son trouble. Ce qui était parfaitement ridicule.

— Madame Pierce, c'est bien cela ? insista-t-il.

Elle arqua un sourcil, et ôta sa main de la sienne.

— Non. Je suis lady Diana Harper.

Il tressaillit.

— Lady ? répéta-t-il, surpris.

Elle était *aristocrate* ? Enfer. Il aurait dû se renseigner un peu mieux sur cette agence.

— Si vous l'ignorez, je me demande ce que vous faites ici.

Son patronyme lui était familier, mais il ne se souvenait pas pourquoi.

Sa mère s'avança.

— Veuillez nous excuser, nous ne sommes pas dans notre meilleur jour. Je suis Mme Arthur Brookhouse. Mon fils voulait vous rencontrer parce qu'une amie à moi vous a recommandée. Je crois qu'elle connaît quelqu'un qui a fait appel à vos services récemment, mais elle nous a seulement indiqué le nom de Mme Pierce. Je suppose que cette Mme Pierce travaille pour vous ?

— Pas exactement. Eliza Pierce est ma sœur. Elle est veuve, et nous sommes ici chez elle. Mon autre sœur est lady Verity Harper. Toutes les trois, nous dirigeons cette agence ensemble, mais je crains qu'elles ne soient encore en train de s'habiller. Nous vous attendions plus tard.

— C'est ce qu'on nous a fait comprendre, marmonna Geoffrey. Je pensais que puisque les rendez-vous professionnels commencent tôt le matin, vous seriez disponibles à cette heure-ci.

L'expression glaciale de la jeune femme lui indiqua qu'il l'avait vexée. Il en ressentit une satisfaction mauvaise.

— Notre agence est unique en son genre, répondit-elle d'un ton cassant. Une bonne partie de notre activité exige que nous assistions à des soirées et rentrions seulement à l'aube. Aussi, j'espère que vous comprendrez pourquoi nos horaires ne sont pas ceux d'une entreprise ordinaire, du moins pendant la saison.

— Bien entendu, dit la mère de Geoffrey en lui décochant un regard d'avertissement. C'est tout à fait naturel. Et nous vous sommes très reconnaissants d'avoir accepté de nous recevoir aujourd'hui.

Lady Diana lui sourit. Il devait être la seule personne à qui elle faisait la tête, car elle se tourna ensuite vers Rosy en souriant de plus belle.

— C'est un honneur de faire votre connaissance, Votre Grâce, dit-elle.

Rosy battit des paupières et éclata d'un rire timide.

— Je ne suis pas la duchesse de Grenwood ! Geoffrey... lord Grenwood est mon frère. Il espérait que vous pourriez m'aider à faire mes débuts en société.

Lady Diana parut mortifiée de sa méprise.

— Je vous présente toutes mes excuses. Mme Pierce ne m'a donné aucun détail sur la raison de votre visite.

— Je vous en prie, déclara Geoffrey. Il n'y a pas d'offense.

Elle le scruta d'un regard curieux.

— Voilà donc pourquoi votre mère et vous venez aujourd'hui avec votre sœur ?

Il acquiesça d'un coup de menton.

— Je vous dois quelques explications. Nous... enfin, Rosy... je veux dire, Rosabel...

Sa mère lui jeta un regard surpris et intervint :

— Ma fille est terriblement timide, lady Diana. Elle n'est pas habituée à fréquenter la haute société. En vérité, aucun de nous trois ne l'est. Mon défunt époux était le troisième fils du vicomte Brookhouse, mais nous n'avons jamais appartenu à ce monde. Nous avons vécu une vie très simple à Newcastle jusqu'au décès de mon mari. Peu de temps après, un de ses cousins éloignés, qui était duc, est mort également et Geoffrey a hérité du duché du jour au lendemain. Voilà notre situation.

Elle se tourna vers Geoffrey.

— N'est-ce pas ?

— C'est un bon résumé, admit-il.

Il était soulagé qu'elle se soit chargée de ces pénibles explications. Avec sa beauté altière, ses manières impeccables et ses airs distants, lady Diana le mettait mal à l'aise.

Elle se tourna vers lui d'un air fasciné.

— Alors vous êtes ce fameux duc.

Il tressaillit.

— Quel fameux duc ?

— L'an dernier, des rumeurs ont couru sur le mystérieux héritier du duc de Grenwood, mais je les avais oubliées, en partie parce qu'elles semblaient plutôt étranges. Certains disaient qu'il était américain, ce qui expliquait que personne ne l'avait jamais croisé. D'autres affirmaient que la famille Brookhouse l'avait déshérité parce que c'était un vaurien et qu'on ne lui avait laissé que son titre de duc, qu'on ne pouvait lui enlever. La rumeur la plus délirante était qu'il n'avait jamais disparu de la circulation et qu'il travaillait comme ingénieur à Newcastle.

— La troisième est exacte ! s'exclama joyeusement Rosy.

Comme tous les regards se tournaient vers elle, elle ajouta :

— Et la seconde à moitié. Geoffrey n'est pas un vaurien. Et c'est papa qui a été déshérité, mais c'était bien avant ma naissance.

Puis elle parut s'aviser que tout le monde l'observait d'un air surpris.

— Eh bien quoi ? s'étonna-t-elle.

Lady Diana rit doucement.

— Donc, il n'est pas américain ? Juste pour être sûre.

Rosy battit des paupières, puis secoua la tête et se retira en elle-même comme chaque fois qu'une personne inconnue s'adressait à elle.

Lady Diana se tourna vers sa mère.

— Et vous dites qu'elle est timide ?

— Pas toujours, apparemment, marmonna Geoffrey. En tout cas, pas avec vous.

— Cela devrait faciliter les choses, répliqua lady Diana. Si vous décidez de faire appel à nos services, du moins.

Avant qu'il ait le temps de répondre, elle annonça :

— Ah, voici mes sœurs !

Tandis qu'elle procédait aux présentations, Geoffrey se dit qu'aucune des deux n'était aussi séduisante que lady Diana. Certes, Mme Pierce avait des cheveux blonds, des yeux bleus et une silhouette pulpeuse, des traits qu'il trouvait séduisants, mais elle était bien trop petite pour lui, qui était si grand.

Quant à lady Verity, qui avait les cheveux un peu plus sombres que ceux de Mme Pierce, de beaux yeux verts, et était aussi grande que lady Diana, elle était trop mince pour son goût.

Il aimait qu'une femme ait des formes. Sinon, il aurait eu peur de l'écraser sous son poids. Et malgré son élégance – une qualité qu'il avait toujours associée à la fragilité –, lady Diana semblait assez solide pour supporter qu'il s'étende sur elle dans un lit.

Il ravala un juron. Il était déjà en train de se comporter comme ces aristocrates qui évaluent les femmes selon leurs capacités à leur donner un héritier.

Au demeurant, aucune de ces trois ladies n'était celle qu'il lui fallait… dans l'hypothèse où il aurait envisagé de convoler en justes noces, ce qui n'était pas le cas. Du moins, pas avant un bon moment. Il avait beau être duc, elles étaient bien au-dessus de lui en termes d'éducation, de bonnes manières et de tout ce qui comptait aux yeux de la bonne société. Elles ne le regarderaient même pas si elles recherchaient un époux. Ce qui ne devait pas être le cas, sinon jamais elles n'auraient monté leur affaire.

Dommage qu'il trouve lady Diana aussi séduisante. En vérité, si on ne leur avait pas chaleureusement recommandé ce trio, il aurait déjà quitté les lieux, mais Rosy et mère semblaient ravies de rencontrer ces dames.

Après plusieurs minutes de conversation enjouée, lady Diana murmura quelques mots à ses sœurs. Mme Pierce invita alors mère à visiter l'hôtel particulier, ce que celle-ci accepta volontiers. Puis, tandis qu'elles s'éloignaient, lady Verity proposa à Rosy de goûter quelques pâtisseries qui restaient de la soirée précédente. Rosy, en gourmande qu'elle était, acquiesça et elles s'en allèrent à leur tour.

À présent, Geoffrey était seul avec lady Diana. Manifestement, c'était délibéré. Quand elle lui fit signe de prendre place sur le canapé, il obtempéra, bien qu'avec prudence. Sous son poids, le satané siège lui semblait aussi fragile que son apparence l'avait laissé craindre.

Lady Diana s'assit sur un fauteuil en face de lui avec une grâce de cygne.

— Voulez-vous que je demande encore du thé, lord Grenwood ?

— Inutile. Nous n'en avons pas pour longtemps, je présume.

Vaguement contrariée, elle prit un carnet et un crayon qu'elle porta à ses lèvres d'un geste songeur. Devant cette image, une vision des plus inappropriées passa dans l'esprit de Geoffrey, qu'il s'empressa de chasser.

— J'espère que vous ne voyez pas d'inconvénient à ce que nous discutions en privé, vous et moi. Je préfère parler de nos prestations sans que plusieurs personnes s'en mêlent. C'est toujours plus rapide ainsi. Dites-moi, quelle sorte d'assistance souhaitez-vous pour l'entrée de votre sœur dans le monde ?

Il croisa les jambes d'un geste désinvolte.

— J'en connais tellement peu sur le sujet que je ne saurais même pas répondre à cette question.

Elle hocha la tête, comme si elle n'était pas surprise.

— Je suppose que vous voulez au moins que nous la préparions à être présentée à la reine.

— Certainement. Même si je n'ai aucune idée de ce que cela implique.

Sur le ton de la provocation, il demanda :

— Y a-t-il un orchestre réservé aux débutantes ? Rosy devra-t-elle faire coucou à la reine de l'autre côté de la pièce ? Effectuer toute une série de révérences ? Ou est-ce à la reine de le faire ?

Elle lui jeta un regard méfiant.

— Vous ne parlez pas sérieusement, j'espère ?

Il se calma.

— Non, mais ceci est tellement en dehors de mes compétences que je ne sais quoi dire.

— Préférez-vous que votre mère assiste à cet échange ?

— Ce n'est pas elle qui vous paiera.

La pimbêche tressaillit face à cette allusion à l'argent.

— Et, poursuivit-il, je crains que mère ne soit pas mieux informée que moi sur le sujet. Elle est issue d'une longue lignée de maîtres de forges, et a été élevée dans une maison d'hommes qui ne savaient fichtre rien sur les débuts dans le monde ou la mode féminine.

Elle fronça les sourcils en entendant ce langage.

— Je vois. Vous vous adressez donc à nous pour vous assurer que votre sœur fera une entrée réussie dans le monde.

— Oui. Et il faut que je vous donne quelques renseignements sur Rosy.

L'ombre d'un sourire passa sur les lèvres pulpeuses de la jeune femme.

— Vous avez déjà expliqué qu'elle était timide.

— Elle l'est, malgré ses remarques étonnamment directes sur les rumeurs grotesques que la bonne société semble adorer.

— Seulement la bonne société ? demanda-t-elle d'un ton hautain. Vous savez bien que l'on colporte des ragots dans tous les villages, bourgs et villes d'Angleterre, comme probablement dans le reste du monde. Sauf chez les maîtres de forges de Newcastle, si je comprends bien ?

Il se serait bien gardé d'affirmer une telle chose, étant donné les rumeurs qui avaient couru en ville depuis le décès de son père. La pire affirmait qu'il avait assassiné celui-ci pour mettre le grappin sur le duché, ce qui était absurde. Non seulement cet héritage inattendu était arrivé après la mort de père, mais Geoffrey ne l'avait pas particulièrement désiré. Toutefois, puisque des instances supérieures avaient décrété qu'il serait duc, autant accepter ce qui allait avec ce fichu titre… même si cela représentait beaucoup moins que ce que les gens s'imaginaient.

— Je n'affirme pas qu'ils ne bavardent jamais, répondit-il, mais ils sont trop occupés à nourrir leur famille pour y consacrer tout leur temps. Cela ne fait pas partie de leur vie comme chez les gens de Londres.

— Je vois. Ces maîtres ferronniers sont donc dotés de principes très élevés, commenta-t-elle tout en prenant quelques notes sur son carnet.

Il se pencha.

— Qu'écrivez-vous ?

— Tout ce qui me permettra de comprendre la situation particulière de votre famille, et donc d'aider au mieux votre sœur. Ainsi qu'un rappel destiné à mes sœurs et moi de l'appeler lady Rosabel.

— Pourquoi ? C'est moi qui ai hérité de ce fichu titre.

Elle griffonna une autre note, sans doute quelque chose comme : *Interdire à Sa Grâce de jurer comme un charretier*. Ce qui donna envie à Geoffrey de continuer de plus belle.

Elle leva les yeux vers lui en pinçant les lèvres d'un air un peu guindé.

— Les règles pour s'adresser à une personne titrée ont leurs particularités. Par exemple, quand un homme hérite d'un titre que son père ne portait pas, ses frères et sœurs ont droit au titre qui aurait été le leur s'ils l'avaient directement reçu de leur père. En supposant que vous avez effectué les démarches pour justifier de vos droits. Si ce n'est pas le cas, nous devons nous en occuper en priorité.

— Je ne l'ai pas fait. Et si vous pensez que cela peut aider les débuts de Rosy, je vous en prie, faites donc. Cela signifie-t-il que ma mère devient duchesse douairière ?

— Cette règle ne concerne pas votre mère, qui est entrée dans la famille par mariage et non par naissance, mais seulement votre sœur. Votre mère reste donc Mme Brookhouse, mais votre sœur est désormais lady Rosabel Brookhouse.

— Cela n'a aucun sens.

— Les règles n'ont pas été conçues pour les circonstances inhabituelles comme celle où se trouve votre famille. Dans ce cas particulier, je vous concède qu'elles peuvent sembler absurdes.

— Absurdes, c'est bien le mot, marmonna-t-il.

Il consulta sa montre et s'aperçut qu'ils étaient là depuis déjà trois quarts d'heure. Il se leva et arpenta la pièce.

— Je vais m'efforcer d'être brève, car vous semblez impatient d'en finir, dit-elle.

— Vous avez remarqué ? railla-t-il. Depuis mon arrivée, j'aurais eu le temps de concevoir un pont.

— Vraiment ? répliqua-t-elle sur le même ton sarcastique. Soit vous êtes un ingénieur exceptionnellement doué, soit vous m'avez attendue plus longtemps que je ne le pensais. Moi, je n'aurais pas pu dessiner une robe en si peu de temps.

Ces paroles acérées le surprirent. Elle avait plus de répondant que les autres femmes du beau monde qu'il avait rencontrées.

— Je... J'ai peut-être un peu exagéré.

— Incroyable, ricana-t-elle. Un homme qui exagère ? Voilà qui est tout à fait inédit.

Elle tendit son crayon vers lui.

— Écoutez, reprit-elle. Si vous voulez vraiment notre aide, nous devons savoir de quoi vous avez besoin, mais vous semblez avoir du mal à me l'expliquer.

En la voyant porter de nouveau son crayon à ses lèvres, il ravala un gémissement. Puis, pendant qu'elle prenait des notes dans son carnet, il observa ses lèvres pulpeuses. À quoi ressemblerait un baiser avec elle ?

Quand elle reprit la parole, il lui fallut quelques instants pour comprendre ce qu'elle disait.

— ... aussi devrais-je peut-être vous présenter tout ce que nous proposons pour nous assurer qu'une jeune fille fasse son entrée dans le monde dans les meilleures conditions. Ensuite, vous choisirez les options qui vous intéressent.

— Très bien.

— Peut-être préférez-vous vous asseoir pendant que je vous explique tout ceci ?

— Je suis mieux debout. Je déteste rester assis, cela me rend nerveux. Surtout sur un siège aussi fragile.

Il désigna le canapé.

— Eh bien moi, c'est votre façon de tourner en rond qui me rend nerveuse, répliqua-t-elle. Et ne vous laissez pas impressionner par ce canapé Sheraton. Il est assez solide pour résister à un gaillard tel que vous.

— Si vous le dites..., marmonna-t-il en se rasseyant. Et maintenant finissons-en, voulez-vous ?

— Bien sûr.

Elle prit un autre carnet et le parcourut.

— En général, quand nous accompagnons une débutante de bout en bout...

Ainsi commença la descente aux enfers de Geoffrey Brookhouse.

2

Diana s'exhorta à la patience et expliqua de nouveau à son client pourquoi il était important d'organiser un cocktail dînatoire après la présentation de lady Rosabel à la reine. Pour une raison qui lui échappait, cet homme mettait ses nerfs à rude épreuve.

Ces quatre dernières années, elle avait travaillé avec des filles et des épouses de comtes ou de barons, d'amiraux ou de généraux. À l'occasion, elle avait même eu affaire à quelques capitaines d'industrie. Certains de ces hommes avaient manqué d'éducation, d'autres l'avaient toisée avec mépris à cause du scandale autour de sa mère, mais elle avait toujours réussi à rester souriante et imperturbable.

Quant aux grossiers personnages qui s'étaient permis des propositions indécentes à ses sœurs ou à elle-même, on leur avait appliqué le tarif maximal en échange du privilège qu'Elegant Occasions daigne les supporter. Pourtant, même ceux-là ne l'avaient pas exaspérée autant que le duc de Grenwood. Ce qui n'avait aucun sens.

Ou plutôt, cela devait bien en avoir un, quel qu'il soit. On aurait dit que cet homme ne s'intéressait qu'à son crayon. Chaque fois qu'elle en mordait l'extrémité, une drôle d'expression passait sur son visage. Comme en cet instant.

Elle baissa son crayon.

— N'êtes-vous pas de cet avis, Votre Grâce ?

Il la regarda d'un air perdu.

— De quel avis ?

Puis il parut revenir à la réalité.

— Ah, oui. Un cocktail dînatoire. Je me fie à votre expertise en la matière.

Incroyable. Elle avait craint qu'il ne prenne la fuite devant les propositions coûteuses qu'elle avait élaborées pour les débuts de lady Rosabel. Avant son arrivée, Eliza avait insisté pour que Diana et Verity comprennent bien l'importance de ce client potentiel. Un tout nouveau duc, avait-elle estimé, ne lésinerait pas pour que sa sœur réussisse son entrée dans le monde. D'après ses renseignements, la jeune fille avait passé les dernières années dans les provinces industrielles du Nord. Son triomphe à Londres serait *leur* triomphe. Elles allaient transformer la chenille en papillon.

Jamais elles n'avaient eu un client aussi prestigieux qu'un duc. Et elles avaient besoin de rentrées financières pour tenir pendant les huit mois de l'année qui séparaient deux saisons.

Exactement comme Verity l'avait prédit, leur père s'était remarié. Sans doute espérait-il que son épouse, une jeune veuve déjà mère de trois petits garçons, lui donne un héritier mâle. Diana et Verity s'étaient installées chez Eliza, en prétendant qu'elles voulaient tenir compagnie à leur sœur dont le mari était parti à la guerre. Aussi leur père avait-il accepté leur départ, mais quand il avait découvert leurs projets de monter une agence, il avait décrété qu'elles ne toucheraient leur pension que si elles revenaient sous son toit. C'était sa façon de les contraindre à rentrer à la maison, où il pourrait les tyranniser à sa guise.

Il les connaissait mal, toutes les trois ! Loin de se laisser impressionner, Verity et elle avaient quitté son foyer pour de bon. En leur permettant d'échapper à l'emprise paternelle, Elegant Occasions les avait sauvées. Puis le mari d'Eliza était mort, et leur agence était devenue son unique moyen de subsistance. Dans sa naïve assurance qu'il deviendrait un héros couvert de gloire, il ne lui avait laissé qu'une maigre pension.

— Vous n'avez toujours pas apaisé ma principale inquiétude, poursuivit Grenwood d'un ton impatient. À quoi va servir tout ceci, si Rosy se terre dans son coin ? Elle a fui les gens à la soirée musicale, et ni moi ni ma mère n'avons pu la convaincre de se mêler aux invités. Elle est beaucoup trop craintive.

Diana tressaillit. Encore une allusion à la prétendue timidité de la jeune femme. Il était temps de lui ouvrir les yeux.

— Elle n'est pas craintive, rectifia-t-elle. Elle n'a pas confiance dans son apparence. Et elle est dépassée par ce qui lui arrive, comme le serait n'importe quelle jeune femme dans sa situation.

Il voulut protester, mais elle le fit taire d'un geste. À sa surprise, il obtempéra, même s'il faisait la grimace. La plupart des hommes auraient parlé malgré tout.

Sois honnête, Diana. Très peu d'hommes fourniraient de tels efforts pour leur sœur…

— De très nombreuses femmes n'ont pas confiance dans leur apparence, poursuivit-elle. La seule façon d'y remédier, c'est de leur trouver un style – une tenue seyante, des bijoux de qualité, une coiffure flatteuse – qui révèle leurs atouts et leur permette de voir leur propre beauté. Votre sœur est très jolie, aussi cela ne sera pas bien difficile. Quand nous aurons revu sa garde-robe et montré à sa femme de chambre comment la coiffer correctement, elle se sentira comme une princesse. Et le seul fait que nous lui accordions de l'attention l'aidera à résoudre son autre problème, cette impression d'être dépassée par les événements.

— Il me semble que c'est plutôt la fortune que va me coûter toute cette affaire qui l'aidera peut-être à se sentir moins dépassée.

En entendant cette remarque vulgaire sur la question financière, elle ravala un soupir agacé. Cet homme ne savait décidément rien de la façon dont un duc devait se comporter.

— A-t-elle un peu d'argent de poche ?

Il marmonna un juron.

— Non. Je devrais probablement lui en donner. Je n'y ai jamais pensé.

« Manifestement », s'interdit-elle de répondre.

— Donc, vous savez ce qu'est l'argent de poche ?

Il darda sur elle un regard polaire.

— Je ne suis pas un barbare. Je suis diplômé de l'académie de Newcastle upon Tyne, et membre de la Société littéraire et philosophique de la ville.

Elle haussa un sourcil. Il n'avait pas l'air d'un amateur de littérature.

— Vous avez appris ce qu'est l'argent de poche grâce à une société littéraire ?

Il serra les dents.

— Oui, j'en ai entendu parler, du moins assez pour savoir que des femmes telles que ma sœur et ma mère devraient en recevoir, mais je ne crois pas qu'elles aient besoin de nouvelles robes et autres fanfreluches. Elles en ont déjà bien assez. Pourquoi devraient-elles en acheter d'autres ?

Comment faire entrer dans cet esprit obtus que des débuts réussis dans le monde exigeaient que *tout* soit nouveau ?

— Je connais des femmes dont les familles se sont endettées pour financer leurs débuts.

Une expression alarmée passa sur le visage de son interlocuteur. Il voulut parler, mais elle ne lui en laissa pas le temps.

— Elles ne faisaient pas partie de nos clientes. Nous évitons toutes les dépenses inutiles.

— Quelque chose me dit qu'il y a un gouffre entre ma vision des « dépenses inutiles » et la vôtre, ricana-t-il.

— Vous pourriez avoir des surprises. Quoi qu'il en soit, de nouvelles robes sont indispensables. Si j'en juge d'après ce qu'elle porte aujourd'hui, lady Rosabel semble avoir trop grandi pour ses anciennes tenues. Ce qui explique qu'elles ne lui aillent pas très bien et soient démodées. Par conséquent, chaque fois qu'elle se regarde dans un miroir, elle voit une personne mal habillée et au style désuet. Tant qu'elle ne changera pas l'image qu'elle a d'elle-même, vous ne pourrez pas attendre des autres qu'ils la voient autrement, qu'ils soient lords, ingénieurs ou valets de pied. Ou même les femmes qu'elle aimerait avoir pour amies. Or, toute femme de la bonne société a besoin d'amies influentes.

C'était de cette façon que leur agence avait connu le succès. Lady Sinclair avait vanté leurs prestations à sa belle-sœur, qui en avait parlé à sa meilleure amie, et ainsi leur carnet de commandes s'était vite rempli pour la saison.

— N'avez-vous jamais entendu dire que c'est l'habit qui fait l'homme ? demanda-t-elle. Eh bien, c'est vrai aussi pour la femme.

— Si vous le dites...

Ce n'était pas la première fois qu'il répondait par ces quelques mots, qu'il fallait probablement traduire par « Vous dites n'importe quoi ».

Crétin prétentieux ! Bonté divine. Elle devait s'interdire d'employer un tel langage, même dans sa tête, au risque de l'exprimer à haute voix.

— J'en déduis que vous ne partagez pas cet avis, répliqua-t-elle.

Il bondit sur ses pieds et arpenta la pièce. Une fois de plus. Elle aurait dû le faire se rasseoir, comme un enseignant confronté à un élève indiscipliné, mais il n'était pas son élève et ne risquait pas de l'être ! Il était bien trop grand, trop imposant, trop... impressionnant. De même que son père avec ses exigences sans fin, lord Grenwood l'obligeait à se tenir en permanence sur ses gardes, mais son père n'était pas duc. Elle savait s'y prendre avec lui, ou à peu près. Pas avec cet homme. Même si elle était plutôt grande pour une femme, lord Grenwood devait dépasser le mètre quatre-vingts, et si elle en jugeait à sa veste tendue à craquer, il était doté d'un torse solide et de bras musclés. Ce qui le rendait encore plus dangereux.

Et plus séduisant.

Juste ciel, à quoi pensait-elle ? Cet homme n'était *pas* séduisant. En revanche, il n'avait pas cette douceur un peu molle si fréquente chez les gentlemen de son rang. Tout en lui n'était que lignes rudes, depuis sa mâchoire carrée et ses pommettes saillantes jusqu'à ses hautes bottes à bouts pointus. Issu d'une lignée de maîtres de forges, il n'était gentleman que de nom. Elle soupçonnait que s'il ôtait ses vêtements, elle ne trouverait pas une once de graisse sur lui. C'était assez logique, étant donné son activité professionnelle, mais cela n'aidait pas Diana à se sentir plus à l'aise en sa compagnie.

Non pas qu'elle ait envie de le voir sans ses vêtements, à Dieu ne plaise ! songea-t-elle en frémissant.

Toutefois, elle qui avait l'habitude de dessiner tout ce qu'elle voyait était capable d'apprécier la beauté d'une silhouette masculine. Et cet homme semblait taillé comme un demi-dieu. Cela dit, lady Rosabel n'était pas la seule Brookhouse à avoir besoin d'une nouvelle garde-robe.

Il darda sur elle son formidable regard, dont la singulière nuance bleu de Prusse était accentuée par son manteau de laine bleu cobalt et par sa crinière aile de corbeau, qui n'attendait que d'être décoiffée par une femme audacieuse.

Une femme comme elle.

Diana sursauta. Où était-elle allée chercher une telle idée ?

— Voyons si j'ai bien compris, reprit-il. Ma sœur a besoin de nouveaux vêtements. Il va falloir initier plusieurs personnes – sa femme de chambre et elle, pour commencer – aux extravagances de la haute société. Après sa présentation officielle, je devrai convier à dîner des gens importants qui pourront la présenter à de bons partis. Plus tard, je donnerai un grand bal où de nombreux gentlemen seront invités. Et comme si cela ne suffisait pas, je devrai décrocher pour Rosy une recommandation, quel que soit cet objet, pour entrer chez Almack's, quel que soit ce lieu.

Diana refusa de montrer combien elle était impressionnée par le fait que Son Arrogante Grâce l'ait écoutée avec une telle attention. Au moins, Grenwood avait parfaitement acquis les manières hautaines d'un duc.

— Vous avez bien compris, confirma-t-elle. Et sans prendre la moindre note.

— Inutile, mon cerveau fonctionne correctement. Quand j'arpente les bois pour décider du tracé d'un canal, je dois pouvoir compter sur ma mémoire.

Fronçant les sourcils, il ajouta :

— Et ma mémoire m'indique que ceci va me coûter une fortune.

— Vous êtes duc, répondit-elle d'un ton blasé. Cela ne devrait pas être un problème.

— L'argent est toujours un problème, chère madame. J'ai hérité du jour au lendemain d'un domaine scandaleusement mal géré et de propriétés dans un état désastreux. Je n'ose même pas songer à ce que cela va me coûter.

— Un gentleman ne parle jamais d'argent de façon aussi directe, voyez-vous. Cela lui donne l'air d'un rustre.

À la surprise de Diana, il éclata de rire.

— Les ducs sont tous des rustres, non ?

— Non. Ils sont condescendants. Ce n'est pas la même chose.

— Exact.

Une lueur espiègle au fond des yeux, il lui fit signe de continuer.

— Poursuivez. Vous exprimez la condescendance à merveille.

Ne sachant si elle devait rire ou se fâcher, elle se contenta de secouer la tête.

— Je commence à comprendre pourquoi vous trouvez votre sœur timide. C'est vous qui l'intimidez.

— Pardon ? Certainement pas !

Il fronça les sourcils, comme s'il réfléchissait à ses paroles, puis il retrouva une expression plus sereine.

— Pas Rosy, poursuivit-il. Comme vous l'avez dit tout à l'heure, elle manque seulement de confiance en elle. Elle est persuadée qu'elle n'intéresse personne, même si j'essaie de la convaincre du contraire.

À ces mots, Diana s'adoucit.

— En tant que frère, vous semblez partial.

— Elle m'a dit exactement la même chose. Et je lui ai répondu que bien des hommes la trouveraient tout à fait séduisante.

— Étiez-vous sincère, ou tentiez-vous juste de la rassurer ?

— Bien sûr que j'étais sincère ! Ma sœur est un ange. Elle est trop bien pour la plupart des hommes, mais j'aimerais qu'elle épouse un type respectable qu'elle aurait choisi. C'est là que vous intervenez, vous et votre agence.

— En effet. Et nous sommes heureuses de vous aider.

— Moyennant une contrepartie, et pas des moindres.

Elle arqua un sourcil amusé.

— Tout dépend de ce que vous entendez par là. À tout le moins, nous vous demanderons d'assumer les frais d'une nouvelle garde-robe et de quelques fêtes et soirées.

Si une petite partie de leurs bénéfices leur permettait de vivre, l'essentiel allait à l'hôpital pour orphelins et à la fondation Filmore pour femmes fourvoyées, les œuvres caritatives qu'elles avaient choisies.

Par chance, il revint à sa place et croisa les bras. Le préférait-elle assis parce que cela lui donnait l'air moins imposant ? Ou trouvait-elle juste plus prudent de regarder son visage, plutôt que ses cuisses puissantes et ses jambes superbement soulignées par des culottes de daim moulantes et des bottes d'équitation au cuir usé ? Quand il arpentait le salon tel un fauve en cage, elle était prise d'un irrépressible désir de le dessiner dans le plus simple appareil.

Bonté divine, c'était bien la première fois que de telles idées lui venaient. Elle trouvait cela un peu déstabilisant.

De nombreux hommes avaient déjà flirté avec elle, certains l'avaient même embrassée – avant l'Incident, elle avait été plutôt recherchée par ces messieurs, malgré ses taches de rousseur et sa maudite chevelure de feu –, mais leurs avances l'avaient toujours laissée de marbre.

Jusqu'à présent, elle avait supposé que sa mère avait accaparé tout le potentiel familial en matière de passion amoureuse et que, pour sa part, elle n'était dans ce domaine qu'une coquille vide. Pourquoi cet homme en particulier venait remettre en question cette certitude, elle n'aurait su le dire, mais le fait était là. Lord Grenwood éveillait en elle un intérêt des plus déraisonnables.

Elle s'était toujours dit que si un jour elle rencontrait un tel homme, elle pourrait envisager de le séduire, ne serait-ce que pour savoir si l'aspect physique du mariage lui plaisait. Car si ce n'était pas le cas, elle ne voyait pas de raisons de convoler en justes noces. En supposant qu'elle croise un homme assez courageux pour braver les ricanements de la bonne société en l'épousant...

Elle s'était même renseignée pour savoir comment se protéger contre une maternité non désirée. Il n'était pas question qu'elle se retrouve enceinte, et contrainte d'abandonner l'enfant ou de s'exiler à l'étranger. Ou pire, d'aller grossir les rangs des « femmes fourvoyées » de Filmore. Elle avait d'autres projets. Par chance, cette institution comptait quelques résidentes qui s'étaient fait une joie de lui révéler leurs secrets pour ne pas subir les conséquences de leur « fourvoiement ». Elle leur avait dit qu'elle avait besoin de ces informations pour une brochure qu'elle était en train de rédiger, et elles n'avaient pas posé plus de questions.

Dieu merci. Et Dieu merci également, Eliza avait eu la bonté de lui expliquer ce qui se passait dans le lit conjugal, car elle ne voulait pas que ses sœurs arrivent à leur nuit de noces aussi ignorantes qu'elle-même.

— Êtes-vous certaine que Rosy peut trouver sa place dans la société si je vous confie, à vos sœurs et vous, l'organisation de ses débuts dans le monde ? insista Grenwood. Pourrez-vous lui donner assez confiance en elle pour que des bons partis la remarquent ?

Elle s'efforça de chasser les réactions inappropriées qu'il éveillait en elle.

— Tout à fait. Je ne vois chez lady Rosabel aucun problème qui résisterait longtemps à un changement de style et un peu de pratique. Le cocktail dînatoire en petit comité sera déterminant. Une soirée d'entraînement, en quelque sorte, qui l'aidera à se faire des amies sans se sentir débordée.

— Et vous serez là. Toutes les trois, je veux dire. Votre agence.

— Nous serons là avant, pour nous assurer que la tenue et la coiffure de lady Rosabel seront parfaites. Nous aurons proposé un thème de décoration simple et de bon goût, ainsi qu'un buffet qui donnera envie à vos invités de s'attarder chez vous assez longtemps pour faire connaissance avec elle. En revanche, nous ne pourrons pas assister à cette soirée.

Ce n'était pas possible à cause du scandale encore attaché à leur nom, un détail qu'elle était étrangement réticente à souligner.

— Toutefois, dès que le dîner aura commencé, elle pourra venir nous trouver si elle le souhaite. Nous resterons en coulisses pour veiller au bon déroulement de la soirée.

— Ah, dit-il. Cela devrait la rassurer.

— Croyez-moi, avec le temps elle développera assez d'assurance pour se sentir à l'aise en société. Rien que sa nouvelle garde-robe changera tout. Je superviserai moi-même la couturière pour m'assurer que ses robes seront dessinées exclusivement pour elle. Une fois ce point réglé, et quand elle aura été présentée à la reine et que le dîner aura eu lieu, nous prévoirons une série de sorties qui, pendant les deux premières semaines, seront de plus en plus importantes en termes de nombre de participants et de prestige des invités. Ainsi, nous l'aiderons à prendre progressivement confiance en elle.

— Pas trop progressivement. Il faut qu'il lui reste du temps pour rencontrer des prétendants.

— En toute franchise, je doute que cela prenne bien longtemps. Quand nous arriverons à l'étape du grand bal pour les débuts officiels de lady Rosabel, elle sera la coqueluche de la bonne société. Mes sœurs et moi ferons tout ce qui est en notre pouvoir pour y parvenir.

Il la dévisagea de la même façon qu'un boxeur aurait évalué un adversaire sur le ring.

— Venons-en aux chiffres. Combien demandez-vous pour ceci ?

Diana n'avait pas l'habitude de devoir fournir un devis. Les gens à qui elle avait affaire jetaient l'argent par les fenêtres. Bien sûr, elle ne pouvait pas dire cela à ce rustre, même s'il était duc.

Rapidement, elle nota sur le papier quelques sommes, en indiquant à quoi elles correspondaient. Elle ajouta la commission que prélevait Elegant Occasions et additionna le tout, puis se pencha pour lui tendre le feuillet.

Sans chercher à étudier les détails, il porta immédiatement le regard tout en bas et s'exclama :

— Tonnerre de Dieu ! C'est de l'extorsion de fonds pure et simple !

Il laissa tomber le papier sur la table basse qui les séparait.

— Il n'est pas question que je vous verse une telle fortune.

Une voix s'éleva alors depuis le seuil :

— Vous allez certainement payer, Geoffrey Arthur Brookhouse !

Accompagnée d'Eliza Pierce, sa mère les rejoignit d'un pas martial, prit le feuillet, y jeta un coup d'œil et déglutit. Puis elle le tendit à Diana.

— Il peut se le permettre, déclara-t-elle bravement.

Elle jeta un regard appuyé à son fils.

— Pour sa sœur, il va le faire.

Diana s'attendait à ce qu'il réplique vertement, mais il se massa les tempes et poussa un gémissement accablé.

— On dirait que je n'aurai pas le dernier mot. Me voilà condamné à supporter pendant des semaines des gens qui se mêlent de tout.

Puis il posa sur Diana un regard résolu.

— Je paierai pour tout ce que vous avez indiqué, mais à une condition.

— Laquelle ? demanda-t-elle, prudente.

— Votre garantie que tout ceci permettra à Rosy de choisir entre plusieurs prétendants.

Elle en resta bouche bée.

— Je ne suis pas sûre de comprendre.

— Répondez-vous de la qualité de vos services ?

— Bien sûr, mais...

— Pas de tergiversations, lady Diana. Vous en répondez ou non.

Il la toisa de haut.

— Je vous explique, poursuivit-il. Je paierai sans discuter les dépenses liées aux débuts de Rosy, cela va de soi. En revanche, vous ne toucherez votre commission que si vos prestations lui attirent des prétendants.

— Peut-être avez-vous un nombre précis en tête ? ricana-t-elle, sous le regard curieux de Mme Brookhouse.

Il s'adossa en croisant les bras.

— Ma foi, je devrais. Je n'exigerai pas qu'il y ait des visiteurs dès le lendemain de sa présentation à la Cour et de ce « cocktail en petit comité », mais après le grand bal pour ses débuts, je veux voir cinq visiteurs par jour la première semaine.

Diana n'était pas certaine de pouvoir satisfaire de telles exigences, mais la condescendance de Grenwood lui donnait envie de relever le défi.

— Si vous y arrivez, précisa-t-il, je double votre commission.

— Et dans le cas contraire ?

— Alors nous négocierons un tarif réduit en fonction du nombre de prétendants qui se seront présentés, mais je vous avertis : pas de visiteurs, pas de commission.

— Geoffrey ! siffla sa mère. Tout ceci est pour votre sœur.

— Précisément. Quitte à investir une somme astronomique pour Rosy, autant en avoir pour mon argent. Sinon, où est l'intérêt ? Et la promesse d'une prime les motivera.

— C'est notre *réputation* qui nous motive, rectifia Diana d'un ton polaire. Et puisque nous en sommes aux conditions, j'en ai une également.

— Ah oui ? demanda-t-il en arquant un sourcil.

— Vous vous engagerez également à bénéficier de nos services, Votre Grâce.

Avec un plaisir mauvais, elle constata qu'elle l'avait pris au dépourvu. En un éclair, la mine satisfaite de Grenwood céda la place à une expression outragée.

— Nous ne vous compterons aucun supplément tant que vous couvrirez les frais engagés. Cela me semble équitable, conclut-elle.

Il sauta sur ses pieds.

— Des frais ? rugit-il. Pour *moi-même* ? Et à quel titre, je vous prie ?

Elle se leva à son tour.

— Le tailleur, le cordonnier, le gantier..., commença-t-elle. La liste risque d'être interminable, si j'en juge à *ceci*.

D'un geste, elle désigna son accoutrement.

— Cette tenue n'est absolument pas appropriée pour se rendre chez quelqu'un.

— Ce n'est pas une visite de courtoisie mais un rendez-vous d'affaires, grommela-t-il.

— Cela ne justifie pas que vous vous présentiez en bottes et culottes d'équitation. Vous n'avez pas été élevé dans une grange, que je sache ?

— Non, soupira sa mère en s'asseyant sur le canapé, mais c'est du pareil au même. Il refuse d'entendre raison.

— Écoutez-moi bien, gronda Grenwood en se tournant vers Diana. Il n'y a aucun problème avec mes vêtements. Je ne m'étais tout simplement pas attendu à ce que des dames d'un certain rang dirigent cette sata... cette agence, voilà tout. Et même si je ne suis pas particulièrement élégant aujourd'hui, je n'ai que faire de vos services.

— Ah non ?

Tout en comptant sur ses doigts, elle énuméra :

— Vous vous présentez à une heure indue pour une visite. Vous jurez comme un charretier, et devant des dames qui plus est. Vous les toisez d'une façon qui n'est absolument pas digne d'un gentleman. Vous vous asseyez en croisant les jambes avec une désinvolture choquante. Vous...

— Tous les hommes s'assoient comme ça, bougonna-t-il.

Il semblait sur la défensive, mais il avait eu la bonne grâce de rougir.

— Dans les tavernes de campagne que vous fréquentez manifestement, peut-être, mais pas dans la bonne société, rétorqua Diana.

Un éclat de rire s'éleva depuis le seuil du salon. En se tournant, Diana vit que lady Rosabel et Verity étaient revenues. C'était la jeune fille qui riait ainsi.

— C'est bien la première fois que je vois une femme tenir tête à Geoffrey le Redoutable, dit-elle en battant des mains. Bravo, lady Diana !

— Attention, ma puce, grommela Geoffrey. C'est moi qui paie pour me faire remonter les bretelles.

— Et, ajouta Diana qui commençait à trouver tout cela fort amusant, vous continuez de discuter de questions financières sans la moindre discrétion. Alors que je vous ai fait remarquer que c'était inconvenant.

Une lueur espiègle s'alluma dans les yeux de Grenwood.

— Vous avez dit « rustre ». Nuance.

— N'ergotez pas, je vous prie. Eh bien, Votre Grâce, acceptez-vous mes conditions ?

Il scruta son visage, comme s'il cherchait dans son expression la trace d'une faiblesse qu'il pourrait exploiter. Puis il se tourna vers les autres femmes et poussa un long soupir découragé. Manifestement, il comprenait qu'il était en infériorité numérique.

— S'il le faut, capitula-t-il.

Sa mère se leva.

— Il le faut, mon garçon.

Elle décocha un clin d'œil à Diana.

— Sinon, poursuivit-elle, ces dames refuseront de travailler pour nous. N'est-ce pas, lady Diana ?

— Tout à fait. Nos efforts seraient faits en pure perte si lord Grenwood les ruinait par son langage inapproprié.

— N'ajoutez rien de plus ! marmonna Geoffrey. J'ai déjà accepté vos conditions.

— Parfait.

Diana se tourna vers lady Rosabel.

— Je vous rendrai visite, à votre mère et à vous-même, dans votre résidence en ville dès demain matin. Nous étudierons votre garde-robe avant d'aller chez la couturière, où vous ferez des essayages pour vos nouvelles tenues et tout ce qui vous manque.

Rosabel jeta un regard inquiet à son frère.

— Je ne sais pas... Cela semble affreusement cher.

— N'oubliez pas ce que je viens de dire à lord Grenwood, lui rappela Diana avec douceur. On ne parle pas d'argent.

— Bien sûr ! murmura la jeune femme en rougissant. Je m'en souviendrai.

— De toute façon, ajouta son frère avec une surprenante douceur, j'ai déjà donné mon accord pour une nouvelle garde-robe. Tu la mérites, et je peux te l'offrir.

Il y avait tant d'affection dans sa voix que Diana en eut la gorge nouée. Puis elle se souvint qu'en l'absence de sa sœur ce pingre avait commencé par refuser de lui payer de nouvelles robes.

— Nous ne devons plus parler d'argent, Geoffrey, lui rappela celle-ci.

— Bah ! ricana-t-il en jetant à Diana un regard en biais. On m'a déjà expliqué que j'étais « inconvenant » et « rustre ». Un maudit qualificatif de plus ne pourrait pas me faire de mal. Qu'allez-vous choisir cette fois, madame ? Vulgaire ? Mal élevé ? Désespérément dépourvu de raffinement ?

— Prenez garde, Votre Grâce, répondit-elle en s'interdisant de sourire. Ne me faites pas regretter d'avoir accepté de travailler pour vous. Surtout si vous recommencez à être grossier devant des dames.

— Parce que j'ai dit « maudit » ? Ce n'est pas un gros mot, que je sache !

— Employé ainsi, c'est inconvenant.

— Enfer ! marmonna-t-il. Voilà pourquoi je n'ai jamais eu envie de fréquenter la bonne société. Vous êtes tous complètement fous. Bien le bonjour, mesdames. Je connais la sortie.

Il se tourna vers sa mère.

— Je fais appeler la voiture et je vous attends dehors.

Et il se dirigea vers la porte à grands pas.

Toutefois, Diana s'amusait trop pour en rester là.

— Si cela peut vous rassurer, lança-t-elle en contenant une envie de rire, votre façon d'utiliser le participe passé du verbe « maudire » est irréprochable d'un point de vue grammatical.

Il fit halte et la regarda depuis le seuil.

— Cela ne me rassure pas. Cela ne me fait rien du tout. Allez au diable. Oui, je sais qu'on ne dit pas « diable » ou « enfer » dans le beau monde, et je m'en fiche éperdument.

Sur ce, il pivota sur ses talons et s'en alla.

Elles se figèrent pendant qu'il descendait l'escalier puis, une fois qu'elles eurent entendu la porte de l'hôtel particulier se refermer derrière lui, elles éclatèrent de rire.

— C'est bien un homme, commenta Eliza.

Il y avait une pointe de nostalgie dans sa voix. Son mari lui manquait.

Diana songea à la silhouette athlétique de Grenwood.

— Tout à fait d'accord, répondit-elle.

S'avisant alors que tout le monde la regardait d'un air intrigué, elle rougit.

— Il n'en fait qu'à sa tête, comme tous les hommes.

Cependant, il ne ressemblait en rien au dernier duc qu'elle avait rencontré, un barbon chauve aux jambes fluettes et au regard libidineux.

Elle songea à l'expression de Grenwood chaque fois qu'elle avait porté son crayon à ses lèvres et poussa un soupir. Peut-être s'était-il simplement demandé pourquoi elle mordait son crayon. Oui, ce devait être cela.

— Ce garçon n'en fait qu'à sa tête depuis qu'il est venu au monde, déclara Mme Brookhouse d'une voix vibrante de fierté maternelle. À part son grand-père, il n'a jamais obéi à personne. Et quand mon père se trompait dans un calcul ou un plan, Geoffrey l'informait de son erreur. Même quand il n'avait que dix ans.

Elle regarda autour d'elle.

— Rosy et moi devons vous quitter, mesdames. Nous vous empêchons de travailler, et Geoffrey va se demander pourquoi nous le faisons attendre.

— Je n'en doute pas, répliqua Diana.

Il devait être persuadé qu'*elle* en était responsable. Peut-être même regrettait-il d'avoir mis les pieds ici. Comment sa sœur l'avait-elle surnommé ? Geoffrey le Redoutable. Pour sa part, elle n'aurait pas osé l'appeler par son prénom, mais Grenwood le Redoutable lui allait aussi très bien.

Mme Brookhouse et sa fille les saluèrent et se dirigèrent vers l'escalier en discutant. Puis, comme chaque fois qu'elles concluaient un contrat, Diana et ses sœurs se retrouvèrent dans le salon privé qui donnait sur la rue pour échanger leurs impressions sur les nouveaux clients.

Comme Verity s'approchait de la fenêtre pour regarder le trottoir en contrebas, Diana la suivit. Elles virent les dames Brookhouse descendre le perron en direction de leur attelage tout en devisant gaiement.

— Lady Rosabel est prometteuse, dit Verity, pensive. Une gemme encore dans sa gangue. Avec quelques cours de maintien, nous aurons vite fait de la transformer en diamant de la plus belle eau. Elle a tout pour elle. Ou plutôt, elle *aurait* tout pour elle si elle ne portait pas cette affreuse robe et n'était pas aussi mal coiffée. Tu ne vas pas manquer de travail, Diana, mais tu es douée pour révéler le potentiel d'une femme !

— Merci.

Diana tourna son regard vers Grenwood, qui était sorti de voiture pour aider sa mère et sa sœur à monter.

— C'est lui qui m'inquiète le plus.

— Ce duc-là ne ressemble pas aux autres, n'est-ce pas ?

Diana percevait le poids du regard de sa sœur sur elle.

— Non, parce que je crains qu'il n'en soit jamais vraiment un. J'ignore si c'est une bonne ou une mauvaise chose. Dieu sait que nous n'aurons aucun contrôle sur lui. Tout ce que j'espère, c'est que ce rustaud ne jettera pas d'un balcon le premier prétendant qui aura manqué de respect à sa sœur.

— J'aimerais voir la scène ! s'esclaffa Verity. Il en serait bien capable. C'est quand même un bel homme, non ? Et impressionnant, avec ça ! Il serait même de taille à lutter contre Gentleman Jackson.

— Je suis sûre que papa ne serait pas de cet avis, répondit Diana. Tu sais combien il adore Gentleman Jackson.

Une inquiétude se forma soudain dans son esprit.

— Tu n'aurais pas des… projets pour lui, tout de même ? ajouta-t-elle.

— Gentleman Jackson ?

— Non, voyons. Grenwood.

Pour une raison qu'elle ne s'expliquait pas, cette idée l'alarmait. Verity éclata de rire.

— Non. Contrairement à toi, on dirait.

— Ne sois pas ridicule ! Il ferait un mari aussi épouvantable que papa, voire pire.

— Si tu le dis..., répliqua Verity en se détournant de la fenêtre. Est-il vrai qu'il a promis de doubler notre commission si tu fais venir cinq nouveaux visiteurs par jour la semaine après le bal ?

— Oui, répondit Eliza depuis sa place préférée dans le confortable canapé. Juste avant que Diana le prenne de haut et pose *ses* conditions, elle aussi.

— Ah, oui. C'est le moment où je suis arrivée.

Verity s'assit à côté d'Eliza.

— Et toi, Eliza, que penses-tu de lui ?

— Je pense que n'importe quel homme qui propose de doubler notre commission est le bienvenu. Et je comprends que Diana ait des projets pour le duc.

Celle-ci se tourna vers ses sœurs, agacée.

— Je n'ai aucun projet pour le duc, quels qu'ils soient.

— Oh, oh ! s'exclama Verity. Je me demande ce que tu sous-entends par « quels qu'ils soient ». Voilà qui n'est pas digne d'une dame.

— Et voilà qui n'est pas très professionnel, rétorqua Diana. Ceci est une réunion de travail. Vous auriez intérêt à vous en souvenir, l'une et l'autre.

— À vos ordres, capitaine ! répondit Verity en portant une main à son front. Prudence, Eliza, ou elle va sortir le fouet. À propos, c'est peut-être à ce genre de projets qu'elle songeait en disant « quels qu'ils soient » ? Quelque chose me dit que Grenwood n'apprécierait pas.

Diana poussa un soupir.

— Vous lisez trop de romans gothiques, toutes les deux.

— Il n'y a pas de fouets dans les romans gothiques, répliqua Eliza d'un air espiègle. Ce genre de « projets », ce sont les dames de la fondation Filmore pour femmes fourvoyées qui nous en ont parlé. Au fait, vous ai-je déjà dit combien je déteste ce terme de « femmes fourvoyées » ?

— Oui ! répondirent Diana et Verity d'une seule voix.

— Tout de même, personne ne dit que les hommes qui font appel à leurs services sont « fourvoyés », il me semble ?

Verity émit un petit reniflement hautain.

— Parce que nous vivons dans un monde d'hommes.

Quatre années avaient passé, mais elle était toujours un peu amère d'avoir perdu son prétendant à cause de l'Incident.

— À propos de monde d'hommes, demanda Diana à Eliza, Grenwood est vraiment ingénieur en génie civil ?

— Que veux-tu que j'en sache ? Je n'avais jamais entendu parler de lui jusqu'à ce qu'il m'envoie un courrier sur le papier à lettres du duc de Grenwood m'informant qu'il souhaitait faire appel à l'agence pour les débuts de sa sœur dans le monde.

— Tu ne m'avais pas dit que sa sœur viendrait aujourd'hui.

— Ah non ? s'étonna Eliza.

Les joues brûlantes de confusion, Diana précisa :

— J'ai pris lady Rosabel pour son épouse. Cela a été très embarrassant.

— Toi, embarrassée devant quelqu'un ? ricana Verity. Incroyable !

Diana la fusilla du regard, mais ses sœurs éclatèrent de rire.

Il était temps de changer de sujet.

— Au fait, Verity, tu ne nous as pas dit si tu avais croisé ton « homme fantôme » hier soir ?

Verity regarda leur sœur aînée.

— Je crois que je ne l'ai dit qu'à Eliza mais, en effet, je l'ai revu au bal de lady Castlereagh. Et de nouveau, le valet de pied qui se trouvait là a refusé de me dire son nom. Plus exactement, il a prétendu qu'il ne voyait pas de qui je parlais, ce qui est absurde. Il y a forcément quelqu'un qui a vu cet homme et le connaît !

Aux dernières soirées où elles s'étaient rendues, Verity avait affirmé qu'elle voyait chaque fois le même homme rôder dans les couloirs. Elle était certaine qu'il mijotait quelque mauvais coup, mais il était bien habillé et avait l'air d'un gentleman. Alors, quels noirs desseins pouvait-il poursuivre ?

— C'est peut-être un espion qui traque les agents français infiltrés dans la bonne société, dit Eliza.

— En ce qui me concerne, marmonna Verity, il pourrait travailler pour un cirque que cela ne changerait rien. Tout ce que je veux, c'est savoir comment il s'appelle.

— Tout de même, pourquoi n'apparaît-il que quand tu es là ? s'étonna Eliza. Personne d'autre ne l'a remarqué.

Verity et Eliza poursuivirent leurs spéculations pendant que Diana s'absorbait dans ses pensées. Manifestement, ses sœurs n'étaient pas prêtes à discuter de leurs nouveaux clients. Au demeurant, elle ne pouvait pas le leur reprocher. Jamais elles n'avaient eu affaire à un tel duo. Et il n'allait pas être facile de refaire l'éducation des deux Brookhouse, alors que même leur mère ignorait tout de l'étiquette.

À tout le moins, Diana avait bien l'intention de savoir à quoi s'employait un ingénieur en génie civil, et comment un petit-fils de vicomte pouvait embrasser une telle carrière.

La suite promettait d'être passionnante.

Geoffrey regardait par la fenêtre, agacé, pendant que sa sœur et sa mère discutaient de la journée du lendemain. Il ferait en sorte d'être déjà parti quand ces dames d'Elegant Occasions se présenteraient chez eux. Les commentaires désobligeants de miss Pimbêche sur ses qualités de gentleman avaient été un véritable soufflet, et il n'avait pas l'intention de tendre la joue gauche. La jeune femme avait la langue bien trop pendue pour lui.

Une petite langue rose dont le seul souvenir lui mettait les reins en feu. Il ne l'aurait pas admis sous la torture, mais chaque fois qu'elle avait mordillé la pointe de son crayon, il n'avait pu s'empêcher d'imaginer qu'elle mordillait… une certaine partie de son anatomie.

Le ciel lui vienne en aide ! Leur querelle avait éveillé en lui une incroyable excitation. Alors qu'elle n'avait fait que l'insulter ! Il n'était pas question que cela se reproduise, même si c'était délicieux. Ce petit jeu était bien trop risqué.

Au demeurant, elle n'avait peut-être pas totalement tort ; il avait besoin de quelques tenues à la mode. La saison arrivait. Il ne pourrait escorter Rosy nulle part avec ses vieux pantalons.

Il n'avait qu'une seule tenue correcte, mais il la gardait pour son dîner avec la Société des ingénieurs en génie civil, prévu le lendemain soir.

— Vous êtes bien silencieux, lui dit sa mère. Allez-vous bien, mon garçon ?

— Très bien. Et j'irai encore mieux une fois que les débuts de Rosy seront derrière nous.

— Tu peux encore changer d'avis, pour Elegant Occasions, dit sa sœur d'une petite voix. On pourrait rentrer à Newcastle et je m'occuperais de ton foyer pour toujours.

Il scruta son visage.

— Est-ce vraiment ce que tu veux ?

Rosy semblait en proie à un tel conflit intérieur que son expression en était presque comique. Elle poussa un gros soupir.

— Non. Elles ont l'air très gentilles. Je crois qu'elles pourraient m'aider à devenir une vraie lady, comme… comme lady Diana.

— Dieu nous en préserve ! maugréa-t-il dans sa barbe.

— Pardon ?

— Rien.

Il la parcourut d'un regard affectueux.

— Je suis sûr que grâce à elles, tu vas montrer au monde qui tu es vraiment. Lady Rosabel. Rien ne me ferait plus plaisir.

Comme un sourire timide éclairait le visage de sa sœur, il ajouta d'un ton espiègle :

— Quand nous en aurons fini avec tout ce bazar, je parie que tu auras trente-cinq admirateurs à tes pieds.

— Trente-cinq ! Deux ou trois me suffiraient amplement.

Il éclata de rire.

— Lady Diana ne s'en contentera pas, crois-moi.

Car bien sûr, miss Pimbêche n'avait pas refusé son offre de doubler sa commission. Elle n'approuvait peut-être pas qu'on parle d'argent, mais elle se faisait sans doute un plaisir de le dépenser, surtout s'il avait été facilement gagné.

Au demeurant, il n'avait pas l'intention d'assister au spectacle. S'il les accompagnait chez la couturière, il se sentirait comme un éléphant dans un magasin de porcelaine. Mieux valait laisser les dames entre elles.

Pour sa part, il se rendrait chez le tailleur tôt demain matin. Il ne donnerait pas à cette donneuse de leçons une autre occasion de le sermonner sur sa façon de s'habiller. Quoi qu'il lui en coûte, il serait d'une parfaite élégance la prochaine fois qu'elle le verrait.

Et cela risquait de lui coûter, s'il en jugeait à la réaction habituelle des tailleurs devant sa carrure. Bien souvent, ils appelaient même leurs apprentis pour admirer ses proportions, ce qu'il détestait. Apparemment, les hommes grands et bien bâtis étaient rares parmi la bonne société.

Il devait au moins reconnaître cela à miss Pimbêche : elle n'avait pas paru très impressionnée par sa stature athlétique... même s'il n'aurait pu en jurer. Les gens de son monde ne cachaient-ils pas leurs pensées en permanence ?

Il surprit le regard de sa mère posé sur lui.

— Qu'y a-t-il ?

— Vous ne les avez pas ménagées.

— Ah non ?

Bien sûr, elle disait vrai. Il avait tendance à se laisser emporter par sa nature colérique.

— Je les ai trouvées assez imbues d'elles-mêmes.

— Moi, fit Rosy, je les ai trouvées gentilles. Surtout en sachant ce qui les a mises dans leur situation actuelle.

— Leur situation ? Celle de trois nanties qui dirigent un commerce juteux ? ricana-t-il.

— Celle de trois filles d'une femme adultère et d'un homme hargneux, rectifia sa mère. Leur mère s'est enfuie avec son amant sans se soucier des conséquences pour elles. Et leur père, tout aussi égoïste, a intenté un procès en divorce. Pendant des mois, la famille a été exposée aux ragots, y compris ses filles qui n'avaient rien fait pour mériter ça.

Geoffrey hocha la tête. Il comprenait à présent pourquoi le nom de Harper lui avait semblé familier. Il en avait entendu parler dans la chronique à scandales que Rosy aimait leur lire au petit déjeuner.

— Alors voilà pourquoi ces trois jolies aristocrates sont encore célibataires, murmura-t-il, pensif. Cela m'étonnait aussi. Surtout quand lady Diana m'a indiqué leurs tarifs. Je ne comprenais pas comment elles pouvaient gagner de telles sommes, alors qu'elles sont incapables de se trouver des maris.

— Mme Pierce est veuve, précisa Rosy. Son époux est mort à la guerre.

— Bonté divine, d'où tiens-tu cela ?

— C'est lady Verity qui me l'a dit.

— Elles ont eu beaucoup de courage, enchaîna sa mère, surtout dans un monde où les femmes célibataires ne sont autorisées qu'à être entretenues par leur famille, se faire gouvernantes ou dames de compagnie.

Elle jeta un regard sévère à son fils.

— Tu ne peux pas leur reprocher de se cacher derrière leur fierté.

— Eh bien, vous n'avez pas à craindre que je ne me montre grossier demain avec elles, répondit-il. Je ne serai pas là. De toute façon, vous n'aurez pas besoin de moi.

— Certainement pas ! renchérit Rosy. En matière de mode, tu n'as aucun goût.

« Toi aussi, Brutus ! » songea Geoffrey en référence à la pièce *Jules César,* ce dernier étant trahi par Brutus. Il avait toujours eu un faible pour Shakespeare, contrairement à sa mère et à sa sœur. En fait, cela avait peut-être été son seul point commun avec son père.

Le souvenir de ce dernier lui rappela pourquoi ils étaient venus à Londres – épargner à Rosy et mère les ragots odieux que les sœurs Harper avaient subis. Les établir dans une bonne situation, au cas où le pire arriverait et où le secret de père serait révélé.

Oui, Geoffrey devait se tenir autant que possible à l'écart de la préparation des débuts de Rosy. Parce que s'il s'en mêlait, il risquait bien de se trouver au cœur d'une autre sorte de rumeur. Une rumeur selon laquelle il se serait entiché d'une pimbêche aux formes pulpeuses.

Et cela, il ne le tolérerait pas.

3

Le lendemain matin, Diana s'assit à la table du petit déjeuner, étala une bonne couche de beurre sur son toast et se servit une tasse de thé. Verity était en train de remplir son assiette et Eliza devait encore dormir, comme à son habitude.

Quand Verity vint s'asseoir, elle jeta un regard surpris à Diana.

— C'est tout ce que tu manges ? La journée risque d'être longue. Tu ferais bien de prendre des forces.

— Et toi, on dirait que tu t'apprêtes à affronter les armées de Bonaparte, répliqua Diana.

D'un coup de menton, elle désigna l'assiette de sa sœur, qui débordait de tartelettes, cakes Westphalia, brochettes de fruits de saison, silhouettes en pâte d'amandes, tranches de jambon taillées en forme de cochon ou tranches de dinde taillées en forme de dinde.

Sa sœur se servit une tasse de café et y ajouta de la crème.

— C'est un peu le cas. Ce sont les plats que je pense proposer pour le bal de Rosy.

— Lady Rosabel, corrigea Diana.

— Je sais. Je l'appellerai comme ça quand elle sera là.

— Tu l'appelleras lady Rosabel tout le temps, pour éviter de laisser échapper un « Rosy » devant quelqu'un d'important.

— Ma chère sœur, ricana Verity, on dirait qu'après ton altercation d'hier avec le duc, tu muscles ta personnalité autoritaire. Non seulement je n'ai qu'un an de moins de toi, mais j'ai aussi ma place dans notre affaire. Quoi que tu en penses, tu n'es pas la patronne. S'il devait y en avoir une, ce serait Eliza puisque c'est sa maison et qu'elle est l'aînée, mais nous avons convenu depuis longtemps que nous avions toutes notre mot à dire dans les décisions.

— Tu as raison.

Diana ajouta une cuillère de miel à son thé.

— Excuse-moi si je suis un peu… directive. Je ne suis pas de très bonne humeur ce matin. J'ai mal dormi. J'ai fait des rêves étranges.

— Je pourrais croire que tu as rêvé du duc, mais je suppose que tu ne trouverais pas ces rêves *étranges*.

— Non, en effet…

Elle avait bel et bien rêvé du duc, mais peut-être pas de la façon dont Verity pensait. Elle l'avait vu nu. Jamais elle n'avait rêvé d'un homme nu ! Toutefois, le plus *étrange* n'était pas cela, mais le moment où il avait posé ses mains sur elle, l'avait embrassée, puis avait caressé tout son corps… et elle avait adoré cela. Elle s'était réveillée une main sur son sein, l'autre entre ses jambes. Comme c'était choquant !

Au nom du ciel, allait-elle devenir comme sa mère ? Était-elle une dévergondée, elle aussi ?

— Quoi qu'il en soit, poursuivit Verity, ne te formalise pas trop de la façon dont nous appelons lady Rosabel. Cela ne semble pas très important pour elle. Ce qui importe, en revanche, c'est ce qu'on servira à son bal. Voilà pourquoi je prends ce petit déjeuner aussi particulier. Je voulais savoir ce que tout cela donnait quand c'est préparé par la cuisinière d'Eliza.

Diana éclata de rire.

— Tu t'occupes déjà du menu du bal ? Tu ne perds pas de temps !

— En fait, j'y ai pensé pendant le dîner du dernier bal que nous avons organisé. Les tarifs astronomiques du chef que nous avions engagé auraient pu nous mener à la banqueroute si nos clients n'avaient pas assumé la dépense. La cuisinière d'Eliza se débrouille plutôt bien, alors pourquoi ne pas faire appel à elle ?

— Laisse-moi deviner, ricana Diana. Lady Rosabel t'a suppliée de ne pas ruiner son frère ?

— Eh bien… oui. Cela dit, je n'ai pas compris s'il était juste pingre ou s'ils ont des problèmes d'argent.

— Ni l'un ni l'autre, à mon avis. Grenwood méprise tellement la bonne société qu'il n'a pas envie de dépenser un sou de trop pour les débuts de sa sœur.

— Voyons, il est duc !

— C'est exactement ce que je lui ai dit, mais ça ne l'a pas fait changer d'avis. Apparemment, il a hérité de quelques dettes.

Verity mordit dans ce qui ressemblait à un cygne en pâte d'amandes.

— Je n'en suis pas très surprise. J'ai cru comprendre que son prédécesseur était un vrai panier percé.

— Exact, confirma Diana en se levant pour prendre un second toast.

— Veux-tu une de ces tartelettes au cheddar ? proposa Verity. Elles sont plutôt réussies.

— Je ne peux pas avaler ça au petit déjeuner ! Si je mange trop riche dès le matin, je suis malade. Et je dois m'attendre à tout dans l'hôtel particulier de Grenwood. Nous ne savons pas dans quel état nous allons trouver cette maison.

— C'est vrai. N'est-ce pas l'une de ces demeures très chic près de Hyde Park, entourées d'arbres ? Elle sera peut-être trop petite. Mme Brookhouse m'a dit qu'autrefois, c'était la résidence des Brookhouse célibataires.

— Alors il n'y a peut-être pas de salle de bal, murmura Diana. D'ailleurs, nous ignorons si lady Rosabel sait danser.

— Elle sait, répondit Eliza d'une voix ensommeillée en entrant dans la pièce. Je lui ai posé la question. Elle a dit que son frère lui avait offert des leçons de danse à l'époque où elle portait le deuil de leur père. Cela dit, il faudrait peut-être nous assurer qu'elle danse *bien*. Qui sait ce qu'on considère comme un professeur de danse à Newcastle ? Au fait, c'est seulement quand ma bonne m'a dit que vous m'attendiez en bas que j'ai compris que tu voulais vraiment que nous soyons prêtes à cette heure indue.

— Il est 10 heures, Eliza, répondit Diana. Je sais que c'est tôt quand nous avons travaillé toute la nuit, mais pas quand nous nous sommes couchées à 21 heures.

— Attention, Eliza, l'avertit Verity. Diana est d'humeur guerrière, ce matin.

Eliza se servit son petit déjeuner habituel, du porridge et des poires.

— Je lui pardonne volontiers. Nous sommes toutes à cran ces jours-ci, à présent que père a repris ses mauvaises habitudes.

Elle émit un claquement de langue désapprobateur.

— Ces pauvres petits garçons... Leur mère, la nouvelle lady Holtbury, doit être enceinte, ou papa ne la tromperait pas aussi ouvertement.

— Nous n'avons aucune certitude, fit remarquer Diana. Pour l'instant, ce ne sont que des rumeurs.

— Peut-être, mais il a été vu en compagnie d'Harriette Wilson, intervint Verity.

— La moitié de Londres a été vue en compagnie d'Harriette Wilson, rétorqua Diana. Cela ne signifie rien.

— Si tu le dis...

Diana ravala la réplique maussade qui lui brûlait les lèvres. Elle *détestait* qu'on lui réponde par ces paroles, même si cette fois c'était sa sœur bien-aimée et non l'insupportable Grenwood qui les formulait.

— Le débat est clos, dit-elle. Maintenant, concentrons-nous sur la journée.

Tout en finissant leur petit déjeuner, elles discutèrent de ce qui serait à régler en priorité. De toute évidence, elles devaient se concentrer sur lady Rosabel et sa garde-robe. Diana fit remarquer que Mme Brookhouse n'aurait pas besoin de leurs services. Non seulement elle était encore en deuil et pouvait donc porter ses vêtements noirs, mais elle les avait impressionnées toutes les trois par l'élégance de son comportement.

— Mais qu'allons-nous faire avec le duc ? demanda Verity. Il ne peut pas continuer à s'exprimer ainsi. Et ses vêtements...

Toutes les trois poussèrent un même soupir.

— Le problème, dit Diana, c'est qu'il supporte mal qu'on lui donne des conseils.

— Comme nous l'avons vu hier, répondit Eliza. Mais il est très bel homme. Cela pourrait aider. Les dames de la bonne société voudront bien oublier son langage grossier pour le plaisir de l'admirer.

— Ça ne risque pas d'être un plaisir s'il ne renonce pas à son accoutrement barbare, marmonna Diana.

— Il a assurément besoin d'un meilleur tailleur, admit Verity.

Un peu plus tard, alors qu'elles se dirigeaient vers Grenwood House, Diana sentit son pouls s'accélérer. La seule perspective de revoir le duc et de croiser le fer avec lui faisait monter sa température d'un cran. Elle tenta de se concentrer sur les robes qu'elle pourrait dessiner pour lady Rosabel, mais elle ne parvenait pas à penser à autre chose qu'aux remarques choquantes que son frère allait sans doute émettre.

Elles parvinrent à l'allée qui menait à Grenwood House, au bout d'une petite rue située en face de la caserne de Hyde Park Barracks.

— C'est plus grand que ce que j'avais imaginé pour un logement de célibataire, fit remarquer Verity.

En s'engageant dans l'allée, elles découvrirent un vaste jardin d'agrément et une demeure digne d'un duc. De même que les plus riches seigneurs, il possédait une maison de ville aussi luxueuse que les demeures campagnardes de certains aristocrates.

Déjà, elle commençait à imaginer comment tirer le meilleur parti du jardin pour le dîner en petit comité de Rosy. Elle montra à ses sœurs où elles pourraient installer les musiciens afin que l'on danse dehors.

Et pourquoi ne pas servir le repas à l'extérieur, si le temps s'y prêtait ? Ne serait-ce pas merveilleux ?

Elle était impatiente de savoir ce que le duc penserait de son idée, aussi fut-elle très déçue d'apprendre que Sa Grâce était partie tôt ce matin et ne reviendrait pas avant un moment.

Bien sûr, elle ne s'était pas attendue à ce qu'il les accompagne chez la couturière, mais elle n'avait pas envisagé de ne pas le croiser. En vérité, cet homme était si imprévisible que c'en était… rafraîchissant. On ne pouvait pas en dire autant des autres gentlemen qu'elle avait rencontrés. Et elle avait espéré lui suggérer des tenues adaptées à sa robuste constitution. Peut-être serait-il de retour en fin d'après-midi, avant qu'elles s'en aillent ?

Puis elle cessa de penser à Grenwood le Redoutable. Ses sœurs et elle furent conduites au salon, où lady Rosabel et sa mère les attendaient. Les deux dames semblaient impatientes de commencer.

— Madame Brookhouse, lady Rosabel, les salua Diana.

— Je vous en prie, appelez-moi Rosy, comme tout le monde !

Verity ravala un éclat de rire sous le regard furieux de Diana. Celle-ci avait bien envie de mettre la jeune fille en garde contre une trop grande familiarité, mais elle n'eut pas le cœur de la reprendre.

— Si vous voulez… Rosy. Alors je vous en prie, appelez-moi Diana.

— Et moi, Verity, ajouta sa sœur.

Puis, décochant à Diana un regard espiègle, elle ajouta :

— Oh, mais suis-je bête ! Je vous l'ai déjà dit hier.

Rosy leur adressa un sourire radieux.

À cet instant, un valet de pied entra.

— Lady Rosabel ? Un visiteur pour vous.

— Oh ? J'ai oublié de dire qu'aujourd'hui, je ne recevais personne. Qui est-ce ?

— Lord Winston Chalmers.

Diana contint un mouvement de surprise. Lord Winston Chalmers – qui ne laissait pas Rosabel Brookhouse indifférente, si elle en jugeait à son sourire – n'était autre que le cousin au second degré de Diana et ses sœurs.

Mme Brookhouse répondit au valet de pied :

— Sa Grâce n'a donc pas informé le personnel que pour lord Winston, nous ne sommes jamais là ?

Le domestique pâlit.

— Toutes mes excuses, Madame. On ne m'a pas prévenu. Lord Winston semble très désireux de voir mademoiselle.

— Ne puis-je le recevoir un instant, maman ? Juste quelques minutes. Et vous êtes là pour me chaperonner.

— Je suis désolée, ma chérie, mais vous avez donné votre parole à Geoffrey. Pas de visites de lord Winston jusqu'à ce que vous ayez fait votre entrée dans le monde. Et je n'ai pas l'intention d'agir dans le dos de votre frère.

Rosy hocha la tête d'un air boudeur.

— Personne ne fait rien dans le dos de Geoffrey le Redoutable, marmonna-t-elle.

À présent, Diana était dévorée par la curiosité. Comment Winston et Rosabel avaient-ils fait connaissance ?

— D'ailleurs, insista sa mère, vous préférerez sans doute être en beauté la prochaine fois que vous le verrez.

La jeune femme fronça les sourcils.

— Et s'il ne revenait pas ?

— Je suis sûre qu'il reviendra. Et s'il ne revient pas, vous vous passerez très bien de lui. Pourquoi n'allez-vous pas plutôt montrer votre garde-robe à lady Diana, pendant que je présente notre cuisinière à lady Verity ?

— Très bien.

Rosy regarda sa mère s'éloigner en compagnie de Verity, qui avait apporté ses cahiers de recettes.

Escortée par un valet de pied, Eliza sortit inspecter la salle de réception, avant d'aller donner son avis sur les tenues de Rosy et les compétences de sa femme de chambre. Comme elle possédait un don dans ce domaine, voilà longtemps qu'elle s'occupait des coiffures de leurs clientes et s'assurait que leurs domestiques connaissaient leur travail.

Pendant ce temps, Diana et Rosy gagnèrent l'escalier qui menait à la chambre de la jeune femme. Diana lui jeta un regard discret.

— Ainsi, vous connaissez lord Winston ?

Rosy hocha la tête.

— Je l'ai rencontré lors d'une soirée musicale. Il m'a vue assise dans un coin, a demandé à notre hôtesse de nous présenter, et m'a invitée à danser. Comme j'en étais incapable devant tous ces gens, il s'est assis à côté de moi et nous avons parlé de livres, de musique et de toutes sortes de choses. Il a été *merveilleux*.

Devant son expression rêveuse, Diana ravala un soupir d'agacement. Winston possédait le don d'inspirer ce genre de réaction chez les femmes. Il savait s'y prendre avec elles, c'était certain ! Une innocente telle que Rosy ne pouvait que succomber à son charme.

— Je n'ai jamais rencontré un homme aussi intelligent, poursuivit Rosy. À part Geoffrey et papa, bien entendu. Et il m'a rendu visite dès le lendemain de la soirée musicale. Le connaissez-vous ? Il est si beau !

Il l'était assurément, et même trop pour son propre bien. Il n'avait rien à faire pour séduire les femmes : elles se jetaient dans ses bras. Ce qui soulevait une interrogation : pourquoi Winston s'intéressait-il à lady Rosabel ?

— Votre frère n'approuverait pas qu'il vous courtise ? demanda-t-elle prudemment.

— Geoffrey prétend qu'en se renseignant il a découvert que lord Winston était un séducteur et un chasseur de dot, répondit la jeune fille en gravissant les marches. Mais la vérité, c'est qu'il déteste les gens titrés. À cause de papa, vous comprenez. Papa est tombé amoureux de maman malgré le fait qu'elle était simple fille de maître de forges, et même s'il l'a épousée, il… Peu importe, ça ne doit pas vous intéresser.

Cela la *passionnait*, mais Diana ne devait pas se montrer curieuse. Sa Grâce exerçait déjà une alarmante fascination sur elle.

Toutefois, elle partageait les inquiétudes de Grenwood pour Rosy.

— Ma foi, je peux seulement vous mettre en garde. Lord Winston a effectivement une réputation de libertin. En revanche, je n'ai jamais entendu dire que c'était un chasseur de dot.

Cette précision parut réjouir la jeune femme. À présent que Diana connaissait son faible pour Winston, ses sœurs et elle devraient redoubler d'efforts pour la convaincre d'accepter d'autres prétendants. Peut-être n'aurait-elle pas dû lui dire ce qu'elle venait de lui révéler sans en avoir d'abord discuté avec le duc, songea-t-elle, soudain hésitante, tout en montant les marches à sa suite.

Puis elle se redressa, agacée. À quoi pensait-elle ? Cette jeune fille avait le droit de prendre sa place dans le monde, plutôt que de rester sous la coupe d'un frère autoritaire !

Alors qu'elles parvenaient sur le palier, Diana fit halte pour attirer l'attention de Rosy avant qu'elles entrent dans sa chambre et soient entourées d'autres personnes.

— Votre frère vous dit-il systématiquement ce que vous devez faire ou penser ?

— Non ! Enfin, pas toujours...

Rosy noua ses mains nerveusement.

— Seulement pour les sujets qu'il estime importants.

— Votre entrée dans le monde, par exemple.

— Ou plutôt le fait de trouver un mari.

— Je n'ai pas de frère mais pour ce que j'en comprends, tous les frères veulent que leur sœur se marie. Certains parce qu'ils souhaitent qu'elle soit heureuse et pensent que le mariage est la seule façon pour une femme de trouver le bonheur. D'autres parce qu'ils n'ont pas envie d'assumer leur charge financière jusqu'à la fin de leurs jours.

Diana se composa un sourire et demanda :

— À quelle catégorie le duc appartient-il ?

— À aucune des deux. Quand papa était encore en vie, jamais Geoffrey n'a insisté pour que je me marie. En fait, il n'en parlait jamais et n'a jamais tenté de me trouver des prétendants.

— Quel âge aviez-vous quand votre père a disparu ?

— Dix-huit ans.

— Son décès a probablement fait prendre conscience à votre frère que vous aviez atteint l'âge d'entrer dans le monde. Sans parler du fait qu'il a hérité d'un duché.

— Peut-être.

Rosy était manifestement sceptique.

— Est-ce le duc qui vous a contrainte à faire vos débuts ?

— Plus ou moins. Je suis terrifiée à l'idée de commettre une erreur le jour où je serai présentée à la reine, et d'en être mortifiée toute ma vie. Mais depuis que je vous ai rencontrées, vos sœurs et vous…

Elle décocha un sourire timide à Diana.

— … je sais que j'ai des amies pour m'aider à traverser cette épreuve. Et en toute franchise, avant de faire la connaissance de lord Winston, je ne voulais pas me marier. Mais à présent, je me dis qu'avec l'homme idéal la vie conjugale est peut-être agréable.

Dieu du ciel, elle s'imaginait vraiment pouvoir être *l'épouse* de Winston. C'était alarmant.

Rosy poussa un soupir fataliste.

— Et je ne veux pas que Geoffrey et maman s'inquiètent pour moi. Parfois, il est tellement intimidant ! Ce que je veux dire, c'est qu'il est très doué et que les projets qu'il crée sont si considérables qu'à côté de lui, je me sens insignifiante. Au cas où vous ne l'auriez pas remarqué, Geoffrey peut être très impressionnant.

— Cela ne m'a pas échappé, soyez-en certaine, répondit Diana.

Rosy s'engagea dans un couloir.

— Saviez-vous qu'il a dessiné une partie du canal entre Leeds et Liverpool ? Grâce à lui, les gens de

Leeds peuvent vendre leur charbon dans l'ouest de l'Angleterre, et même plus loin en partant du port de Liverpool. Cela économise des milliers de livres et réduit le coût du charbon pour tous.

Rosy venait sans doute de prononcer plus de mots que Diana n'en avait entendu depuis qu'elle l'avait rencontrée. Et pour parler d'ouvrages de génie civil, qui plus est ! Nul doute que le sang de son grand-père maître de forges coulait dans ses veines.

Elle fit halte devant une porte.

— Voilà pourquoi je comprends que Geoffrey soit agacé par cette grande affaire de mes débuts dans le monde, avec toutes ces règles qu'il trouve incompréhensibles. Je ne les comprends pas plus que lui, mais je n'ai pas ses perspectives. Soit je me marie, soit je finis vieille fille. Pour être honnête, je n'ai pas vraiment de préférence. Je lui ai promis de faire ce qu'il demande jusqu'à la fin de la saison, et ensuite c'est moi qui déciderai. J'aimerais me marier, mais pas sans amour. Si je ne peux pas épouser un homme que j'aime, autant consacrer ma vie à tenir la maison de mon frère.

Diana, qui comprenait la situation de la jeune femme, lui donna un conseil.

— L'amour est largement surestimé, ma chère. Comme vous l'avez probablement déjà appris, ma mère a quitté mon père pour épouser l'homme dont elle était éprise... avant de découvrir qu'aucune de ses amies ne voulait plus lui adresser la parole. Elle se voyait en prochaine lady Holland, qui nargue la bonne société et règne sur son salon.

Diana secoua la tête, navrée.

— Hélas, mère n'a pas le cercle d'amis de lady Holland et ne sait pas cultiver de liens avec les artistes, écrivains et autres personnalités hors normes. À présent qu'elle est mise au ban d'un monde où elle était influente, elle est seule et malheureuse. Et mon père a…

Diana s'interrompit avant d'en révéler trop.

— Quoi qu'il en soit, ne vous mariez jamais par amour. Ne faites pas dépendre votre bonheur d'une autre personne. Mariez-vous pour le plaisir de tenir votre propre maison, ou pour le confort, ou même pour avoir un compagnon ou connaître la joie d'avoir des enfants, mais pas par amour. L'amour est infidèle, parfois même cruel.

Elle songea au prétendant de Verity.

— Il y a de bien meilleures raisons de convoler en justes noces.

— Je m'en souviendrai, promit Rosy.

Toutefois, elle ne semblait guère convaincue. En la regardant ouvrir la porte, Diana comprit qu'elle avait déjà oublié ses sages conseils.

Tant pis. Elle aurait essayé. Maintenant, elle allait faire ce pour quoi Geoffrey le Redoutable la payait : transformer le vilain petit canard en cygne majestueux.

Dès qu'elle entra dans la pièce, Diana sut que la tâche n'allait pas être aisée. La chambre de Rosy, surchargée et un peu mièvre, ressemblait plus à celle d'une petite fille qu'à celle d'une jeune femme. Bien sûr, Rosy ne l'occupait pas depuis assez longtemps pour avoir eu le temps de refaire la décoration. Peut-être même ne la trouvait-elle pas particulièrement à son goût. Diana décida de lui accorder le bénéfice du doute.

Puis elle ouvrit son armoire à vêtements. Elle ne fut pas surprise d'y trouver une avalanche de robes blanches en mousseline, velours ou satin de soie. Après tout, presque toutes les robes étaient blanches actuellement. On apercevait parfois un éclat de bleu profond ou de vert bouteille, surtout pour les vestes ou les manteaux, mais le blanc prédominait.

Toutefois, ce n'était pas le seul problème ici. Non seulement ces tenues chargées de dentelles et d'ornements étaient passées de mode, mais elles s'avérèrent trop petites quand Diana demanda à Rosy d'en essayer quelques-unes. Diana commença à sortir celles dont il faudrait se débarrasser, et elle en fit un tas.

— Tout d'abord, expliqua-t-elle en ajoutant une robe sur la pile, les vêtements trop petits vous donnent l'air plus ronde que vous ne l'êtes.

— Je suis ronde, marmonna Rosy. Je suis *grosse*.

Diana sursauta. Elle n'avait pas oublié toutes les fois où mère l'avait fait se voûter pour dissimuler sa haute taille, et où père lui avait dit d'arrêter de mettre du beurre sur ses petits pains car « aucun gentleman ne veut d'une femme grassouillette ».

— Est-ce votre mère ou votre frère qui vous a dit ça ? demanda-t-elle.

— Oh, non. Ils me répètent que je suis très jolie, mais j'ai un miroir, vous savez. Je vois bien à quoi je ressemble.

— Erreur. Notre reflet dans la glace est très différent du regard que les autres portent sur nous. D'abord, vous êtes la seule à vous voir sans vos vêtements. Ensuite, vous ne vous voyez que sous un seul angle. Les autres, à part votre mari un jour et votre femme de chambre, vous voient habillée et sous tous les angles. Vous pouvez donc modifier votre image rien qu'en choisissant votre tenue et votre coiffure. Et de toute façon, vous n'êtes pas grosse. Je suis sûre que nous sommes approximativement de la même corpulence, vous et moi.

— Peut-être, mais vous êtes grande. Cela aide.

Diana ne pouvait contrer cet argument, même si elle avait décidé depuis longtemps qu'elle préférait être « grassouillette » que renoncer à mettre du beurre sur ses toasts. Rosy, pour sa part, n'était absolument pas grosse. Elle portait juste des tenues peu flatteuses.

Par chance, Eliza les avait rejointes et s'entretenait à présent avec Mme Joyce, la femme de chambre de Rosy, sur la question de ses coiffures.

— Eliza ? l'appela Diana. Pourrais-tu venir un moment, s'il te plaît ? Et vous aussi, madame Joyce.

Les deux femmes les rejoignirent aussitôt. Diana sortit de la pile des tenues à jeter une robe de la même coupe que celle que portait Eliza. Puis elle se tourna vers sa sœur.

— Si tu voulais bien passer celle-ci, j'aimerais montrer quelque chose à Rosy. Il y a un paravent là-bas pour te changer. Et n'oublie pas la ceinture. Mme Joyce pourrait t'aider.

— Cette robe ne m'ira jamais, l'avertit Eliza.

Rosy fit la moue.

— C'est certain ! s'exclama-t-elle. Vous n'avez pas ma silhouette. Elle est bien trop grande pour vous.

Eliza éclata de rire.

Diana se tourna vers la jeune fille.

— Avant qu'Eliza se change, Rosy, observez la tenue qu'elle porte pour l'instant. Que pourriez-vous en dire ?

— Elle est très élégante. Ce rose est vraiment joli. On pourrait peut-être ajouter quelques volants sur le corsage ? Ou un fichu de dentelle ?

Diana ravala un sourire.

— Tu peux y aller, Eliza.

Pendant que sa sœur et Mme Joyce passaient derrière le paravent, elle se tourna vers Rosy.

— C'est peut-être le bon moment pour aborder la question des couleurs. Le blanc vous va très bien, ma chère, mais il va aussi à la plupart des jeunes femmes. Dans un océan de blanc, vous devez être le joli coquillage rose ou le poisson d'un bleu vibrant. Si vous voulez qu'on vous courtise, il faut qu'on vous remarque.

Rosy hocha la tête.

— Aussi, poursuivit Diana, pour vous distinguer des autres jeunes femmes, vous gagneriez à ajouter une note de couleur ici ou là à votre tenue. Une broderie au bas de la robe et aux poignets, un châle de soie colorée, peut-être un jabot de dentelle, voire des gants, des chaussures ou des rubans assortis dans les cheveux. Si vous préférez, vous pourriez même choisir une robe de couleur, par exemple mauve pâle ou jaune. Au printemps, un rose doux est tout à fait indiqué.

Diana sortit une robe de l'armoire.

— Celle-ci pourrait faire l'affaire. La coupe vous convient, elle devrait vous aller.

Elle la remit à sa place et s'exclama, pensive :

— Oh, mais il y a un modèle qui vous irait à la perfection dans *La Belle Assemblée* de ce mois-ci ! Et personne ne l'a encore vu…

— Nous connaissons la rédactrice en chef, expliqua Eliza derrière le paravent. Elle nous montre les gravures de mode avant chaque parution du magazine. Grâce à elle, nous pouvons commander pour nos clientes des robes qu'aucune autre ne porte déjà.

Ainsi, elles sont toujours à l'avant-garde de la mode, ce qui est l'idéal si vous voulez qu'on vous remarque.

— La coupe de celle-ci offre le meilleur compromis si vous voulez une allure flatteuse, dit Diana. Vous pourriez choisir une robe de dessous blanche et une robe de dessus vert émeraude. Avec vos yeux, le résultat serait délicieux.

— Délicieux ? répéta Rosy, interloquée.

— Oui. Ne voulez-vous pas que les hommes vous trouvent à croquer ?

La jeune fille parut horrifiée.

— Certainement pas !

Diana ravala un sourire.

— Nous ne parlons pas de cannibalisme, ma chère.

Elle revit alors l'expression affamée de Grenwood dès le premier instant où il avait posé les yeux sur elle. Au souvenir du frisson qui l'avait parcourue sous ce regard gourmand, elle secoua la tête. Elle perdait la raison. Et à cause de Geoffrey le Redoutable, en plus ! C'était ridicule.

— Disons que les hommes ont parfois… comment expliquer cela… une certaine façon de vous *dévorer* du regard.

— Vous peut-être, mais pas moi, marmonna Rosy.

Diana lui tapota la main d'un geste affectueux.

— Cela ne va pas tarder, croyez-moi.

À cet instant, Eliza sortit de derrière le paravent.

— C'est bien ce que je pensais, elle est trop petite, dit-elle en tournant sur elle-même devant Diana et Rosy.

— Et maintenant, Rosy, regardez Eliza, ordonna Diana. Que remarquez-vous à présent ?

— Elle…

La jeune fille se mordit les lèvres.

— Veuillez m'excuser, madame Pierce, mais vous avez l'air aussi ronde que moi.

— Exactement, renchérit Diana, ravie que son élève ait compris. Toutes les deux, vous avez à peu près la même stature et le même tour de taille. La différence, c'est que les tenues d'Eliza sont dessinées pour cacher ses défauts et révéler ses atouts. Ainsi, sa silhouette se rapproche de l'idéal féminin actuel. Alors que si elle porte l'une de vos robes, elle... Eh bien, cette ceinture beaucoup trop fine donne l'impression qu'elle a du ventre, par exemple. Et le corsage serré lui fait encore plus de poitrine qu'elle n'en a déjà. Quant à la longueur...

— Je crois que je comprends ! s'exclama Rosy. Avec ses bas blancs qui dépassent, elle a l'air plus petite qu'elle ne l'est en réalité.

La jeune fille pâlit.

— Alors voilà à quoi je ressemble dans cette robe ?

— Voulez-vous la vérité ?

— Toujours, répondit Rosy.

— Eh bien, je crains que oui. Il est plus facile de s'en rendre compte sur une autre personne que nous, surtout si elle a une silhouette identique. Et souvenez-vous : quand vous vous regardez dans le miroir, vous ne voyez qu'une partie de vous-même.

Diana fit signe à Eliza de s'immobiliser.

— Et le bas de la robe ? Que voyez-vous ?

— Les volants font un peu gamine, je dois l'admettre, dit Rosy dans un soupir. Dommage. J'aime tellement les volants !

— Vous pouvez en avoir, mais nous les limiterons. S'il y en a trop, le résultat est surchargé au lieu d'être élégant. Voyez la robe d'Eliza, elle comporte assez peu d'ornements.

Rosy écarquilla les yeux.

— Alors vous pouvez me dessiner des robes qui me donneront un air élégant, à moi aussi ?

— Mieux que cela. Vous vous trouverez aussi belle que le disent votre mère ou votre frère. Aussi belle que vous l'êtes réellement. Je ne vois aucun problème à votre silhouette. Il vous faut juste des robes qui la mettront en valeur.

Une lueur d'espoir passa sur le visage de la jeune femme.

— Ce serait merveilleux !

Bientôt, Diana et Rosy, ainsi que sa mère qui souhaitait également quelques nouvelles tenues, se mirent en route pour se rendre chez Mme Ludgate, tandis que Verity et Eliza restaient pour réfléchir à la décoration, à la musique et au menu.

Jusqu'à présent, tout se passait très bien. Diana aurait dû s'estimer heureuse que le duc ne se soit pas montré… Alors pourquoi n'était-ce pas le cas ?

Les trois femmes passèrent un excellent moment chez la couturière. Diana avait apporté quelques robes de Rosy encore portables pour qu'elles soient ajustées en attendant que sa nouvelle garde-robe soit prête. Elle choisit également les couleurs pour les nouvelles tenues de la jeune fille.

On prit les mesures des deux femmes, puis Diana les aida à choisir des tissus. Si Mme Brookhouse se limitait à la gamme du demi-deuil – blanc, gris et lavande –, Rosy avait plus de choix, aussi Diana lui proposa-t-elle un assortiment de nuances qui mettaient en valeur son teint.

Quand elles quittèrent la boutique de Mme Ludgate, Mme Brookhouse et sa fille repartirent chacune avec une poupée mannequin, ainsi qu'une sélection de robes et d'accessoires à essayer pour voir comment les vêtements tombaient et comment leurs coloris se révélaient sous différentes lumières. Ainsi, elles pourraient décider des modifications à apporter aux patrons.

Diana était épuisée. Pour une raison qu'elle ignorait, les séances d'essayage la vidaient toujours de son énergie. Il fallait souvent arbitrer entre ce dont on rêvait – l'imagination pouvait aller loin ! – et ce qui était possible. Aussi, au moment de remonter dans la voiture des dames Brookhouse, elle s'excusa au motif qu'elles auraient encore beaucoup à faire avec Verity et Eliza, qui les attendaient à Grenwood House.

Refusant de la laisser rentrer seule à pied, elles proposèrent de la déposer chez Eliza, ce qu'elle accepta avec gratitude. Une fois à la maison, elle demanda qu'on lui serve une collation au jardin et saisit son carnet, ses fusains et ses crayons pour dessiner quelques modèles tout en prenant le thé.

Le jardin d'Eliza n'était pas très grand, mais bien assez pour Diana. La jeune femme adorait observer les merles et les moineaux. Parfois, elle les attirait avec des graines pour pouvoir les dessiner. Elle était occupée ainsi depuis une bonne heure, quand elle s'avisa qu'un orage se formait. Elle tourna la page de son carnet et esquissa rapidement le ciel qui s'obscurcissait et les éclairs de chaleur qui jaillissaient au loin des nuées bleutées.

Dans sa hâte de saisir la scène avant que le déluge s'abatte sur ce quartier de la ville et l'oblige à se réfugier dans la maison, elle faisait courir son crayon sur le papier si fiévreusement qu'il lui fallut quelques instants pour réagir quand un valet apparut.

— Sa Grâce le duc de Grenwood, annonça-t-il.

D'un geste rapide, elle arracha la page et la glissa à la fin de son carnet, de sorte qu'on n'y voie plus que ses modèles de robes. Ses dessins personnels en révélaient tant sur elle-même que cela la mettait mal à l'aise. Sans compter que Geoffrey le Redoutable ne devait avoir que du mépris pour ce genre de passe-temps, et elle n'avait pas envie de supporter ses réflexions dédaigneuses.

Il entra dans le jardin alors qu'elle refermait son carnet de croquis.

Elle se leva pour le saluer.

— Votre Grâce, je ne pensais pas vous voir aujour…

— Comment osez-vous encourager l'intérêt de Rosy pour lord Winston ? l'interrompit-il. Ce type est un chasseur de dot ! Croyez-moi, ma source d'informations est fiable. Et même si elle ne l'était pas, rien ne vous autorise à vous mêler de nos affaires familiales, tonnerre de Dieu !

Cette agression la mit en colère.

— N'est-ce pas pour cela que vous nous payez, monsieur ? Pour nous impliquer dans les débuts de votre sœur ?

Il la fusilla du regard.

— Cela ne vous donne pas le droit d'approuver dans mon dos un admirateur inconvenant.

— Ce n'était pas dans votre dos, mais en votre absence, rectifia-t-elle. Rosy m'a demandé mon avis sur lui et je lui ai répondu la vérité, à savoir que jamais je n'ai entendu dire que c'était un chasseur de dot. Je l'ai également avertie qu'il avait une réputation de libertin et lui ai recommandé de ne pas l'encourager.

Cela parut le prendre au dépourvu.

— Vous lui avez dit ça ?

— Oui. Posez-lui la question et elle l'admettra.

« Ou pas, si vous lui faites trop peur », s'interdit-elle d'ajouter. Après tout, cet homme était un client.

Voilà aussi pourquoi elle n'osa pas lui révéler que Winston était un lointain cousin, de peur qu'il ne leur retire sa clientèle. Sans compter qu'elle s'était prise d'affection pour Rosy. Elle aurait été navrée de devoir mettre un terme à cette mission pour la seule raison que le duc était fâché contre les pairs du royaume. Elle se promit d'envoyer à Winston un message pour lui demander de ne pas révéler leurs liens familiaux. Et elle devrait aussi prévenir ses sœurs.

Grenwood se mit à faire les cent pas dans le jardin, ce qui n'était pas un mince exploit étant donné l'étroitesse des lieux et la longueur de ses enjambées.

— Enfer et malédiction ! grommela-t-il.

— Il faut vraiment que vous arrêtiez de jurer.

Elle se rassit sur le banc de bois.

— Vous n'avez pas d'autre souci pour l'instant ? demanda-t-il avec un rire sarcastique.

— Si. Il y a le constat que Rosy semble avoir volontairement omis une partie de ce que je lui ai dit quand elle vous a rapporté notre conversation.

Sans parler du fait qu'il était ce soir plus séduisant que jamais. Même l'arbitre des élégances le plus pointilleux n'aurait rien trouvé à redire à sa tenue. Tout était parfait, depuis sa veste noire à queue de pie jusqu'à ses bottes étincelantes en passant par son gilet blanc ajusté, sa cravate artistiquement nouée, ses culottes chamois et ses bas blancs. Il avait même une chaînette de montre en or.

Il était superbe. Non, il était *irrésistible*. Bien sûr, Diana n'avait pas l'intention de s'attarder sur ce point maintenant. Elle pourrait toujours y songer cette nuit, dans son lit.

Bonté divine, que lui arrivait-il ? C'était bien la première fois de sa vie qu'elle croisait un homme à ce point désirable, mais il fallait qu'il soit totalement inconvenant ! Duc seulement par son titre, et rebelle à toutes les règles auxquelles elle se tenait.

Autrement dit, un danger à fuir de toute urgence.

4

— Vous rougissez, dit Geoffrey à mi-voix.

Sa remarque dut prendre lady Diana au dépourvu, car elle répliqua du tac au tac :

— Certainement pas !

À d'autres ! Elle était couleur pivoine. Bon sang, était-ce lui qui la troublait ainsi ?

Du calme, Geoffrey. Ne t'emballe pas.

— Quant à Rosy, s'empressa-t-elle d'ajouter, si elle n'a pas répété mot pour mot mes propos sur lord Winston, c'était peut-être par crainte d'alimenter votre méfiance. Au demeurant, peu importe qu'elle soit éprise de lui, ce qui est inévitable s'il est le premier gentleman à la courtiser. Quand notre mission sera accomplie, elle sera entourée de tant d'admirateurs qu'elle l'oubliera.

Elle croyait vraiment que ce serait aussi facile que cela ? s'étonna Geoffrey. Il s'approcha du banc où elle était assise.

— Vous semblez bien sûre de vous, pour quelqu'un qui ne connaît Rosy que depuis un jour.

— Deux jours, rectifia-t-elle en lui décochant un regard glacial. C'est bien assez pour voir qu'elle peut devenir la coqueluche de Londres, si elle accepte notre aide.

À la stupeur de Geoffrey, elle tendit une main vers lui et tira sur la chaînette de sa montre de gousset.

— En revanche, poursuivit-elle, j'ai quelques doutes quant à son frère, qui s'obstine à écraser les dames de sa présence imposante.

Il contint de justesse un éclat de rire. Elle était vraiment unique, avec sa façon de vous imposer des règles de bonne conduite avant de les enfreindre elle-même. Il n'en savait peut-être pas beaucoup sur les usages de la bonne société, mais il était prêt à parier que cela ne se faisait pas de tirer sur la chaînette de montre d'un gentleman.

Sur ses gardes, il s'assit à l'autre extrémité du banc. Ainsi, il ne « l'écraserait pas de sa présence imposante ». Il s'interdit de regarder le carnet de croquis placé entre eux, la seule barrière qui les séparait. La tentation était d'autant plus forte qu'elle ne cessait d'y jeter des regards nerveux.

— De la même façon que vous savez concevoir un pont ou un canal, Votre Grâce, mes sœurs et moi savons concevoir les débuts d'une jeune femme. Si vous ne nous faites pas confiance, pourquoi avoir sollicité notre aide ?

Un point pour elle. S'il s'était montré aussi hésitant dans un projet de génie civil, on se serait vite passé de ses services.

— Vous avez raison. Pardonnez-moi d'avoir tiré une mauvaise conclusion des propos de ma sœur.

Elle battit des cils.

— Incroyable. Sa Majesté condescend à présenter des excuses.

— Et elle n'est pas près de recommencer si vous ricanez comme ça, marmonna Geoffrey.

La jeune femme laissa échapper un petit rire.

— Vous n'êtes pas le même, aujourd'hui. Outre le fait que vous présentez des excuses.

Le sourire espiègle qu'elle lui adressa fit monter sa température de quelques degrés.

— Votre coiffure ? murmura-t-elle, pensive. Non, c'est la même qu'hier. Votre canne ? Vous n'en avez même pas.

Elle se tapota le menton d'un air songeur.

— J'y suis ! Votre parfum. Vous portez de l'eau de Hongrie, n'est-ce pas ?

Il lui jeta un regard méfiant.

— Vous savez fichtrem... parfaitement bien que je ne porte pas d'eau de Hongrie. Je ne sais même pas ce que c'est.

Et pour lui démontrer que lui aussi savait manier le sarcasme, il ajouta :

— Je porte le même parfum que tous les jours. Vous devez le connaître : je crois que ça s'appelle du savon.

— Ce doit être ça, répondit-elle avec un sourire un peu hautain. Ainsi que le fait que vous êtes drôlement bien habillé. Prenez garde : avec l'orage qui se prépare, vous regretterez d'avoir sorti vos beaux vêtements. Surtout quand vos jolis bas blancs seront pleins de boue.

— J'ai une voiture, rétorqua-t-il avec des accents suaves. C'est ainsi que nous autres ducs nous protégeons de la pluie.

— Si vous avez pris la voiture, vous devez vous rendre dans un endroit très chic.

— Pour votre information, j'ai été convié au dîner mensuel de la Société des ingénieurs en génie civil. Quoi que vous pensiez, je sais comment m'habiller pour une occasion importante.

— En effet.

Elle retrouva son sérieux et ajouta :

— Et c'est bien le problème. À vos yeux, l'avenir de votre sœur ne compte pas autant que votre carrière. Vous soignez votre tenue pour la seconde, mais pas pour le premier.

Geoffrey laissa échapper un petit rire désabusé.

— Il est clair que vous ne me connaissez pas. Je ne fournis pas plus d'efforts pour ce dîner que pour Rosy. La haute société de Newcastle est un cercle très fermé, et je n'en ai jamais fait partie jusqu'à ce que j'hérite du duché. Je ne suis même pas certain que quiconque en ville ait jamais su que mon père était fils de vicomte. Ou si on l'a su, on s'en moquait éperdument.

— Alors pourquoi êtes-vous si élégant, ce soir ?

Pour vous montrer que vous vous êtes trompée sur mon compte.

Non. Il n'allait pas lui donner la satisfaction de l'entendre faire un tel aveu. D'autant qu'il n'y avait pas que cela.

— Je dois formuler des recommandations sur la conception de l'écluse de Teddington ; c'est pour cette raison qu'on m'a invité. Je me suis habillé correctement par respect pour les hommes qui assisteront à ce dîner, qui sont tous très renommés dans leur domaine.

— Je vois.

Elle pencha la tête de côté.

— Au fait, qu'est-ce qu'un ingénieur en génie civil, au juste ?

— C'est un homme génial et très civil, répliqua-t-il.

Un sourire pincé étira les lèvres de la jeune femme.

— Ma question était sérieuse.

Quand elle noua les mains sur ses genoux, Geoffrey remarqua qu'elle ne portait pas de gants et que ses doigts étaient tachés. De l'encre ? Du fusain ?

Il s'apprêtait à lui poser la question quand elle reprit :

— Admettez-le, vous me prenez pour une écervelée qui n'a rien d'utile à offrir au monde. Après tout, je ne dessine pas d'écluses, ne creuse pas de canaux ou ne fais rien de ce que fait un ingénieur.

Avec un temps de retard, il comprit qu'il l'avait offensée. Cela n'avait pas été son intention. Il avait seulement profité de l'occasion de placer une plaisanterie sans réfléchir aux conséquences.

— Un ingénieur en génie civil utilise sa connaissance des sciences physiques pour mettre la puissance de la nature au service de l'humanité. Par exemple, le fondateur de la société où je me rends ce soir était un homme du nom de Smeaton. Il a amélioré la roue hydraulique, dessiné des phares et conçu des viaducs, des ponts, des canaux et, oui, des écluses.

Le sourire gracieux qu'elle lui adressa lui apporta plus de joie que l'ouvrage d'art le plus parfait.

— Et quant à l'idée que je vous prendrais pour une écervelée, rien n'est moins vrai, assura-t-il. Vous naviguez sur un océan de subtilités que je suis bien incapable de comprendre.

— Ou que vous *préférez* ne pas comprendre.

Il acquiesça d'un coup de menton.

— En effet. Je travaille avec la nature, vous avec les êtres humains. Je dois avouer que Rosy semble déjà avoir pris confiance en elle. Vous êtes manifestement plus douée que moi pour communiquer avec elle. En toute franchise, je ne sais pas comment l'aider.

— Vous voulez dire en plus de tout ce que vous faites déjà ?

— Oui. J'aimerais qu'elle contracte un bon mariage, mais j'ignore ce que cela signifierait pour elle. Dois-je la laisser choisir son époux, au risque qu'elle reproduise l'erreur de nos parents ?

— Eliza dit que d'après Rosy et votre mère, vos parents étaient heureux en ménage.

Des époux heureux en ménage ne gardaient pas de secret l'un pour l'autre, songea-t-il sombrement.

— Mère et Rosy... ne voient qu'une partie du tableau, je le crains.

Comme une lueur de curiosité s'allumait dans le regard de la jeune femme, il se maudit d'en avoir trop révélé.

— Voilà pourquoi je n'ai pas confiance en Rosy pour prendre la bonne décision. Le mariage, c'est pour la vie. Ou en tout cas, ça devrait l'être. J'ai assigné une dot substantielle à ma sœur, mais que puis-je faire pour lui éviter de finir avec un libertin tel que lord Winston ?

— Vous ne pouvez rien faire. Vous ne *devez* rien faire. Tout ce qui est en votre pouvoir, c'est de la conseiller, de lui offrir la chance de rencontrer d'autres gentlemen, ce qui est déjà votre intention. En définitive, c'est elle qui devra vivre avec l'homme qu'elle aura choisi, pas vous.

— Voilà un avis plein de sagesse, venant d'une « écervelée qui n'a rien d'utile à offrir au monde ».

Comme elle levait les yeux au ciel d'un air narquois, il éclata de rire.

— Je suis sérieux. Vous savez vous y prendre avec les jeunes filles. C'est peut-être parce que vous avez deux sœurs comme modèles. Rosy n'a que moi et je ne suis pas aussi séduisant que vous, même dans une jolie robe.

S'avisant qu'il venait de commettre une nouvelle bourde, il ravala un juron.

— Je voulais juste dire que…

— Je sais ce que vous vouliez dire, l'interrompit-elle en posant sur lui un regard indéchiffrable. Hélas, mes sœurs ne m'ont pas plus aidée à affirmer mon caractère que vous n'aidez Rosy à affûter le sien. En toute franchise, Eliza, qui est l'aînée, est très facile à vivre. Elle tient notre comptabilité, s'occupe de la musique pour les événements que nous organisons, et elle est plutôt douée dans sa partie.

Elle poussa un soupir.

— Verity, en revanche… Ne vous méprenez pas sur ce que je vais dire, s'il vous plaît… elle aussi, elle fait sa part. Elle est parfaite pour superviser les cuisiniers lors des repas, bals ou autres occasions, et elle a un don pour créer des décors impressionnants avec peu de moyens. Le problème, c'est que comme la plupart des artistes, elle ne vit que pour son art. On la trouve souvent debout en pleine nuit, en train de peindre des décors en trompe-l'œil ou de réaliser des objets de décoration en papier mâché. Au moins, votre sœur a un rythme de vie normal.

— C'est vrai.

Cédant à la tentation, il ouvrit son carnet de croquis.

— Je vous en prie, regardez, marmonna-t-elle d'un ton hautain.

Il ignora la pique, fasciné par la qualité de ses esquisses de robes et d'accessoires féminins assortis.

— Vos propres modèles, je présume ?

Elle acquiesça.

— On dirait que lady Verity n'est pas la seule artiste de la famille, murmura-t-il tout en feuilletant le carnet. C'est du bon travail.

— Surtout de la part d'une écervelée.

— Je crois que nous pouvons définitivement oublier ce terme. Il ne vous correspond pas du tout.

Ses yeux quittèrent le carnet pour se poser sur elle.

— Pourquoi avoir choisi de créer une agence, au lieu de passer vos journées parmi vos fusains, crayons et aquarelles ? Une dame de qualité telle que vous n'est pas censée travailler pour gagner sa vie, il me semble ?

— C'est vrai, mais de temps en temps, vous en croiserez une qui brise les règles et écrit des romans, dessine des motifs pour les porcelaines Wedgwood ou se consacre à d'autres activités. Comme mes sœurs et moi. Nous n'avions pas envie de finir gouvernantes ou dames de compagnie, et la vie sous le toit paternel était devenue un enfer, alors nous avons fait notre choix. Pour ma part, je ne l'ai jamais regretté.

— Tout de même, vous auriez pu trouver un mari qui apprécie vos talents et soit heureux de vous voir les exercer.

Lady Diana posa sur lui un regard glacial.

— Suis-je sotte ! Comment n'y ai-je pas pensé ?

Elle poussa un soupir las et reprit d'un ton plus grave :

— Vous ne pouvez pas ignorer ce qui s'est passé entre mes parents à l'époque de mon entrée dans le monde.

Devait-il le reconnaître ? Geoffrey n'avait aucune raison de nier.

— Ma mère et Rosy m'en ont un peu parlé.

En revanche, il n'allait pas lui révéler qu'il se souvenait des rumeurs colportées par les journaux de l'époque. Inutile de verser du sel sur la plaie.

— Elles m'ont dit que le divorce avait fait beaucoup de bruit.

— Le mot est faible, répondit-elle, la mine sombre. La presse à sensation en a fait ses choux gras pendant des mois, on nous a snobées dans toutes les soirées – enfin, celles où nous étions invitées – et plus personne ne nous a rendu visite de peur d'être éclaboussé par le scandale.

Une bouffée d'indignation monta en lui.

— Et voilà la société où vous voulez nous faire entrer, ma famille et moi ?

— Non, répliqua-t-elle avec fermeté. Voilà la société où *vous* avez décrété que votre sœur devait entrer. Si vous voulez juste un bon mari pour elle, je suis sûre que vous en trouverez un qui sera tout à fait respectable parmi vos amis ingénieurs, à condition qu'elle le trouve à son goût.

Il lui adressa un sourire navré.

— J'ai un doute sur ce point. La plupart d'entre eux ont l'âge de notre mère.

Puis son sourire disparut. Il ne pouvait pas lui dire qu'il préférait que Rosy épouse un aristocrate. Cela l'obligerait à en avouer la raison.

— Quoi qu'il en soit, c'est ce qu'elle désire. Enfin, maintenant.

— Je comprends, dit-elle.

Il n'en était pas certain, mais mieux valait écarter la conversation de ce sujet risqué.

— Nous ne parlions pas de ma sœur mais de vous, lui rappela-t-il. Et j'ai toujours du mal à imaginer qu'une femme dotée de vos qualités reste longtemps au ban de la bonne société. Les gentlemen de Londres ont un sacré problème s'ils sont incapables d'oublier un vieux scandale et de voir que vous feriez une épouse parfaite !

Elle laissa échapper un rire amer.

— Vous devez plaisanter. Quand vous avez appris que nous appartenions à l'aristocratie, vous avez songé à ne plus faire appel à nos services. Et d'abord, que savez-vous de mes qualités ? Vous n'avez encore rien vu de ce que je peux accomplir pour votre sœur.

— J'en sais assez pour comprendre que vous êtes une artiste de talent. Un ingénieur remarque ce genre de choses. Nous aussi, nous dessinons.

Il désigna les mains de lady Diana, nouées sur ses genoux.

— Et j'en ai vu suffisamment pour comprendre que vous êtes l'image même de l'élégance. Tous les hommes de votre monde devraient se battre pour vous courtiser.

— Les hommes de mon monde ? répéta-t-elle avec une pointe d'agacement. Vous en faites partie, au cas où vous ne l'auriez pas remarqué.

— Sur le papier, peut-être. Nous savons l'un comme l'autre que malgré mon titre, je ne suis pas du même monde que vous.

— Personne n'est du même monde que moi ! s'exclama-t-elle. Voilà pourquoi je ne me suis jamais mariée.

Ah. Ils en venaient au cœur de la question. Il voulait connaître les raisons de la jeune femme… et en même temps, il ne le voulait pas. Parce que cela signifiait que la réponse était importante pour lui.

— Comment est-ce possible ?

Elle rougit.

— Je n'aurais pas dû dire ça.

— Peut-être, mais vous l'avez dit.

Du bout du doigt, il souligna les contours d'une silhouette drapée d'une robe élégante sur la page. S'il ne regardait pas lady Diana dans les yeux, peut-être éviterait-il de lui faire peur et de la décourager de répondre.

— Je ne vous jugerai pas, insista-t-il. Vous pouvez me parler.

Elle soupira.

— La vérité, c'est que je crains de ne pas être faite pour le mariage. Je préférerais passer ma vie à dessiner, coudre ou juste lire, plutôt que lier mon destin à celui d'un homme.

— Qu'est-ce qui vous oblige à choisir ? Vous pourriez continuer de faire tout ceci en étant mariée.

— Avec la personne idéale, peut-être, mais ce n'est pas la seule raison. Je crains que l'idée du mariage ne me laisse assez… froide, si je puis le dire ainsi. Je n'imagine pas de m'enflammer pour un homme au point de renoncer à tout pour lui, comme ma mère quand elle a tout quitté pour s'enfuir avec son général de division. Si cet élan n'est pas là, quel sens cela aurait-il ? Elegant Occasions nous permet de vivre très confortablement, et j'ai toute la compagnie nécessaire avec mes sœurs.

Elle voulut reprendre son carnet de croquis, sans doute pour mettre fin à leur entretien. Geoffrey le referma et le lui tendit, mais le cahier tomba sur le sol et quelques feuilles libres s'en échappèrent.

— Désolé, marmonna-t-il en se penchant pour ramasser les dessins.

Il remarqua alors ce que représentait l'un d'entre eux. Fasciné, il observa le paysage au fusain, des landes balayées par le vent et une ancienne forêt bordée par une rivière.

— Ne serait-ce pas Exmoor, par hasard ?

— Oui, répondit-elle d'un air surpris. Vous connaissez ?

Tout en acquiesçant d'un coup de menton, Geoffrey rassembla les croquis, les posa sur ses genoux et les feuilleta.

— J'ai séjourné à l'auberge de Simonsbath pour travailler sur un projet. Je me suis beaucoup promené dans la région.

— Je suis née près de Simonsbath, dit-elle doucement. C'est là que se trouve la propriété de mon père, Exmoor Court.

— Cela explique pourquoi ces paysages ont une telle force d'évocation. Vous avez dû passer beaucoup de temps à les observer. Vous êtes une véritable artiste.

— Merci. Pour paraphraser votre définition du génie civil, j'aime représenter la beauté de la nature pour le plaisir de l'humanité.

— C'est manifeste.

Il posa alors les yeux sur un dessin qui, clairement, ne représentait pas Exmoor. On aurait dit l'orage en train de se former au-dessus de leurs têtes. Était-elle en train de le réaliser quand il était arrivé ? Elle avait admirablement su rendre le mouvement des arbres dans le vent et la masse sombre des nuages qui se formaient au loin. Il pouvait presque entendre le ciel gronder, même si pour l'instant il n'y avait aucun roulement de tonnerre.

Sauf, peut-être, celui qui lui martelait le cœur et rugissait dans ses veines. Geoffrey leva les yeux.

— La femme qui a dessiné ceci avec tant de passion n'est certainement pas « froide », dit-il calmement.

Il vit alors passer sur son visage une immense vulnérabilité.

Était-ce l'atmosphère fiévreuse de ce ciel chargé et du déluge qui pouvait s'abattre sur eux d'un instant à l'autre ? Geoffrey ne résista pas à la tentation qui le hantait depuis qu'il avait posé les yeux sur lady Diana. Il posa une main sur sa joue et se pencha pour presser ses lèvres contre les siennes.

C'était une impulsion puissante, presque sauvage... mais risquée. Toutefois, comme la jeune femme ne protestait pas et ne tentait pas de le repousser, fou de joie, il prit sa bouche avec une audace renouvelée.

Ses lèvres étaient aussi pleines et douces qu'un fruit mûr, et une délicate fragrance de baies sauvages montait de toute sa personne. Quand à son tour elle posa une main sur la joue de Geoffrey, il posa la sienne derrière sa nuque et immisça les doigts entre ses mèches soyeuses. Il était perdu, comprit-il. Il se noyait dans un océan de volupté – sa peau veloutée, sa chevelure de soie, la saveur de thé sucré au miel qui s'attardait sur ses lèvres et leurs souffles tièdes qui se mêlaient. C'étaient les plus délicieuses sensations qui soient... mais déjà, elles ne lui suffisaient plus.

Alors il l'attira à lui et glissa la langue entre ses lèvres.

5

Si un autre homme l'avait embrassée de la sorte, Diana l'aurait sans doute giflé... Mais aucun ne s'était montré aussi audacieux. Rien que pour cela, elle était irrésistiblement tentée de s'offrir au baiser de Grenwood. Celui-ci frottait sa langue contre la sienne avec une lenteur sensuelle qui libérait ses inhibitions. Son cœur battait la chamade et une sourde pulsation vibrait à ses oreilles... ainsi que là où sa main s'était aventurée cette nuit.

C'est donc ça, la passion ! Jamais elle n'aurait imaginé que l'expérience serait aussi intense. Elle se sentait consumée de l'intérieur comme... comme...

Elle renonça. Elle ne trouvait pas de mot pour décrire ce qu'elle ressentait.

Son compagnon s'immobilisa. De peur qu'il n'interrompe leur baiser, elle le retint contre elle. Quand il laissa échapper un gémissement et l'embrassa de plus belle, Diana crut bien qu'elle allait ronronner comme une chatte devant une tasse de crème. Elle enfouit ses doigts dans la crinière soyeuse de Grenwood et s'amusa à l'ébouriffer, comme elle en avait rêvé, avant de descendre vers ses larges épaules. Sa veste n'était pas rembourrée.

Seigneur, cet homme était bâti comme Apollon...

Il libéra sa bouche et, des lèvres, traça un sillon de feu sur sa peau, jusqu'à son oreille.

— Nous devrions en rester là, murmura-t-il d'une voix qui manquait singulièrement de conviction.

— Oui, répondit-elle sur le même ton.

Ses lèvres poursuivirent leur délicieuse progression vers sa gorge, puis il l'enlaça pour la presser contre lui, jetant de l'huile sur le brasier qui la consumait déjà. Étrangement, elle trouvait tout à fait naturel le contact de ses grandes mains sur sa taille ou de sa bouche au creux de son cou, là où son pouls battait fiévreusement.

C'est alors que les premières gouttes s'abattirent sur eux, lourdes et tièdes. Diana sursauta.

— Juste ciel ! Vos beaux vêtements vont être trempés ! s'exclama-t-elle.

— Je crains qu'ils ne le soient déjà, répondit-il avec flegme alors que la pluie redoublait.

Toutefois, il se leva rapidement, glissa le carnet de croquis dans sa veste et prit Diana par la main pour l'entraîner dans la maison. Une fois dans le petit salon, il regarda autour d'eux comme pour s'assurer qu'ils étaient seuls. Le ciel était si chargé que la pièce était plongée dans la pénombre, mais un feu avait été allumé dans l'âtre. Les flammes crépitaient et le bois sifflait presque aussi fort que l'orage.

À présent que l'ivresse de leurs baisers se dissipait, Diana recouvrait peu à peu ses esprits. Elle devait absolument dissuader Grenwood de se montrer aussi entreprenant. Le problème, c'est qu'elle n'en avait aucune envie.

Il sortit le carnet de croquis de sous sa veste et le lui tendit, mais en le prenant, la main de Diana effleura involontairement la sienne. Il sursauta comme s'il s'était brûlé. La jeune femme n'aurait su dire si elle devait se sentir insultée qu'il regrette manifestement ce qui s'était passé... ou rassurée puisque, si elle en jugeait à sa réaction, cela ne risquait pas de se reproduire.

Il passa les mains dans ses cheveux aile de corbeau, accentuant le désordre que les bourrasques et la pluie y avaient semé. Au prix d'un effort de volonté, Diana résista à la tentation de le recoiffer.

— Lady Diana, je n'avais pas l'intention de...

— Je vous en prie, l'interrompit-elle d'une voix douce. Appelez-moi Diana. Comme votre sœur.

Au lieu de l'apaiser, cette requête parut le mettre sur ses gardes.

— Je ne voudrais pas présumer... enfin, je ne voudrais pas que vous pensiez que je...

— Peu importe.

Elle n'était pas certaine de ce qu'il s'apprêtait à dire, mais elle était sûre qu'elle n'avait pas envie de l'entendre.

Il prit une profonde inspiration et la regarda droit dans les yeux.

— Je n'ai pas l'habitude de profiter des personnes qui travaillent pour moi, déclara-t-il d'un ton ferme. Je n'ai peut-être pas reçu une éducation irréprochable mais je suis un homme honnête, pas un voyou.

— Je ne vous prends pas pour un voyou.

Elle le parcourut d'un regard prudent.

— Et vous n'avez pas profité de moi, poursuivit-elle. J'étais d'accord. De plus, notre contrat fait plutôt de nous des partenaires qu'un employeur et sa subalterne.

— Ma foi, je suppose que c'est vrai...

Il ne semblait pas très à son aise.

— Toutefois, ajouta-t-il, je vous présente mes excuses et vous donne ma parole que ça ne se reproduira pas.

Quel dommage !

Bien sûr, elle n'osa pas le formuler à haute voix. Elle brûlait de curiosité de savoir pourquoi « ça ne se reproduirait pas », mais elle se souvint des autres hommes qui lui avaient volé un baiser et s'étaient comportés comme des brutes avides lorsqu'ils s'étaient trouvés seuls avec elle. Sans doute était-ce plus prudent de ne pas poser la question. Mieux valait se cantonner à des relations strictement professionnelles.

— Bien entendu. Ce ne serait pas approprié.

— Tout à fait.

Elle ne résista pas à l'envie de lui décocher un sourire espiègle.

— Entre nous, je m'étonne que ce soit *vous* qui vous inquiétiez des convenances, dit-elle.

Pendant quelques instants, son regard erra sur les lèvres de Diana, puis il tressaillit.

— Je dois vraiment y aller, ou je vais arriver en retard à ce dîner. Inutile de me raccompagner.

En le voyant quitter la pièce d'un pas rapide, Diana se sentit abandonnée et un peu confuse. Avait-il trouvé leur baiser aussi désastreux que cela ? Pour sa part, elle ne pouvait en dire autant. En quelques instants, toutes ses réticences envers la vie conjugale avaient vacillé.

C'est alors qu'une voix s'éleva depuis l'un des grands fauteuils, dont le dos était tourné vers Diana.

— De quel épouvantable crime notre fringant lord Grenwood s'est-il rendu coupable ?

Diana sursauta.

— Eliza ! Tu m'as fait une de ces frayeurs ! Tu étais là depuis le début ?

Sa sœur se leva et s'approcha.

— Non, je viens d'arriver, dit-elle d'un ton sarcastique.

Comme Diana fronçait les sourcils, perdue, Eliza éclata de rire.

— Bien sûr que j'étais là depuis votre entrée. Je n'allais tout de même pas interrompre une scène aussi touchante !

Diana s'avisa qu'elle tenait un journal à la main.

— Je me suis endormie en lisant cet article que Sa Grâce a rédigé sur les ponts biais. C'est parfaitement assommant, mais il a l'air passionné par la construction des ponts.

— Et des canaux, tunnels et autres ouvrages d'art, apparemment. Je n'aurais jamais pensé qu'il y avait autant d'hommes qui s'occupent de ce genre de choses. Tu savais qu'il doit s'exprimer ce soir devant la Société des ingénieurs en génie civil ? Il a dû m'expliquer ce qu'est un ingénieur en génie civil.

Comme Eliza s'apprêtait à répondre, Diana s'empressa d'ajouter :

— Non, ce n'est pas homme génial qui se montre civil avec les gens.

Quand sa sœur éclata de rire, Diana interrompit son babillage. Dieu du ciel, elle ne babillait jamais ! D'un autre côté, *jamais* elle n'embrassait un duc sous l'orage, ne glissait les doigts dans ses cheveux ou n'était en proie à des impulsions si audacieuses que même maintenant, elle en rougissait encore.

— Eh bien, qu'a-t-il donc fait de si terrible ? insista Eliza. J'ai accouru dès que j'ai appris qu'il avait exigé de te voir et semblait d'humeur massacrante, mais quand je suis sortie pour prendre ta défense, tu avais l'air d'avoir la situation en main. Alors je me suis installée ici pour lire cet article en t'attendant et je me suis assoupie... jusqu'à ce que vos voix me réveillent.

— Tu m'as *épiée* ? s'indigna Diana, mortifiée à l'idée qu'Eliza avait peut-être été témoin de toute la scène.

— On appelle ça « chaperonner », ma belle. Je sais que ce n'est pas dans mes habitudes, mais tu m'en donnes rarement l'occasion. Bien. Pour la dernière fois, quel épouvantable crime a-t-il... ?

— Il n'a rien fait de mal.

Eliza ne parut guère convaincue.

— Alors pourquoi t'a-t-il présenté des excuses ?

— Parce qu'il craignait de s'être montré impoli.

Diana rajusta les manches de sa robe avec un soin inutile. Comment se faisait-il qu'Eliza lui donne l'impression d'être une gamine de cinq ans ?

— Et je lui ai expliqué que ce n'était pas le cas, ajouta-t-elle.

— Hum. Si cela se produisait, tu m'en parlerais ?

Diana la regarda, abasourdie.

— Bien entendu. Mais je t'assure qu'il ne s'est rien passé de fâcheux. Tu n'as aucune raison de t'inquiéter.

Elle aurait peut-être parlé à Eliza de ce baiser si Grenwood ne lui avait pas fait comprendre sans la moindre ambiguïté que pour lui, cela n'avait été rien de plus qu'une regrettable impulsion. C'était humiliant, mais mieux valait adopter la même attitude.

Selon toute probabilité, demain il aurait retrouvé son personnage de rustre, renforcé dans sa haute opinion de lui-même par les louanges que ses confrères de la Société des ingénieurs en génie civil ne manqueraient pas de lui adresser ce soir. Si, par la suite, leurs relations n'allaient pas plus loin qu'une simple cordialité, elle regretterait d'avoir révélé à ses sœurs le secret de leur tête-à-tête au jardin.

Mais s'il tentait de nouveau de lui voler un baiser ?

Elle refoula le frisson d'excitation qui la parcourut à cette idée. Elle réglerait ce dilemme quand il se présenterait. *S'il* se présentait un jour, ce qui était hautement improbable.

Sans l'orage et sa crainte d'abîmer ses « beaux vêtements », Geoffrey aurait préféré se rendre à pied à son dîner. Il avait besoin de clarifier ses idées et de se rappeler fermement toutes les raisons pour lesquelles il ne pouvait pas se fourvoyer avec miss Pimbêche… non, *Diana*. Il ravala un juron.

Le personnage de miss Pimbêche avait disparu dès l'instant où il l'avait embrassée. Cette femme n'était pas du tout ce qu'il avait imaginé. Bon sang, cette bouche humide et tiède, cette peau de soie, ces yeux étincelants de passion !

Qu'allait-il faire ? Il n'avait qu'une envie : la mettre dans son lit. Naturellement, il n'en était pas question, mais cela ne changeait rien au désir qui le consumait. Pourquoi ne parvenait-il pas à chasser ce baiser de son esprit ?

Il avait peine à croire qu'il ait eu l'audace de l'embrasser… et qu'elle ne l'ait pas giflé. Elle ne manquerait pas de lui faire la leçon dès qu'elle se serait remise du choc, mais il aurait alors suffisamment recouvré son calme pour lui rappeler qu'il lui avait présenté des excuses et que le dossier était clos. Ensuite, il prierait pour que son titre ducal et les sommes astronomiques qu'il acceptait de payer à son agence la convaincraient de ne pas l'envoyer au diable.

Sa voiture s'arrêta devant la taverne où la Société des ingénieurs en génie civil devait se retrouver. Il descendit, soulagé. Il allait pouvoir chasser de son esprit l'enivrante lady Diana. Et même, avec un peu de chance, l'oublier définitivement.

Hélas ! Trois heures plus tard, après un bon dîner et quelques pintes d'excellente bière, il était de nouveau dans sa voiture, assailli par le souvenir de miss Pimbêche. Non, *Diana* – la femme qu'il devait désormais fuir à tout prix, parce que même un délicieux repas en compagnie de collègues passionnants ne l'avait pas chassée de ses pensées.

Pour ne rien arranger, en arrivant à Grenwood House, il trouva sa mère et sa sœur qui guettaient son retour.

— Geoffrey ! s'écria sa mère depuis le couloir qui menait au salon.

Le valet de pied n'avait pas encore pris son manteau qu'elle demanda :

— Les dîners entre ingénieurs sont-ils toujours aussi longs ?

Geoffrey confia son vêtement au domestique.

— Ils durent le temps nécessaire pour discuter des progrès techniques du dernier mois. Voire des cinq ou six derniers mois. C'était une soirée très sérieuse, croyez-moi.

Elle s'approcha pour déposer un baiser sur sa joue, avant de reculer d'un air sceptique.

— Vous avez bu.

— Une ou deux bières, c'est-à-dire pas plus que tous les jours au dîner. N'ayez crainte, mère. Je n'ai pas l'intention d'imiter père. Enfin, pas encore.

— J'y compte bien ! C'est l'alcool qui l'a tué.

L'alcool… et le laudanum, mais mère ignorait ce dernier point et Geoffrey n'avait pas l'intention de le lui révéler.

Elle serra sa main avec force.

— Malgré ses défauts, il était très fier de vous, et j'espère que vous en êtes conscient. Quand il avait un peu bu, il vantait votre créativité à qui voulait l'entendre.

Cette remarque le toucha au vif.

— Vous exagérez, il me semble, marmonna-t-il.

— Cela n'arrivait pas souvent, mais cela ne veut pas dire que ce n'est jamais arrivé, mon garçon.

Geoffrey en fut surpris. Jamais il n'avait eu l'impression que son père s'intéressait à ce qu'il faisait quand il allait travailler chez Stockdon & Fils, ou partait pendant des mois pour superviser le chantier d'un canal ou d'un tunnel.

Il se dirigea vers le salon. Pour l'instant, il devait s'occuper des vivants plutôt que des morts, et rassurer mère et Rosy. Depuis le décès de père, sa sœur s'inquiétait toujours pour lui.

Curieusement, ce n'est pas du soulagement qu'il vit sur son visage quand il entra dans le salon, suivi de sa mère, mais de la méfiance. Il la regarda, indécis.

— Que s'est-il passé ? demanda Rosy d'un ton anxieux. Où étais-tu ? As-tu… as-tu annulé le contrat avec Elegant Occasions ?

Il ne s'était pas attendu à cela.

— C'est ce que tu voudrais ?

— Non !

Elle referma ses bras sur elle.

— Mais tu es parti si longtemps… Et quand tu as quitté la maison, tu as dit que tu allais chez elles, et j'ai eu peur que…

Il se composa un sourire et s'approcha d'elle.

— Tu me connais mieux que ça, mon ange. Je peste et je marmonne, mais quand je me calme, je retrouve ma raison.

Le visage de Rosy s'éclaira.

— Alors tu as renoncé à aller les voir ?

— J'y suis allé, mais lady Diana et moi nous sommes quittés en bons termes.

Il lui souleva gentiment le menton.

— Elle m'a révélé *tout* ce qu'elle t'avait dit. Y compris les paroles que tu as omis de me rapporter.

Rosy déglutit péniblement.

— Je ne vois pas de quoi tu veux parler.

Elle lui tourna le dos pour tisonner le feu, qui n'en avait nul besoin. Geoffrey la suivit, lui retira le tisonnier des mains et le remit sur son support.

— Elle m'a confirmé que lord Winston avait effectivement une réputation de séducteur.

Rosy le défia du regard.

— Un homme peut changer, non ?

— Tout le monde peut changer, mon ange, mais cela ne signifie pas que ce soit toujours le cas.

Elle croisa les bras sur sa poitrine.

— Toi-même, tu as changé. Hier, tu aurais refusé de continuer à travailler avec lady Diana si tu avais su ce qu'elle m'a dit. Aujourd'hui, tu es plus tolérant.

Aujourd'hui, il avait *embrassé* lady Diana, ce qui changeait quelque peu la donne. Bien sûr, il n'avait pas besoin d'en informer Rosy, sinon elle croirait déjà entendre sonner les cloches nuptiales.

— Lady Diana a été honnête avec moi – contrairement à ma petite sœur –, aussi vais-je lui accorder une chance, ou plutôt à son agence. Nous verrons bien ce qui se passe.

— Oh, merci ! s'exclama Rosy.

Elle lui adressa un sourire radieux. Il préférait ça !

— J'étais certaine que tu allais annuler leur mission, et elles ont été si gentilles avec moi que je ne l'aurais pas supporté.

Mère et Rosy lui racontèrent ensuite en détail ce qu'elles avaient fait ce jour-là avec ces dames d'Elegant Occasions. Il dut admirer leurs poupées mannequins et écouter patiemment la description des robes qu'elles avaient commandées. Bonté divine, dans quel pétrin s'était-il fourré ?

Finalement, il jeta un regard discret sur sa montre de gousset.

Ou pas si discret que cela, car sa mère arqua un sourcil amusé.

— Vous nous trouvez ennuyeuses, mon garçon ?

— Pas du tout ! répondit-il avec flegme. C'est fascinant de vous écouter parler de vos nouvelles robes, toutes les quatre.

— Toutes les quatre ? répéta Rosy.

— Toi, mère et vos deux poupées.

Quand elle éclata de rire, il parvint enfin à se détendre. Tant qu'il l'entendrait rire, il saurait qu'elle allait bien. Les deux femmes lui demandèrent alors ce qu'il avait commandé chez son tailleur, mais il avait assez discuté chiffons pour la soirée.

— Vous le verrez bien assez tôt, répondit-il en se levant. Et maintenant, veuillez m'excuser mais je vais me coucher.

Avec un peu de chance, il parviendrait à s'endormir sans rêver de la déesse qui régnait sur ses pensées.

6

Durant les trois semaines de préparation précédant la première apparition dans le monde de lady Rosabel, Diana s'était attendue à croiser lord Grenwood. À sa déception, elle ne le vit pas une seule fois, même de loin, pendant tout le temps qu'elle passa à Grenwood House.

En revanche, il parlait avec ses sœurs. Elles l'aidaient à se préparer pour ce qui devrait être *son* entrée dans le monde en tant que duc. Il avait obtenu le parrainage de lord Foxstead, un comte qui faisait partie des investisseurs de l'un de ses projets, mais il n'en avait pas dit un mot à Diana.

Il aurait fallu être aveugle pour ne pas voir la vérité : il la fuyait. Quand l'évidence s'imposa, Diana fut saisie d'une nausée, exactement comme ce soir de bal après que la nouvelle du départ de mère avait été ébruitée. Tout le monde l'avait évitée comme une pestiférée. À présent, il en faisait autant.

Il l'avait embrassée et l'avait trouvée décevante. Elle ne voyait pas d'autre explication.

Elle se trouvait en compagnie de Mme Ludgate et de Rosy dans la chambre de celle-ci. La matinée était à peine commencée mais la couturière s'activait déjà, ajoutant un pli ici, coupant un fil là, pour transformer une robe sympathique en une robe sublime.

C'était le grand jour, la présentation officielle de Rosy et le dîner en petit comité qui devait suivre. La robe que Rosy porterait pour le dîner était taillée dans une soie vert forêt dont les nuances bleutées rehaussaient le regard émeraude de la jeune fille. Joliment froncée sous la poitrine, elle était rebrodée sur tout le bas et ornée de perles de nacre au cou et sur les manches courtes.

— J'ai terminé, annonça Mme Ludgate en se redressant.

— Qu'en pensez-vous, Diana ? demanda la jeune fille en tournant lentement sur elle-même.

— Je pense que c'est splendide. Pas vous ? Madame Ludgate, vous vous êtes surpassée. Rosy est plus belle que jamais dans cette robe.

La couturière murmura des remerciements, et Rosy rougit.

— Je ne serai jamais belle. J'espère au moins que je suis jolie, mais je suis trop nerveuse pour regarder dans le miroir.

— Pas de fausse modestie ! décréta Diana.

Elle la fit pivoter vers la psyché et guetta sa réaction. Rosy émit un petit hoquet de surprise.

— C'est *moi* ? On dirait… une princesse.

— Parce que vous en êtes une. Vous allez faire battre bien des cœurs, surtout quand Eliza vous aura coiffée.

Elle se tourna vers sa sœur, qui était occupée à coudre un accessoire.

— Eliza, le diadème sera prêt pour le dîner, n'est-ce pas ?

— Oui, répondit celle-ci sans lever les yeux de la longue bande d'étoffe qu'elle était occupée à rebroder de rangées de perles. Sauf si on me dérange sans cesse.

— Tu ne pourras plus y travailler une fois que tu seras partie pour le salon de la reine.

— J'en suis parfaitement consciente, marmonna Eliza.

La tension montait à mesure qu'approchait le moment où Rosy serait présentée à la souveraine, et elles avaient toutes du mal à contenir leur nervosité.

Verity apparut à la porte.

— Rosy peut-elle recevoir un gentleman ? demanda-t-elle.

— Ça dépend, répondit Diana. Elle n'est pas coiffée.

— Je présume que son frère l'a déjà vue décoiffée, commenta Verity en riant.

Puis elle fit entrer le duc dans la chambre... et Diana en demeura muette de saisissement. Il portait une veste bleue dont la nuance indigo lui seyait à merveille, même si elle n'était pas très à la mode. Avec son gilet de soie écrue, sa cravate de lin blanc et ses pantalons à la coupe impeccable glissés dans de hautes bottes étincelantes, il était particulièrement séduisant.

En revanche, il ne semblait pas très à son aise parmi cette assemblée exclusivement féminine. Sa façon d'éviter son regard confirma les craintes de Diana.

Ce baiser lui avait rendu l'espoir de se marier un jour, même si ce n'était pas avec lui. Hélas, elle avait accordé trop d'importance à ce qui, pour lui, n'avait manifestement été qu'une distraction.

Si elle n'était pas capable d'inspirer à cet homme peu sophistiqué le désir de l'embrasser de nouveau, jamais elle ne donnerait envie à un gentleman d'oublier le scandale et de la courtiser.

C'était sans doute une bonne chose qu'elle ait très tôt renoncé à toute idée de mariage. Elle ravala le sanglot qui lui nouait la gorge. Pas question de se ridiculiser, surtout devant un client.

— Lady Verity, dit-il tout en jetant un regard furtif vers Diana, je ne voudrais pas m'imposer…

— Geoffrey ! l'interrompit sa sœur. Viens donc voir.

Il s'approcha, les yeux rivés sur elle, et sa réaction combla toutes les attentes de Diana.

— Bonté divine, Rosabel ! s'exclama-t-il d'une voix vibrante d'émotion. On dirait un ange. Un ange tombé du ciel !

— N'est-ce pas merveilleux ? demanda-t-elle en tournant sur elle-même. C'est lady Diana qui l'a créée, et Mme Ludgate qui l'a cousue. Madame Ludgate, je vous présente mon frère.

Mme Ludgate était visiblement choquée que Rosy *la* présente – elle, simple couturière – à un duc, et non l'inverse comme le voulaient les convenances, mais elle se composa une expression impassible. À son crédit, Grenwood se montra très cordial avec elle, bien plus qu'il ne l'avait été avec Diana le jour où ils avaient fait connaissance. Jamais personne n'aurait deviné, à son attitude, que la couturière lui était considérablement inférieure dans la hiérarchie sociale, et Diana lui en fut reconnaissante. Elle avait une grande estime pour Mme Ludgate.

Puis il s'approcha de Diana et demanda à mi-voix :

— Et les bijoux ?

Surprise qu'il daigne lui adresser la parole après ces trois semaines, elle répondit :

— Nous devrons nous débrouiller avec les moyens du bord. Je présume que vous n'avez hérité d'aucun des joyaux des Brookhouse, car ni votre mère ni votre sœur n'en ont retrouvé. Et vous n'étiez pas là pour nous éclairer sur ce point. Nous avons un joli rang de perles pour elle, et mes sœurs et moi allons lui prêter quelques…

— Des émeraudes feraient-elles l'affaire ? l'interrompit-il.

Prise au dépourvu, Diana ricana :

— Pourquoi, vous en avez dans votre poche ?

Il sourit. Bien sûr, c'était son trait d'humour qui le faisait sourire. Pas *elle*.

— Oui, reprit-elle, des émeraudes seraient parfaites pour la robe du dîner, mais cela coûte une fortune. Et pour tout vous dire, ce qui m'inquiète le plus, ce sont les perles et les diamants que les débutantes doivent porter au salon de la reine.

— La souveraine les reçoit dans son salon ?

— Non. Enfin, oui. L'événement qui se déroule au palais St James lors duquel la reine donne sa bénédiction aux débutantes – ou aux nouveaux ducs tels que vous – est également appelé le « salon de la reine ».

— C'est ridicule, marmonna-t-il, les yeux rivés sur sa sœur.

Visiblement, il était résolu à fuir le regard de Diana.

— Ce qui est ridicule, rétorqua celle-ci, c'est la robe toute blanche que Rosy doit porter pour l'occasion. On dirait une meringue à la chantilly surmontée d'un corsage qu'on aurait ajouté après réflexion.

Ajoutez une traîne et un diadème orné de plumes, et vous aurez l'image même de l'ostentation.

— Je vois, dit-il de l'air de quelqu'un qui ne voyait rien du tout.

— Mais revenons à nos moutons. Ou plutôt, aux bijoux. Les débutantes sont censées porter autant de perles et de diamants que possible. Une parure tout en diamants serait préférable, bien sûr.

— Bien sûr, répéta-t-il d'un ton sarcastique.

— Nous n'en avons pas, mais j'ai prêté à Rosy le diadème de diamants de ma propre présentation à la reine, ainsi que les plumes qui le surchargent, bien que nous ayons dû remplacer certaines plumes d'autruche qui avaient perdu un peu de leur panache après sept années et trois présentations, celles d'Eliza, de moi-même et de Verity.

Diana, vas-tu cesser ton babillage ?

Elle prit une profonde inspiration pour se calmer.

— Elle portera nos boucles d'oreilles en perles et diamants, mais nous n'avons pas beaucoup de colliers et de broches, alors nous devrons nous débrouiller avec des faux. Tout ce qui brille sera le bienvenu – en fait, je crois que c'est le plus important. Et Eliza prêtera aussi à Rosy quelques-uns des bijoux que son mari lui avait offerts.

— Bonté divine, mais il fallait m'en parler plus tôt !

— On ne vous a pas beaucoup vu, répliqua-t-elle d'un ton glacial. Et comme il y a trois semaines vous n'étiez même pas certain de vouloir offrir de nouvelles robes à Rosy, votre mère et elle n'ont pas voulu vous ennuyer avec les bijoux.

Il eut la bonne grâce de rougir.

— Un point pour vous. J'aurais probablement dû vous le dire, mais quand le testament a été lu il y a quelques mois, le notaire du précédent duc m'a montré les bijoux de la famille Brookhouse, qu'il conservait dans un coffre-fort. Je voulais les apporter ici, de toute façon. Je dois aller ce matin signer des documents chez lui ; je rapporterai ce coffret. Je suis sûr qu'il y a une parure d'émeraudes que Rosy pourra porter pour le dîner, ainsi que d'autres babioles dont vous aurez l'usage.

— Ce serait merveilleux. Merci.

— Attendez pour me remercier.

Il lui adressa un faible sourire et, cette fois, son regard croisa vraiment le sien.

— Il vous faudra sélectionner ceux qui conviennent aux tenues de Rosy.

— Un cauchemar ! fit mine de marmonner Diana. Obligée d'assortir de somptueuses robes à des joyaux qui doivent être fabuleux...

Elle pressa le dos de sa main sur son front, feignant d'avoir des vapeurs.

— Mais je ne m'avouerai pas si facilement vaincue !

Il rit doucement.

— Je suis ravi que vous vous occupiez de ses affaires. Elle m'a dit qu'il lui fallait une jupe à *paniers*, bonté divine ! Je n'ai pas vu une seule femme porter ce genre de choses depuis que je suis gamin, et je n'ai pas la moindre idée de l'endroit où on en trouve.

— Ce sont des cerceaux qui donnent aux robes des airs de meringue à la chantilly.

— J'adore la chantilly.

Il avait dit cela d'un ton léger, mais son regard s'était fait plus intense.

— Ah, mais vous ne pouvez pas manger une robe.

— Dommage, répondit-il, les yeux rivés sur ses lèvres. Je n'ai pas pris mon petit déjeuner et je suis… affamé.

Comment faisait-il pour que chacune de ses paroles roule sur elle telle une caresse ? Et pourquoi flirtait-il avec elle, après ce qui s'était passé entre eux ?

Avait-il lu dans ses pensées ? Il se ressaisit et se tourna de nouveau vers sa sœur, qui discutait avec Verity.

— Vous l'avez transformée, murmura-t-il. Je suis sûr qu'une fois qu'elle sera coiffée, je ne la reconnaîtrai même pas.

— Il vaudrait mieux que vous la reconnaissiez, plaisanta Diana, parce que c'est vous qui l'escorterez tout à l'heure. Sans parler que vous aussi, vous devez paraître devant la reine. L'auriez-vous oublié ?

— Pas de risque.

— La tenue des messieurs obéit à des règles précises.

— J'en suis parfaitement informé. Rosy ne cesse de me le répéter. Perruque blanche, culottes longues, manteau à l'ancienne et souliers à boucles.

— Êtes-vous certain de ne pas trop vous attarder chez le notaire ? Serez-vous rentré à temps pour vous préparer ?

Il arqua un sourcil ironique.

— Pourquoi ? Proposez-vous de m'aider à m'habiller ?

Les joues de Diana la brûlèrent. Il recommençait à flirter ? Elle aussi pouvait jouer à ce jeu-là !

— S'il le faut, je n'hésiterai pas.

Il lui sembla qu'une tension électrique passait entre eux. Elle avait le souffle coupé, son cœur battait à tout rompre. Et elle aurait juré qu'il ressentait les mêmes choses.

Il se pencha pour murmurer :

— Vous pouvez m'habiller quand vous voulez, Diana.

Puis il se redressa, comme s'il s'avisait qu'ils n'étaient pas seuls. Certes, on ne prêtait pas attention à eux, mais tout de même.

— Cela vous aura peut-être échappé, ajouta-t-il, mais j'ai une montre. Et comme elle est parfaitement réglée, vous pouvez être certaine que je serai de retour en temps utile.

Elle s'obligea à prendre une profonde inspiration. Puis une deuxième. Et une troisième. Enfin, elle recouvra son calme.

— Bien sûr, vous avez un tricorne ?

— Qu'est-ce donc ?

Diana tressaillit.

— Nous pouvons vous en trouver un chez...

Il l'interrompit en riant.

— Je sais ce qu'est un tricorne. Bonté divine, vous me prenez vraiment pour un crétin. Mon nouveau tailleur m'a envoyé chez le seul chapelier de Londres à avoir son approbation. Ainsi que chez son cordonnier et son gantier attitrés. Et il se trouve que j'avais déjà un tricorne. Je le portais l'autre jour pour le dîner de la Société des ingénieurs en génie civil. Si vous ne l'avez pas vu, c'est parce que je l'avais confié à votre valet de pied en arrivant chez vous.

Elle se détendit un peu.

— Alors vous savez qu'il vous faut également une épée.

— Bien sûr, ricana-t-il. Pour adouber quelques gentlemen qui seront là, je présume ?

— Soyez un peu sérieux. Il vous faut une épée. C'est indispensable.

Il lui jeta un regard dubitatif, puis s'adressa à Eliza.

— Je dois vraiment porter une épée au salon de la reine ?

— Oui. Elle ne doit pas nécessairement être grande, mais elle doit être authentique. Un modèle de cérémonie conviendra tout à fait.

— Au risque de vous surprendre, je ne me suis jamais trouvé dans une situation où une épée de cérémonie était nécessaire. Il secoua la tête d'un air agacé. Et pourquoi m'en faut-il une, je vous prie ? Au cas où je devrais venger l'honneur de ma sœur dans les jardins ?

— C'est la reine qui édicte ces règles, répondit Diana. J'ignore pour quelle raison l'épée est requise.

Elle lui décocha un regard espiègle.

— Vous pourrez toujours lui demander tout à l'heure. Moi je n'oserais pas, mais vous êtes duc. Vous pouvez prendre toutes les libertés que vous voulez.

— Je n'ai aucun désir de discuter avec la reine. Si vous désapprouvez mon langage relâché, Dieu seul sait ce que Sa Grincheuse Majesté en penserait !

Comme Diana ravalait un éclat de rire, il se dirigea vers la porte.

— Autant résoudre tout de suite cette histoire d'épée, marmonna-t-il.

Bonté divine, qu'allait-il faire ? Alarmée, elle se rua à sa suite. Il interpella son valet de chambre dans le couloir.

— Dites-moi, Webb. Mon prédécesseur avait-il une épée pour ses affaires à la Cour ?

Webb ouvrit des yeux ronds.

— Des af... affaires à la Cour, Votre Grâce ?

Diana poussa un soupir.

— Sa Grâce parle d'une épée que l'on porte devant la reine. Pour la présentation de cet après-midi.

— Oh ! Oui, Votre Grâce. Je crois que Monsieur le duc possédait un tel article. Je vais vous le faire chercher.

— À temps pour qu'il l'ait tout à l'heure ? s'inquiéta Diana.

— Oui, Madame. Je vais y veiller.

Le valet de chambre s'éloigna au pas de course, en appelant des collègues à la rescousse.

Grenwood se tourna vers Diana, content de lui.

— Et voilà ! Problème réglé.

— S'ils retrouvent l'épée à temps. Ce qui n'est pas garanti.

— Diana, calmez-vous, dit-il à mi-voix. Je vois bien que vous vous inquiétez pour aujourd'hui.

Surprise qu'il s'en soit aperçu, elle avoua la vérité.

— Bien sûr que je m'inquiète. Si les choses vont de travers, cela pourrait briser Rosy. Elle s'accuserait de tout. Et nous avons tant travaillé pour lui donner confiance en elle !

Jamais elle n'aurait dû dire cela. L'une de leurs règles cardinales était de ne jamais montrer leurs craintes et leurs faiblesses devant un client.

— Admettez-le, dit-il. Ce n'est pas votre seule inquiétude. Vous craignez que je ne respecte pas l'étiquette. Je vous promets de ne pas vous faire honte et de me tenir comme il faut.

— Pourquoi cela ne me rassure-t-il pas du tout ? marmonna-t-elle.

— De toute façon, vous serez là pour me surveiller.

— Pardon ?

— Vous serez à la cérémonie avec Rosy et moi, n'est-ce pas ? Elle m'a dit que vous nous accompagneriez.

— Je ne peux pas. Je suis célibataire.

— Rosy aussi !

Diana noua ses mains d'un geste nerveux.

— Ce n'est pas moi qui fais mon entrée dans le monde aujourd'hui. Après sa présentation à la reine, une femme ne peut revenir au palais St James que dûment mariée. Rassurez-vous, Eliza sera aux côtés de Rosy et veillera à ce que tout se passe bien. Votre mère devrait tenir ce rôle, mais elle ne peut pas puisqu'elle n'a pas été elle-même présentée à la reine. Elle a dit que jamais elle n'était venue à Londres après avoir rencontré votre père à Newcastle.

— C'est fichtrem... *extrêmement* compliqué. Si vous n'accompagnez pas Rosy, pourquoi m'a-t-elle dit que vous seriez avec nous ?

— Rosy m'a fait promettre d'être présente avec elle dans la voiture, et d'attendre que vous soyez tous les deux sortis du palais. Je crois qu'elle espère un conseil de dernière minute qui lui donnera du courage. Ou alors, elle me considère comme une sorte de porte-bonheur.

— Ou bien elle veut que vous soyez aussi présente que possible auprès d'elle.

— Je me demande pourquoi Eliza ne s'en sortirait pas aussi bien que moi. Il faudra que vous posiez la question à votre sœur.

Il arqua un sourcil.

— Donc, vous nous accompagnerez, Rosy, moi et Mme Pierce, dans quelques heures ?

— Oui. Enfin, pas tout à fait puisqu'il y aura deux voitures. Ma sœur et vous serez dans la seconde.

L'estomac noué, elle ajouta :

— Et je sais à quoi vous pensez.

— Ah oui ? Je vous en prie, éclairez-moi.

— Vous croyez que j'ai organisé tout ceci dans mon propre intérêt.

Il la regarda d'un air perdu.

— Quel intérêt ?

Diana déglutit, mal à l'aise, sans répondre.

— Je suis surpris que vous acceptiez d'attendre dans une voiture pendant une cérémonie qui risque de durer des heures, reprit-il.

Ce qui aurait dû le surprendre, c'était qu'une femme comme Eliza, issue d'une famille qui avait défrayé la chronique, ait été acceptée par la Cour comme marraine d'une débutante. Pour sa part, Diana en était très étonnée. L'étiquette était très claire sur ce point. Aucun membre d'une famille touchée par un scandale ne pouvait être reçu à la Cour.

Diana en déduisait que cette règle ne s'appliquait pas pour les marraines de débutantes. Ou bien avait-on fermé les yeux sur le scandale parce que cela concernait lady Rosabel, sœur d'un tout nouveau duc ?

— Rosy espère peut-être tout simplement avoir une alliée si cela ne se passe pas bien et si elle veut s'en aller avant la fin, dit-elle.

— Si c'était le cas, demanda-t-il, de la prudence dans la voix, l'aideriez-vous ?

Elle prit une profonde inspiration.

— Tout dépend des circonstances. J'insisterais probablement pour qu'elle revienne au salon de la reine. La présentation de Verity… ne s'est pas passée comme prévu. Depuis, elle a toujours refusé de réessayer. Je serais désolée que Rosy soit confrontée au même problème.

Il fronça les sourcils.

— Que voulez-vous dire, « pas passée comme prévu » ?

— Ce n'était pas la faute de Verity, je vous en donne ma parole.

Elle l'entraîna un peu plus loin dans le couloir pour l'éloigner de la chambre de Rosy.

— Et n'en parlez pas à votre sœur, ou elle se focalisera sur ce détail et créera la même situation. Parfois, nous nous sabotons nous-même involontairement.

— Que s'est-il passé, au nom du ciel ?

— Les débutantes doivent effectuer une profonde révérence devant la souveraine. La reine Charlotte dépose un baiser sur le front des filles des pairs du royaume, et tend la main aux autres pour qu'elles l'embrassent. Ensuite, elles doivent quitter le salon en reculant sans se prendre les pieds dans leur traîne.

— Je suppose que c'est ce qui est arrivé à Lady Verity ?

Diana tressaillit.

— Pire. Elle a éternué au moment où Sa Majesté se penchait pour déposer un baiser sur son front.

Ce diable de Grenwood éclata de rire. Toutefois, quand il vit l'expression de Diana, il se calma.

— Cela peut arriver à n'importe qui, dit-il.

— Oui. Surtout à Verity, qui est sujette aux éternuements, en particulier à cause des plumes. On nous a appris à contenir la toux, les éternuements ou toute… manifestation malvenue. Éternuer au visage de Sa Majesté, c'est tout à fait inacceptable.

— Dieu nous vient en aide, si on n'a même plus le droit d'éternuer ! marmonna Grenwood.

Diana ignora sa remarque.

— Bien sûr, nous avons expliqué tout cela à Rosy. Et nous lui avons enseigné comment marcher à reculons avec une traîne. Elle a répété l'exercice plusieurs fois par jour ; c'est plus difficile que ça n'en a l'air.

— Je n'en doute pas un instant.

Diana se composa un sourire rassurant et lui tapota le bras.

— Tout va bien se passer. Rosy apprend vite. Je suis sûre qu'elle fera très bonne impression.

Avant qu'elle ait eu le temps de retirer sa main, il y posa la sienne.

— Tout à l'heure, vous étiez inquiète.

Elle ne l'était plus, à présent que sa paume chaude et solide couvrait sa main. Cependant, elle s'interdit de voir plus que de la bienveillance dans son geste.

— Je suis de nature anxieuse. Demandez à mes sœurs. Le jour de ma présentation, j'étais une pelote de nerfs. Je n'aimerais pas que Rosy perde confiance.

Elle retira sa main de sous la sienne et ferma le poing, comme si elle pouvait retenir un peu de son contact.

— Vous devriez y aller, ajouta-t-elle. Il vous reste tout juste le temps.

— Je croyais que le salon de la reine n'ouvrait qu'à 14 heures ?

— Oui, mais il va y avoir une file interminable de voitures. Mieux vaut y aller tôt.

Le duc lui jeta un regard méfiant.

— À savoir ?

— Midi ? suggéra-t-elle.

Il émit un gémissement de dépit.

— Très bien. Je vous retrouve à midi.

— Avant midi. Vous devrez encore vous changer.

— 11 heures.

Diana lui adressa un sourire satisfait.

— Parfait !

Alors qu'elle se détournait, il la rattrapa.

— Et vous devrez peut-être m'aider à m'habiller, Diana. Vous avez raison, il me reste juste le temps pour tout ce que j'ai encore à faire.

Elle le toisa d'un air sévère.

— Dans ce cas, dépêchez-vous donc, Votre Grâce !

Et elle s'éloigna, un sourire aux lèvres.

7

Au côté de son ami Foxstead, Geoffrey surveillait l'arrivée de Rosy depuis un coin de l'immense salon bleu. Il était déjà las du palais St James. Trop de regards curieux, trop de gens qui semblaient se demander qui il était... et définitivement trop de plumes et de diamants. Il n'appartenait pas à ce monde.

Pour ne rien arranger, lady Diana était toute seule dans la première des deux voitures qu'il avait dû faire atteler pour loger deux femmes en crinoline. Il avait beau se répéter qu'il n'y avait pas d'endroit plus sûr à Londres que les rues voisines du palais, il s'en voulait d'avoir laissé la jeune femme sans protection.

Comme s'il avait lu dans ses pensées, Foxstead murmura :

— Rien ne nous oblige à rester. Les dames en ont pour un bon moment, si j'en juge à la file d'attente que j'ai vue dans le couloir. Pour ma part, je vais y aller. Venez donc prendre un cognac avec moi au White's. C'est assez proche pour y aller à pied, et je suis sûr que Mme Pierce gère parfaitement la situation avec lady Rosabel. Votre sœur sera à la maison bien assez tôt pour le dîner.

Enfer. Il avait oublié cette satanée sauterie à Grenwood House ce soir, avec une trentaine d'invités et un orchestre. Un repas « en petit comité », à d'autres !

— Je vous remercie, Foxstead, mais je préfère attendre ma sœur dans la voiture.

En compagnie de lady Diana. Une femme que tu ferais mieux d'éviter, Grenwood. Même si elle t'attire comme un aimant attire le fer.

— Comme vous voudrez. De toute façon, je vous verrai ce soir. Si vous changez d'avis, dites juste au portier du White's que vous êtes mon invité et il vous laissera entrer.

Ils quittèrent le salon en discutant des plans de l'écluse de Teddington. Par chance, comme Foxstead ne devait pas passer devant les voitures, il ne verrait pas Geoffrey rejoindre lady Diana. Ce dernier n'aurait su dire pourquoi cela le contrariait qu'on les voie ensemble, à part qu'il n'avait pas envie d'éveiller des rumeurs alors qu'il n'y avait rien eu de plus entre eux qu'un innocent baiser.

Bien sûr. Un baiser totalement innocent.

Geoffrey soupira. Il n'avait pas le droit de ternir la réputation de la jeune femme.

Après avoir quitté Foxstead, il se dirigea vers la voiture où attendait lady Diana. À son arrivée, un valet de pied sauta de son siège pour l'accueillir, mais Geoffrey lui fit signe de rester où il était pour ne pas alerter la passagère de son arrivée. Elle était toujours maîtresse d'elle-même, et il voulait voir la véritable Diana.

Il fut déçu. Quand il regarda à l'intérieur du véhicule, elle lisait un magazine, les fenêtres ouvertes. Elle avait le dos bien droit, pas une mèche ne dépassait de son chignon et ses jupes étaient parfaitement lissées.

Puis il la vit lécher son doigt pour tourner une page, et une bouffée de désir l'envahit. Enfer. Il devait partir avant qu'elle le voie.

Naturellement, il n'en fit rien.

— Vous devriez au moins fermer les fenêtres, ne serait-ce que pour votre sécurité.

Elle tourna vivement la tête et, les joues empourprées, glissa le journal sous un châle qui devait appartenir à Rosy.

— Avec tous les valets qu'il y a ici, sans compter les gardes du palais, je présume que je ne risque pas grand-chose.

— Espérons-le. Que lisiez-vous ?

— Rien d'intéressant.

— Cela semblait pourtant passionnant.

D'un geste vif, il passa la main par la fenêtre ouverte et rafla le magazine.

Lèvres pincées, elle protesta :

— C'est une très vilaine chose d'épier les gens et de voler leurs affaires.

Il sourit.

— Pas les gens. *Vous*. Parce que je n'ai pas encore réussi à vous cerner.

Il regarda le magazine. *Journal de l'ingénierie civile*. Pas étonnant qu'elle ait rougi.

— Avouez-le ! dit-il en levant les yeux vers elle. Vous lisiez mon article.

— Je n'ai aucune raison de le nier. Je n'ai pas encore réussi à *vous* cerner, rétorqua-t-elle, le regard étincelant.

C'était bien elle, de répondre ainsi du tac au tac.

— Et ceci vous éclaire-t-il ?

— Pas vraiment. Je ne comprends pas la moitié de ce que vous avez écrit. En revanche, il est manifeste que votre métier vous passionne.

— Autant que la saison londonienne et ses subtilités vous passionnent, je suppose. À propos, qui vous a aidée à faire vos débuts ? Ou peut-être aviez-vous une connaissance innée de l'étiquette ?

Il avait espéré la faire rire, mais elle regarda par les deux fenêtres l'une après l'autre, comme pour s'assurer que personne ne les écoutait. Puis elle lissa un pli inexistant sur ses jupes.

— Eliza m'a aidée.

— Pas votre mère ?

Elle esquissa un haussement d'épaules.

— Maman était trop… occupée.

Il s'accouda à la fenêtre ouverte.

— Trop occupée pour aider sa fille à entrer dans le monde ?

— Oui, répondit-elle dans un soupir agacé. Puisque cela vous intéresse, mon père et elle étaient accaparés par leurs querelles, à l'époque.

— À quel sujet se disputaient-ils ?

Elle émit un petit reniflement moqueur.

— Et vous affirmez que seuls les gens de la bonne société aiment les ragots ?

— Je vous donne ma parole que cela restera entre nous. Et si c'est une information qui provient de la première personne concernée, ce ne sont pas des ragots.

— Exact, mais la réponse est… complexe. Ils se chamaillaient pour savoir s'il avait une maîtresse. Ou si elle avait un amant. Ou à propos de tout ce qu'ils trouvaient à se reprocher, en vérité. Papa finissait par partir pour son club et ne rentrait qu'à l'aube, ce qui rendait maman furieuse parce qu'elle le croyait chez une de ses conquêtes. Alors elle disparaissait pendant plusieurs jours sans lui dire où elle allait. Papa était fou de rage. Bien sûr, c'était exactement ce qu'elle voulait.

— Cela a dû être terrible pour lady Verity et vous-même. Si les messieurs sont censés être discrets sur leurs liaisons et les dames prétendre qu'elles n'en ont pas, c'est tout de même pour une bonne raison. C'est pour ne pas inquiéter les enfants. Enfin, c'est ce qu'on m'a dit...

Elle chercha son regard.

— Nous nous y sommes habituées. À l'époque, Eliza était déjà mariée, mais elle a commencé à venir plus souvent à la maison de Grosvenor Square pour s'assurer que Verity et moi allions bien, et que nos parents ne s'étaient pas entretués. Dire qu'ils prétendaient ne pas aimer le scandale.

Geoffrey non plus ne l'aimait pas. En particulier le genre de scandale qui risquait de s'abattre sur eux s'il ne se montrait pas prudent.

— Je comprends. Ce genre de situation déclenche des ragots et complique la vie sociale.

— En général, papa s'arrangeait pour que leurs querelles restent discrètes, mais pas toujours. Parfois, ils criaient tellement tous les deux que les murs tremblaient. Je venais d'être présentée à la reine, alors Eliza m'emmenait à toutes les soirées où elle se rendait, juste pour me sortir de la maison et me donner un semblant de débuts dans le monde. Elle était plutôt douée pour faire comme si tout allait bien et m'aider – ainsi que Verity, pour son unique saison – à rencontrer des personnes influentes et nous faire des amis.

Il secoua la tête, navré.

— D'après ce que je comprends, c'est votre mère qui aurait dû faire cela pour vous.

— Oui, mais elle n'a jamais été très maternelle, répondit-elle. Seules deux choses qui l'intéressaient dans la vie : s'amuser et contrarier papa. C'est seulement quand elle l'a poussé à bout en s'enfuyant avec son général qu'il a décidé de demander le divorce.

— Je n'en suis pas surpris. Il a dû avoir le cœur brisé par son comportement.

— Pas vraiment. Il n'a pas supporté de la laisser avoir le dernier mot, voilà tout.

Fatigué de rester à l'extérieur de sa propre voiture, Geoffrey abaissa le marchepied et ouvrit la portière, mais avant qu'il ait pu monter, le valet accourut.

— Votre Grâce, vous ne pouvez pas entrer !

— Pourquoi donc ? grommela Geoffrey. Cette voiture m'appartient, au nom du ciel ! J'espère bien que je peux m'y asseoir. Et même, en bon égoïste que je suis, l'utiliser pour me déplacer !

Lady Diana parut ravaler un éclat de rire.

— Thomas s'inquiète pour moi, expliqua-t-elle. Une femme célibataire n'est pas censée se trouver seule avec un homme dans une voiture fermée. Cela pourrait nuire à sa réputation.

D'un geste, il désigna la rangée de véhicules, chacun surveillé par un valet de pied, voire plusieurs, et un cocher.

— Nous ne sommes pas exactement seuls. Et la voiture n'est pas fermée : les fenêtres sont ouvertes, les rideaux également, et nous sommes en plein jour.

— Cela ira Thomas, j'ai apporté ce qu'il faut, dit-elle au satané valet de pied.

Un valet censé être au service de lord Grenwood et non de lady Diana, songea Geoffrey, agacé. La jeune femme leva une main vers son chapeau et rabattit le voile qui y était fixé, lequel retomba sur son visage comme un linceul.

— Oh, bonté divine ! grommela Geoffrey en remettant le marchepied en place et en refermant la portière. Je reste dehors.

— À votre guise, répondit-elle d'un ton léger. Je m'en voudrais de vous contrarier.

— Passons.

Il désigna le voile de la jeune femme.

— Vous pouvez retirer ceci, marmonna-t-il.

Il détestait ne pas voir son expression.

— À la réflexion, je vais le garder, répliqua-t-elle, manifestement amusée. Mieux vaut parer à toute éventualité.

Soudain, l'attelage s'ébranla et avança de quelques pas.

— Enfer ! s'exclama Geoffrey en suivant le mouvement. Que se passe-t-il ?

Par chance, le véhicule s'immobilisa.

— Ne voyez-vous pas que la file avance ? demanda lady Diana.

— Je n'avais pas fait attention. Au cas où vous l'auriez oublié, je viens de passer une heure dans cette salle de torture pour attendre Rosy, qui n'est toujours pas sortie.

— Parce qu'elle est la dix-septième sur la liste. Et les attelages avancent parce qu'ils sont placés dans le même ordre. Pourquoi est-ce une salle de torture ?

— Voyons..., commença-t-il en comptant sur ses doigts. Ma perruque me grattait. Je ne pouvais pas effectuer un seul mouvement sans que mon épée s'accroche à quelque chose...

Cette impertinente l'interrompit en riant.

— J'aurais dû vous donner les mêmes leçons qu'à votre sœur sur l'art de se déplacer dans une salle bondée.

— C'est possible, marmonna-t-il. Ou me trouver une autre épée.

— Quel genre d'épée ? Une qui disparaît quand on a fini de s'en servir ?

— Si possible, oui. À propos…

Il se délesta de l'arme et de son fourreau, qu'il tendit au cocher.

— Avez-vous la place de loger ceci sous votre siège ?

— Certainement, Votre Grâce, répondit l'homme en les prenant.

— Abracadabra ! s'exclama lady Diana d'un ton espiègle. Vous venez de la faire disparaître vous-même.

Il éclata d'un rire qui s'acheva dans une toux sèche.

— Bonté divine, j'ai la gorge parcheminée. Si vous m'aviez prévenu qu'on ne sert pas de rafraîchissements au salon de la reine, j'aurais glissé une flasque dans ma poche avant de quitter Grenwood House.

— Impossible. Votre veste est si ajustée que tout le monde aurait vu la flasque.

Elle passa la tête par la fenêtre.

— Thomas, pourriez-vous apporter une collation à Sa Grâce ?

Comme le valet de pied répondait par l'affirmative, Geoffrey se demanda ce que son domestique allait bien lui donner. Cette femme semblait diriger Grenwood House et son personnel bien mieux que lui-même. Au demeurant, il avait fui sa propre maison tous les jours pour ne pas la croiser.

Alors qu'il s'accoudait à la fenêtre, l'attelage avança de nouveau.

— C'en est assez ! grommela-t-il.

Il ouvrit la portière, monta en voiture sans marchepied et s'assit en face de son occupante.

— Autant m'installer confortablement, puisqu'on ne peut pas vous reconnaître sous votre voile.

Il étendit ses longues jambes mais heurta les siennes, dont il devinait les contours sous l'étoffe légère qui les drapait. Cette voiture et celle qui suivait étaient pourtant les deux plus grandes qu'abritait le hangar de Grenwood House, et les seules où pouvaient prendre place deux personnes dont une en crinoline.

Il changea de position, et son genou glissa contre celui de sa compagne. Il comprit son erreur quand une bouffée de désir monta en lui.

La jeune femme se figea, tandis que sa poitrine se soulevait et s'abaissait plus rapidement que d'habitude. Geoffrey était soudain impatient de voir son décolleté, que la robe qu'elle porterait ce soir révélerait sans doute. Celle qu'elle avait pour l'instant, de couleur violette, la couvrait de la pointe des pieds jusqu'au menton, sous lequel était noué son chapeau de paille. On ne voyait pratiquement rien d'elle, songea-t-il, frustré.

Puis elle se redressa et écarta son genou, effleurant le sien au passage. Enfer. Il commençait à comprendre pourquoi on ne laissait jamais un couple non marié en tête à tête dans une voiture.

— Admettez-le, dit-elle d'une voix tendue. Vous n'avez pas envie de manger tout en courant après une voiture qui avance dans une file.

Dieu merci, cette remarque détourna ses pensées.

— Vous avez apporté à manger ?

Comme pour souligner cette question, son estomac émit une protestation sonore.

— Je n'allais pas faire jeûner un gaillard tel que vous. Vous auriez pu vous évanouir et même avec l'aide de Thomas, jamais nous n'aurions pu vous relever.

— Pour votre gouverne, je n'ai pas l'habitude de tomber en pâmoison.

— Tant mieux, vous pourriez écraser quelqu'un sous votre poids. Tout de même, vous avez l'air un peu pâlot.

Geoffrey croisa les bras sur son torse et émit un petit reniflement de dédain. C'était ridicule. Jamais il n'avait l'air « pâlot ». Sauf quand il était affamé et assoiffé.

Thomas apparut devant la fenêtre et tendit un petit panier de pique-nique. Geoffrey le lui arracha presque des mains et en inspecta le contenu avec impatience.

— Qu'est-ce que ceci ? demanda-t-il en sortant une minuscule poire, trop petite pour être vraie.

— De la pâte d'amandes.

Aussitôt, l'eau lui vint à la bouche.

— J'adore la pâte d'amandes ! s'exclama-t-il joyeusement.

Puis il la regarda, gagné par un soupçon.

— Vous avez demandé à ma mère mes desserts préférés.

— Et vos boissons, admit-elle. J'ai aussi voulu savoir ce que votre sœur et elle appréciaient. Il me semble que quand on donne une fête, on devrait toujours avoir au moins un plat que l'on aime. N'êtes-vous pas de cet avis ?

Il hocha la tête, la bouche pleine de pâte d'amandes. Quand il l'eut avalée, il fouilla de nouveau dans le panier et y trouva de minuscules sandwichs.

— Ne me dites pas qu'ils sont aussi en pâte d'amandes ? demanda-t-il.

Elle éclata de rire.

— Non. Il y en a au jambon et au cheddar, au beurre et au concombre, ou au bœuf et à la moutarde. La moutarde est délicieuse. C'est une recette de Verity, qui refuse de nous donner son secret.

Geoffrey commença par celui-ci et ferma les yeux avec délice.

— Dieu que c'est bon ! s'exclama-t-il.

Il en choisit ensuite un au concombre et désigna un assortiment de tartelettes.

— À quoi sont-elles ?

— Citron, confiture ou amandes. Et vous avez aussi des tourtes miniatures à la viande et aux fruits secs.

Elle le regarda prendre une tourte – également l'un des plats qu'il préférait – et expliqua :

— Tout ceci sera au menu du bal de Rosy, dans quinze jours. Qu'en pensez-vous ?

— J'en pense que lady Verity mérite une augmentation.

Elle lui décocha un regard prudent.

— Si cela ne vous dérange pas, ceci restera notre petit secret, dit-elle. Verity a déjà assez la grosse tête comme ça.

— Moi aussi, répliqua-t-il en riant. C'est pourquoi j'ai du mal à trouver des chapeaux à ma taille.

Il engloutit une tartelette au citron.

— N'y a-t-il rien à boire ?

— Oh, bien sûr !

Elle passa de nouveau la tête par la portière.

— Thomas ? Pouvez-vous servir le vin, je vous prie ?

— Tout de suite, Madame.

Le valet de pied attendit que la voiture ait avancé d'une place et leur apporta deux verres de bordeaux, qu'il leur tendit par la fenêtre ouverte. Geoffrey huma le vin, qui semblait de bonne qualité. Il trouvait plutôt agréable qu'une femme prenne sa maisonnée en charge, malgré les tarifs astronomiques d'Elegant Occasions.

Évite de t'habituer à ce confort, parce que la seule femme qui va s'occuper de ton foyer pendant encore un bon moment, c'est mère. Du moins, jusqu'à ce que tu puisses te marier.

Lady Diana se tourna vers Thomas.

— Vous pouvez mettre le champagne dans la glace. Il doit rester environ cinq voitures devant la nôtre, n'est-ce pas ?

— Quatre, Madame.

Tandis que le valet de pied s'éloignait, elle souleva son voile pour porter son verre à ses lèvres.

— Du champagne ? s'étonna-t-il. Que célébrons-nous ?

— Le succès de votre sœur, voyons !

— Vous semblez en être bien certaine.

— Je ne doute pas de la capacité d'Eliza à la guider dans cette épreuve. Et j'ai toute confiance en Rosy. Elle a beaucoup évolué ces dernières semaines. Elle est très déterminée.

Il prit une gorgée de bordeaux.

— Alors espérons que vous avez raison. Si vous vous trompez, la soirée sera un désastre.

— Comme le savent mes clients, je suis infaillible sur ce genre de choses.

— Et modeste, avec ça.

— Bien sûr. Ne pas l'être serait de mauvais goût.

La voiture avança de nouveau, faisant danser le vin dans le verre de Geoffrey.

— Ce qui serait de mauvais goût, ce serait de *vanter* vos qualités. Les reconnaître, c'est tout autre chose. Pour ma part, je suis conscient de ma valeur, et je commence à comprendre que vous aussi.

Elle lui sourit et porta de nouveau son verre à ses lèvres.

— Voulez-vous dire que je suis consciente de ma valeur… ou de la vôtre ?

— Les deux, je présume.

Bon sang, il devenait urgent de changer de sujet.

— Vous avez éveillé ma curiosité avec l'histoire de votre mère. Que s'est-il passé avec son amant ?

Diana esquissa un geste évasif.

— Oh, ils se sont mariés. Au début, il s'est tenu à l'écart de l'armée à cause du scandale, puis il est parti pour le Continent et a repris du service.

— Et elle l'a suivi ?

— Oui, pendant trois ou quatre mois, mais comme vous le savez sans doute, la guerre n'est pas une partie de plaisir. Il l'a renvoyée au pays pour qu'elle l'attende dans son domaine du Cumberland.

— Il possède un domaine ?

— Oui. Après qu'il a épousé maman, il a perdu son père et est devenu vicomte.

Elle pinça les lèvres.

— Je suppose que nous devrions cesser de l'appeler « le général », mais nous n'y arrivons pas. C'est exaspérant de songer qu'après avoir gâché notre vie en épousant notre mère, il est devenu lord Rumridge sans avoir rien fait pour le mériter, alors qu'il était mêlé à une scandaleuse histoire d'adultère. Et maman, à présent lady Rumridge, tient désormais sa cour dans le Cumberland.

— Je connais un peu le Cumberland. Ce n'est pas exactement le meilleur endroit pour les mondanités.

— Je n'en sais rien. Mes sœurs et moi n'y avons jamais été invitées.

Il y avait tant d'amertume dans sa voix qu'il en eut le cœur serré. Il avait du mal à y croire. Comment des adultes… non, de *grands enfants* pouvaient-ils se comporter de façon aussi égoïste envers leur progéniture ? Bonté divine, ces trois jeunes femmes étaient bien plus matures que leurs propres parents !

Elle carra les épaules et redressa le menton.

— Vous comprendrez sûrement, à présent, pourquoi j'ai tant de réticences à me marier. Mes parents adoraient le drame et toute ma vie, je les ai vus se déchirer. Maintenant, pourrions-nous changer de sujet, je vous prie ?

— Bien sûr.

Pendant quelques instants, il ne sut que dire. Puis il demanda :

— Cela se passe-t-il toujours ainsi avec vos jeunes clientes ? Vous attendez dans une voiture, pendant que votre sœur accompagne la demoiselle à sa présentation ?

Elle laissa échapper un rire désabusé.

— Cela ne se passe jamais ainsi. En général, nous ne sommes pas là. C'est la mère de la jeune fille qui l'accompagne, de sorte qu'Eliza non plus n'a pas l'habitude de venir ici. Comme je vous l'ai déjà dit, c'est Rosy qui m'a demandé de l'accompagner.

— Ah oui, pour lui donner du courage.

Elle pinça les lèvres.

— Vous ne me croyez pas ?

— Bien sûr que si. D'ailleurs, Rosy me l'a confirmé.

Même si lady Diana avait paru s'imaginer, ce matin, qu'il la soupçonnait d'avoir des raisons personnelles de s'être invitée ici. À ce propos, elle ne lui avait pas répondu quand il avait voulu en savoir plus. Il s'apprêtait à lui poser de nouveau la question, lorsque la voiture avança de quelques pas.

— À quel numéro en sommes-nous, à présent ? demanda-t-il.

— Aucune idée, je n'ai pas fait attention.

Lui, si. Non pas à la file d'attelages, mais à ses lèvres qu'il apercevait chaque fois qu'elle soulevait son voile.

Le valet de pied apparut.

— Ces dames arrivent, annonça-t-il. Dois-je ouvrir le champagne, Madame ?

— Absolument.

Geoffrey regarda par la fenêtre et les aperçut tout de suite. Mme Pierce arborait un sourire vibrant de fierté et Rosy accélérait le pas. Dans sa robe à crinoline, elle semblait flotter plutôt que marcher. Lady Diana avait dit vrai : cette robe ressemblait à une meringue à la chantilly. Voire à une montgolfière. Toutefois, à sa surprise, Rosy la manœuvrait avec une grande maîtrise.

Il descendit de la voiture pour les aider à monter, puis il se souvint que Rosy et lui rentreraient avec l'autre attelage. Aucun de ces deux véhicules n'était conçu pour accueillir plus d'une dame équipée d'une crinoline et d'une coiffe aux plumes démesurées. Sa conversation avec lady Diana resterait donc inachevée. Dommage.

— Diana, c'était merveilleux ! s'exclama Rosy. La reine m'a demandé si j'aimais Londres, et je lui ai répondu ce que vous m'avez dit, que la ville est superbe mais que la maison me manque parce que j'y ai mes habitudes. Alors elle m'a embrassée sur le front, puis elle m'a promis que j'allais passer une excellente saison et qu'elle y veillerait personnellement.

— Bravo ! s'exclama lady Diana. Nous sommes tous fiers de vous. N'est-ce pas, Eliza ?

— Et comment !

Mme Pierce se tourna vers Geoffrey.

— Vous auriez dû la voir, Votre Grâce. Elle a gardé la tête bien haute et n'a pas fait le moindre faux pas.

Elle adressa un sourire radieux à sa sœur.

— Et elle a déjà fait sa première conquête. Le marquis de Hartington, l'héritier du Devonshire.

D'un ton complice, elle ajouta :

— Un jeune homme beau et intelligent, qui n'a qu'un an ou deux de plus que Rosy.

Celle-ci rougit, ce qui était bien normal car si Hartington était scandaleusement riche, son amitié avec le prince régent l'auréolait d'une réputation sulfureuse.

— Rosy, tu devrais éviter..., commença Geoffrey.

— Laissez-la savourer son triomphe, voulez-vous ? murmura lady Diana à son oreille. Demain, vous lui adresserez toutes les mises en garde que vous voudrez.

Il croisa le regard brillant de sa sœur. Tonnerre ! Cela lui en coûtait de l'admettre, mais lady Diana avait raison.

— Tu devrais éviter de porter cette robe la prochaine fois que tu le verras, reprit-il, ou tu risquerais de le faire tomber.

Rosy éclata de rire et lui tapota le bras avec son éventail.

— Tu dis de ces bêtises, quelquefois ! C'est une crinoline, pas une armure.

Il le regrettait presque. Il n'aurait pas eu à s'alarmer des assauts de ses admirateurs.

— On nous fait signe d'y aller, annonça Mme Pierce. Nous ferions mieux de monter en voiture et de rentrer.

— Bien sûr, répondit Geoffrey en offrant son coude à Rosy. Viens-tu ?

— Je préférerais rentrer avec Diana. Je n'ai pas eu le temps de lui raconter comment ça s'était passé.

Geoffrey poussa un soupir dépité. Il avait déjà effectué un trajet avec Mme Pierce et n'avait pas envie de recommencer. Puis une idée lui vint. À présent qu'il en savait plus sur la situation des trois sœurs, il pourrait l'interroger sur lady Diana.

Pourquoi diable ferais-tu une telle chose ?

Enfer. Ce n'était pas sur lady Diana qu'il devait concentrer son attention, mais sur Rosy.

— À moi non plus, tu n'as pas eu le temps de tout raconter.

Sa sœur pencha la tête de côté, au risque de faire chavirer sa lourde coiffe emplumée.

— Tu m'écouterais vraiment ?

— Bien entendu.

Après tout, c'était lui qui finançait cette folle entreprise. Il avait le droit de savoir si son investissement en valait la peine.

— Et de toute façon, tu voudras aussi tout raconter à mère. Tu n'auras qu'à le faire en compagnie de lady Diana.

8

— Maintenant, dis-moi la vérité. Comment s'en est-elle sortie ? demanda Diana à Eliza dès que l'attelage se mit en mouvement. Nous avons révisé quelques points en venant, mais je n'étais pas sûre qu'elle se souviendrait de tout.

— Tu l'as parfaitement préparée. Il y avait quelques filles dans la file d'attente qui l'ont snobée, mais quand elles ont vu que la reine lui montrait autant d'attention, ces demoiselles ont soudain eu une centaine de questions à lui poser.

— Et tu leur as répondu que tu étais désolée mais que lady Rosabel devait rentrer se préparer pour son dîner de débutante, j'imagine ? Et comme elles n'ont pas été invitées, elles sont d'autant plus curieuses de savoir qui est cette parvenue, et pourquoi Elegant Occasions a accepté de s'occuper d'elle. Maintenant, tout le monde sait combien nous sommes exigeantes dans le choix de nos clients.

— Ce qu'elles ignorent, enchaîna Eliza, c'est que notre préférence va aux personnes intéressantes avec qui il est agréable de travailler.

— Et qui écoutent ce qu'on leur dit, ajouta Diana.

— Absolument.

Eliza esquissa un sourire espiègle.

— En toute franchise, ajouta-t-elle, je crois que la reine a été impressionnée par la grâce de Rosy. Même moi, j'ai été impressionnée. Sa révérence était parfaite ! Le dos bien droit, la tête baissée, les pieds placés à l'angle idéal pour se pencher avec élégance… La seule personne qui a fait mieux, c'est Verity. Si seulement elle n'avait pas éternué !

— Je sais. Quel dommage… Depuis, il suffit d'un rien pour que Verity se braque.

— Quoi qu'il en soit, tu aurais été fière de Rosy.

— Comme toujours quand tout est terminé. Voilà pourquoi je préfère les clients qui écoutent ce qu'on leur dit.

— Alors pourquoi, si tu n'as pas un faible pour lui, as-tu entrepris d'éduquer l'insupportable Grenwood ?

Diana eut du mal à cacher ses sentiments.

— Il n'est pas insupportable. Il est juste… un peu trop sûr de lui. Et un peu trop méprisant envers ce qui compte à nos yeux.

Elle percevait le poids du regard de sa sœur sur elle.

— C'est toi qui nous as dit que c'était quelqu'un d'important, et qu'il fallait le ménager, ajouta-t-elle, maussade.

— Au point de le laisser monter en voiture avec toi et de mettre ta réputation en danger ?

— Quel danger ? Il y avait des dizaines de valets autour de nous, et les fenêtres étaient ouvertes. Il n'a passé que quelques minutes à l'intérieur. Cette voiture lui appartient, au nom du ciel !

Merveilleux. Voilà qu'elle répétait comme un perroquet les paroles de Grenwood et tordait la vérité devant sa sœur.

— Diana, sois prudente, dit Eliza d'une voix grave. Grenwood n'a rien d'un aristocrate ordinaire. Il y a en lui quelque chose qui m'inquiète. Un mystère. Cet homme a des secrets.

C'était vrai. Diana s'en était aperçue.

— Tout le monde a des secrets. Aurais-tu oublié les crises de colère de père, ou la manie de mère de flirter pour le rendre jaloux ? Personne n'est parfait.

Comme Eliza ne répondait pas, elle précisa d'un ton qu'elle espérait désinvolte :

— Et de toute façon, il n'y a rien entre lui et moi.

— Très bien.

Eliza se pencha pour tapoter la main de sa sœur, un exploit vu l'ampleur de sa crinoline.

— Souviens-toi seulement que si tu as besoin d'aide, je serai toujours là.

Diana serra sa main.

— Je sais.

À propos de secrets, Diana devrait garder pour elle son désir de séduire Grenwood. Eliza ne serait pas d'accord, et risquait même d'en parler à leur père. Quant à Verity, elle n'irait pas jusque-là mais elle s'en ouvrirait à Eliza… et le résultat serait le même.

Or Diana était résolue à s'offrir une aventure avec le duc. Quand il l'avait embrassée, elle avait été envahie par de telles sensations que désormais, elle brûlait de savoir ce que ce serait s'il allait plus loin. À supposer, bien sûr, qu'il soit sensible à son charme. Toutefois, comme il semblait la regarder avec un certain intérêt, avec un peu de chance elle pourrait le convaincre de passer une nuit avec elle.

Tout cela était terriblement audacieux, mais c'était plus fort qu'elle. Ce duc pas comme les autres lui donnait une folle envie d'être une femme *audacieuse*.

Seul problème, elle ne savait absolument pas comment l'amener dans son lit.

Devait-elle émettre quelques sous-entendus et le laisser en tirer ses propres conclusions ? Certainement pas. Il s'imaginerait qu'elle tentait de le prendre au piège du mariage et l'éviterait encore plus soigneusement que pendant les trois dernières semaines.

Devait-elle s'offrir à lui et le laisser faire ? Encore moins ! S'il la rejetait, la honte serait trop cuisante. Et s'il le disait à quelqu'un ? Elle n'oserait plus jamais se montrer en public.

Elle n'avait aucune idée de la façon de procéder. Il fallait qu'elle continue d'y réfléchir. Il devait bien exister un moyen de lui manifester son intérêt sans qu'il prenne aussitôt la fuite comme lors de leur premier... non, de leur *unique* baiser.

Toutefois, ce n'était pas le moment de songer à tout cela. Dès qu'elles arrivèrent à Grenwood House, toute son attention fut accaparée par le dîner de Rosy.

Comme toujours, Eliza passa un long moment à discuter du programme musical de la soirée avec l'orchestre. Verity était aux cuisines pour s'assurer que les vins, digestifs et autres boissons étaient prêts, ainsi que le repas. Et Diana, qui devait s'occuper de tout le reste, eut l'impression de devoir résoudre une bonne centaine de détails de dernière minute au sujet de la décoration et de la tenue de Rosy.

Elle termina par une inspection de la table pour s'assurer que la vaisselle et les couverts qu'elle avait choisis pour le dîner avaient été correctement disposés.

— Je vois que nous dînerons à l'intérieur, finalement ?

Elle sursauta. Elle n'avait pas entendu Grenwood s'approcher derrière elle.

— Vous adorez me prendre par surprise, n'est-ce pas ?

— Cela vous apprendra à me faire financer des caprices absurdes, rétorqua-t-il.

— Par exemple ? demanda-t-elle, sourcils froncés.

Elle se tourna vers lui… et comprit aussitôt son erreur. Seigneur ! Il était plus beau que jamais dans sa veste de fin lainage noir, son gilet de soie d'un bleu pâle presque argenté et ses pantalons de cachemire noir près du corps.

Elle prit une profonde inspiration pour se calmer.

— À quelles dépenses vous ai-je contraint, au juste ?

— Les motifs à la craie pour la piste de danse, par exemple. Et les lampes d'Argand dans la salle à manger et le salon.

— La craie sera pour le grand bal, non pour ce soir. Croyez-moi, c'est…

— Hors de prix, l'interrompit-il. Je me demande bien pourquoi, bon sang ! Je comprends que ça évite aux danseurs de glisser sur le parquet mais tout de même, c'est cher payé pour quelques coups de craie.

— C'est bien plus que cela. Certains artistes dessinent sur le sol de véritables tableaux : des silhouettes de danseurs, des paysages, de jolis motifs. Je n'ai pas encore rencontré l'artisan qui doit s'en occuper, mais je pensais que nous pourrions lui demander un dessin en l'honneur des ponts que vous construisez. Ne serait-ce pas superbe ?

Il fronça les sourcils à son tour.

— Peut-être, mais le bal n'aura pas commencé depuis une heure que tout sera effacé.

— C'est là tout l'intérêt. Son aspect éphémère en fait une œuvre unique. C'est comme…

Elle chercha un exemple.

— C'est comme quand une personne chante lors d'une soirée. Une fois qu'elle a terminé, il ne reste rien de sa façon bien particulière d'interpréter un chant, n'est-ce pas ? Eh bien, c'est le même principe mais avec un dessin. Cela fera grande impression. Les pistes de danse ornées à la craie sont très prestigieuses, de nos jours.

Comme il faisait la grimace, elle ajouta :

— À vous de décider. Si vous n'en voulez pas, il faut me le dire très vite car je dois rencontrer l'artisan demain.

Il marmonna un juron.

— Si c'est seulement pour le bal, je suppose que ça ira.

— C'est seulement pour le bal, confirma-t-elle. Ce soir, nous nous contenterons du salon pour danser. Inutile de mettre de la craie pour une soirée intime.

— Intime ? s'écria le duc. Il y aura une bonne trentaine de personnes pour votre repas « intime » !

— Et elles seront deux cents au bal de Rosy dans quinze jours.

Il la regarda d'un air abasourdi.

— Vous plaisantez ?

— Pas du tout. Si vous voulez que Rosy soit la reine de la saison, il faut qu'on se bouscule lors de ce bal, et on tient facilement à cent cinquante dans votre salle de réception.

Elle lui jeta un regard appuyé.

— Votre mère a dit que vous aviez approuvé le nombre d'invités au bal.

— Si c'est le cas, je l'ai complètement oublié.

Il parut réfléchir.

— Je me rappelle vaguement avoir accepté l'achat des lampes d'Argand.

— Entre deux portes, alors que vous partiez pour une réunion avec je ne sais quels investisseurs dans les ouvrages d'art, je présume, répliqua-t-elle d'un ton désabusé. Vous ne regretterez pas cet achat. Êtes-vous allé voir le salon ? Elles ont été allumées.

Comme il secouait la tête, elle expliqua :

— Il est beaucoup plus lumineux. Et quand on les aura également allumées ici, dans la salle à manger, vous verrez ce que vous mangez, pour une fois.

— Peu m'importe de voir, tant que c'est comestible.

Elle contint un éclat de rire.

— Votre cas est sans espoir.

— Si vous le dites...

Puis il carra les épaules et se composa un air hautain.

— Je suppose tout de même que toutes les personnes conviées à ce « dîner intime » seront là, et puisque c'est *moi* qui les ai officiellement invitées...

— Avant que votre popularité vous monte à la tête, l'interrompit-elle, sachez que les dîners de Verity sont vite devenus légendaires. Elle sait tirer le meilleur parti de chaque ingrédient, et choisir des plats et des boissons qui plaisent aux gentlemen d'un certain âge. Voilà pourquoi on se bouscule à ses repas.

— Les... gentlemen d'un certain âge ?

— Les pères de jeunes hommes titrés et fortunés.

— Et ils ont une préférence pour certains plats ?

— Pas tous, mais vous admettrez que les jeunes gens acceptent de goûter des plats exotiques et se contentent de tartelettes, au lieu d'exiger un repas classique. Ils préfèrent consacrer leur temps à boire et à danser. Leurs pères veulent du rôti de bœuf et des pommes de terre rissolées.

Il s'apprêta à protester, mais il dut admettre qu'elle disait vrai.

— Par conséquent, s'ils savent qu'ils vont bien manger, il y a des chances qu'ils viennent, ainsi que leurs fils qui resteront pour le bal. Les mères sont imprévisibles, on ne peut pas compter sur elles, mais puisqu'il semble que la meilleure façon de toucher le cœur d'un homme passe effectivement par son estomac, nous comptons beaucoup sur les menus de Verity. Pour le reste, tout repose sur Rosy, mais si j'en juge d'après ce qu'on m'a dit de sa présentation à la reine, elle devrait s'en sortir haut la main.

Grenwood fronça les sourcils.

— Ah, mais je ne veux pas seulement qu'elle épouse un aristocrate fortuné ! Il faut aussi que son mari la rende heureuse.

Pour s'interdire de lui sauter à la figure, elle compta jusqu'à dix avant de répondre.

— Qui voulez-vous pour elle, au juste ? Un officier qui partira à la guerre et se fera tuer, comme mon beau-frère ? Un banquier qui n'en voudra qu'à sa dot ? Un étudiant sans le sou ? Avez-vous la moindre idée de l'homme idéal pour elle ? Parce que, quand j'ai dressé la liste des invités, vous n'étiez malheureusement pas là pour me conseiller.

Il parut se vexer.

— Je n'en sais rien. Je le reconnaîtrai quand je le verrai.

— Écoutez-moi bien, Votre Grâce. Il est fort probable que même si vous trouvez le mari parfait pour lady Rosabel, elle n'éprouve aucun sentiment pour lui. Il faut que ce soit *elle* qui le choisisse. Le mieux que vous puissiez… que nous puissions faire, c'est d'inviter toutes sortes de respectables gentlemen en priant pour que l'un d'eux fasse battre son cœur.

— Bien, répondit-il entre ses dents, parce que si elle se retrouve avec un mari volage qui entretient des maîtresses et la rend malheureuse, je ne me le pardonnerai pas.

— Moi non plus. Notre père a rendu notre mère malheureuse, et cela a été terrible pour nous toutes.

— Le mien également. Je compatis.

— Bien, dit Diana.

Elle commençait à regretter l'époque où il ne se mêlait pas de ce qui se passait sous son propre toit.

— Bien, répéta le duc. Je vois que nous nous comprenons.

Il s'apprêtait à s'éloigner quand elle s'étonna :

— Vous affirmez que votre père a rendu votre mère malheureuse, mais jamais elle n'a dit une chose pareille. Elle ne parle de lui qu'en termes très élogieux.

— Je sais, répondit-il dans un soupir. On a tendance à trouver toutes sortes de qualités aux gens qui ont quitté cette terre. Quand mon père était heureux, elle rayonnait de joie. Il la faisait rire par ses plaisanteries et citait des vers de Shakespeare qui la comparaient aux « journées d'été » ou autres images fleuries… Elle se souvient de cet homme-là. Pas du type maussade qui buvait trop.

— Oh. Mon père est très différent. Il voulait mener notre mère à la baguette alors qu'il avait… qu'il a *encore* une maîtresse, même à présent qu'il s'est remarié. J'ai l'impression que votre père avait une façon moins cruelle de rendre son épouse malheureuse.

— C'est possible.

Son regard s'était assombri, peut-être à cause des noirs secrets qu'Eliza avait devinés chez lui. Un jour, se promit Diana, elle éluciderait ce mystère.

Il s'apprêta de nouveau à partir… et fit de nouveau demi-tour.

— Vous n'envisagez tout de même pas de porter cette robe ce soir ?

— Si, pourquoi ?

— Vous l'aviez déjà cet après-midi à St James. Je croyais que les dames se changeaient pour le soir ?

Elle le regarda sans comprendre, puis tout s'éclaira.

— Auriez-vous oublié ? Je vous ai dit que nous n'étions pas ici en tant qu'invitées. Je n'assisterai pas à ce dîner. Je n'en suis même pas l'hôtesse. Ce rôle revient à votre mère, mais pas de façon officielle puisqu'elle porte encore le deuil. Je serai présente en coulisses pour aider votre majordome à régler d'éventuels problèmes, m'assurer que vos valets ont leurs instructions et veiller à d'autres détails.

— Le devez-vous vraiment ?

Il la parcourut d'un regard pensif.

— Je suppose qu'à présent, mon personnel connaît sa mission et qu'en cas d'urgence, vos sœurs sauraient faire face.

— Vous voulez que j'assiste à ce dîner ? demanda-t-elle en s'interdisant de montrer le plaisir ridicule qu'elle en concevait.

— Il s'agit moins de moi que de… eh bien… Rosy semble compter sur vous, et même mère se tourne vers vous quand elle a besoin de conseils.

Il ravala un grondement agacé.

— N'allez pas croire que je n'aie pas envie que vous soyez là, mais c'est surtout pour ma sœur et pour ma mère que je vous le demande. Je veux dire, je n'ai pas besoin de…

— Je comprends, l'interrompit-elle. Ne vous inquiétez pas. Pas un instant je n'ai imaginé que j'assisterais à ce dîner, aussi je ne me sens pas insultée par… par ce que vous tentez de me dire.

Il poussa un soupir.

— En me voyant aussi maladroit, personne ne croirait que je peux persuader une audience de cinquante gentlemen d'investir dans un projet qu'ils considèrent comme irréalisable.

— Je n'en doute pas, dit-elle doucement. J'ai lu votre article. Je devine que votre argumentation est particulièrement convaincante, pour quelqu'un qui possède les notions suffisantes.

Il arqua un sourcil intrigué.

— Vraiment ? s'enquit-il.

— Tout à fait.

Elle prit une inspiration nerveuse.

— Si je dois assister à ce dîner – uniquement pour votre sœur et votre mère, bien entendu –, il me faut une robe du soir, et je n'en ai pas ici.

Il sortit sa montre de gousset de sa poche, la consulta et répondit :

— Vous avez au moins une heure et demie, et vous n'habitez pas très loin. Envoyez un domestique. S'il en reste un qui soit disponible dans cette maison ?

Il n'avait manifestement aucune idée du temps qu'il fallait à une femme pour s'habiller et se coiffer, mais elle pourrait s'en sortir si elle optait pour la simplicité.

— Ma foi, je suppose.

— Parfait.

Il glissa un doigt dans son col et tira comme si sa cravate était trop serrée.

— Ne faites pas ça ! protesta-t-elle en s'approchant de lui pour rajuster son nœud de cravate. Vous ruinez le travail de votre valet de chambre.

— Bon sang, quel âge avez-vous ?

Tout en redressant l'étoffe, elle répliqua :

— Savez-vous qu'il est grossier de demander son âge à une dame ?

— Peut-être, mais vous êtes si à cheval sur les convenances que j'ai l'impression que vous êtes aussi vieille que ma mère.

Comme elle lui jetait un regard méfiant, il éclata de rire.

— Allons, répondez-moi. Ou je tire de nouveau sur ma cravate.

— Puisque vous insistez... j'ai vingt-quatre ans.

— Vous vous comportez comme une femme plus âgée.

— Je me demande si c'est un compliment, marmonna-t-elle en lissant un dernier pli. Là. Et maintenant n'y touchez plus, Votre Grâce.

Dans son regard passa une lueur qu'elle connaissait, et qui ne manquait jamais de la troubler au plus profond d'elle-même.

— Si vous me le demandez, d'accord, mais à condition que vous cessiez de m'appeler Votre Grâce. Vous n'êtes pas l'une de mes domestiques.

C'était vrai, mais jamais aucun client n'avait fait une telle suggestion. La gorge nouée, elle tapota le nœud de cravate pour l'aplatir.

— Alors comment dois-je vous appeler ? Monsieur le duc ? Lord Grenwood ?

— Geoffrey. Juste Geoffrey.

— Je ne peux pas vous appeler par votre prénom devant tout le monde ! protesta-t-elle en reculant d'un pas. On s'imaginera que nous... cachons quelque chose.

Surtout si on les surprenait alors qu'elle rajustait sa cravate comme l'aurait fait une épouse. Et même si elle mourait d'envie de « cacher quelque chose » avec lui, personne ne devait jamais rien savoir.

— Bien. Je vois.

Il passa ses mains dans ses cheveux, massacrant de nouveau le travail de son valet de chambre.

— Alors appelez-moi lord Grenwood ou monsieur le duc en public, plutôt que Votre Grâce. Et Geoffrey en privé.

En privé. Voilà qui était encourageant.

— Très bien... Geoffrey. Maintenant, j'ai beaucoup à faire avant le dîner, surtout à présent que je dois y assister.

— Allez-y ! ordonna-t-il.

Il souligna ces paroles d'un geste impérieux qui le faisait plus ressembler à un duc qu'il ne le pensait sans doute lui-même.

— Faites ce que vous avez à faire, poursuivit-il. Moi, je vais me servir un whisky et m'installer en attendant que la soirée commence.

Elle éclata de rire.

— Alors faites ça dans votre bureau, voulez-vous ? Cela donnera à l'un de nous la possibilité de rajuster votre cravate si nécessaire, et de veiller à ce que vos cheveux ne ressemblent pas à la crinière d'un fauve.

Puis elle s'éloigna pour demander qu'un domestique aille lui chercher une tenue de soirée.

Le duc… non, *Geoffrey* pouvait se montrer exaspérant mais dans l'ensemble, il était l'homme parfait pour une aventure. Si seulement elle savait comment le séduire !

Geoffrey regarda lady Diana s'éloigner, fasciné. Quand elle marchait d'un pas rapide, elle soulevait légèrement ses jupes et révélait ses chevilles, qu'il devinait fines et délicates malgré les bas de soie blancs qui les couvraient. Il s'imagina en train de remonter ses mains le long de ses jambes jusqu'à ses jarretières, dénouer celles-ci et lui ôter lentement ses bas. Et ensuite…

« Dieu du ciel », songea-t-il. Il était dur comme le roc. S'il ne chassait pas ces images érotiques, il risquait de se trouver dans une situation des plus embarrassantes.

— Où est Rosy ? demanda sa mère derrière lui.

Priant pour qu'elle ne l'ait pas vu suivre lady Diana d'un regard brûlant de désir, il se tourna vers elle. Elle semblait alarmée.

— Je n'en sais rien. N'est-elle pas dans sa chambre ?

— Non, répondit-elle. Depuis que les dames d'Elegant Occasions l'ont aidée à s'habiller, aucune ne l'a vue. Il paraît qu'elle est descendue demander à Mme Pierce de la coiffer, mais j'ai croisé celle-ci dans l'escalier et elle la cherchait justement. Est-ce que Rosy pourrait se cacher ? Vous savez que les mondanités l'effraient toujours.

— Oui, mais pas ce soir. Elle était folle de joie tout à l'heure, après sa présentation à la reine, et n'a cessé de bavarder pendant le trajet de retour. Elle n'avait vraiment pas l'air de s'inquiéter pour le dîner.

Sa mère parcourut la salle à manger d'un regard dubitatif.

— Elle a pu changer d'avis en voyant toutes ces chaises.

Comme si elle n'avait attendu que cet instant, Rosy entra d'un pas nonchalant.

— Maman ? On me dit que vous me cherchez. Quelque chose ne va pas ?

Aussitôt, une expression de soulagement passa sur le visage de leur mère.

— Puisque vous êtes là, tout va bien !

Elle déposa un baiser sur la joue de sa fille et prit ses mains entre les siennes.

— Vous êtes glacée, ma chérie. Êtes-vous sortie ?

— Avec le vent qui souffle aujourd'hui ? répondit Rosy. Ce serait de la folie. Il a fallu deux heures pour m'habiller en suivant les recommandations de Diana. Un seul pas dehors, et le vent aurait défait les plis de ma robe ou transformé mes cheveux en botte de paille. Pourquoi pensez-vous que nous avons finalement décidé de servir le dîner à l'intérieur ?

— Alors où étais-tu ? demanda Geoffrey. Tout le monde te cherchait.

— Au jardin d'hiver, pour couper ceci.

Elle sortit de derrière son dos une rose en bouton rouge sombre.

— N'est-elle pas parfaite ? Je me suis dit que tu pourrais la porter.

Elle s'approcha de lui pour glisser la fleur dans sa boutonnière.

— Là, dit-elle. Tu es superbe. Il faut que tu me réserves une danse avant que les autres dames te prennent d'assaut.

Une bouffée de panique monta en lui, mais avant qu'il ait pu dire un mot, sa mère répondit :

— Voyons, Rosy, un homme ne danse pas avec sa sœur. Cela ne se fait pas.

Dieu merci !

— Désolé, mon ange. Une autre fois, peut-être, quand il n'y aura personne pour légiférer sur la façon dont les gens doivent danser.

— Et maintenant, ma chérie, il faut y aller, dit sa mère. Mme Pierce vous attend là-haut pour vous coiffer. Ce soir, vous serez parfaite.

Rosy éclata de rire.

— Parfaite ? Il n'y a jamais rien eu de parfait en moi, j'en ai peur, mais je suppose qu'il faut discipliner cette crinière avant que j'apparaisse devant nos invités.

Geoffrey s'apprêtait à lui adresser un compliment, mais elle avait déjà filé.

— Nous avons un jardin d'hiver ? demanda-t-il à sa mère.

— Naturellement. N'est-ce pas le cas de toutes les maisons de duc ?

— Je n'en sais rien, je n'ai jamais rencontré de ducs. J'imagine qu'ils se terrent chez eux pour échapper aux hordes de femmes qui veulent faire d'eux leur mari ou leur amant.

Il secoua la tête, accablé.

— Vous ai-je dit que depuis quelque temps, chaque fois que j'assiste à une réunion, des gentlemen que j'ai croisés en d'autres occasions veulent me présenter leur sœur, leur cousine ou même leur mère ? Bon sang, quel âge croient-ils que j'ai ?

Sa mère ne répondit pas. Le regard lointain, elle dit seulement :

— J'ignorais qu'il y avait des roses dans le jardin d'hiver. Je crois que je vais aller voir ça.

— Attendez, mère. Voyons, quelle heure est-il ?

Il sortit la montre de gousset que son grand-père lui avait offerte le jour de sa majorité.

— Parfait, nous avons plus d'une heure devant nous. Vous avez tout le temps de cueillir des roses, et moi de prendre un bon whisky.

Et Diana de s'habiller.

Du moins, il l'espérait. En insistant pour qu'elle assiste au dîner, il n'avait pas eu l'intention d'ajouter à ses soucis pour l'organisation de la soirée.

— En fait, je crois que j'irai plus tard, dit sa mère. Les roses ne vont pas s'échapper du jardin d'hiver.

— En effet, répondit-il en riant.

Geoffrey s'accorda une heure de bienheureuse solitude dans son bureau. Le personnel n'osait pas le déranger ici. D'ailleurs, seules sa mère et Diana savaient qu'il était là. Il y avait quelques privilèges à être duc. Dans cette vaste demeure, il avait un havre de paix. À Newcastle, ils avaient vécu dans une maison agréable mais de taille modeste, de sorte qu'il était difficile de s'isoler.

C'était probablement pour cette raison que mère avait régulièrement demandé quand ils quitteraient Newcastle pour s'installer à Castel Grenwood, le fief ducal, sur les rives de l'Ouse dans le Yorkshire…

On frappa à la porte du bureau. Il poussa un soupir. Ce devait être l'heure du dîner.

C'était Diana... mais pas celle qu'il avait vue jusqu'à présent.

— Votre mère m'envoie vous chercher...

Elle n'acheva pas sa phrase. Il avait bondi sur ses pieds, les yeux rivés sur elle. Dans sa robe mordorée que les flammes des bougies nimbaient d'une douce lueur, on aurait dit une déesse. Les manches très courtes révélaient ses épaules et la bordure noire du corsage soulignait son décolleté généreux. Il aurait été facile de faire glisser ces manches le long de ses bras pour dégager ses seins de leur prison de soie...

Bon sang, il devait absolument cesser de loucher sur son décolleté ! Il avait les reins en feu et la gorge parcheminée. Au prix d'un effort de volonté, il reporta le regard sur ses boucles rousses, puis sur ses lèvres pulpeuses. Enfer. Maintenant, il avait une folle envie de l'embrasser.

— Y a-t-il un problème ? demanda-t-elle, nerveuse, tandis qu'il continuait de la dévorer du regard sans dire un mot.

— Pas le moindre, articula-t-il avec peine.

Devant son air dubitatif, il ajouta :

— Vous êtes aussi belle que celle dont vous portez le nom.

Vous me coupez le souffle. Vous anéantissez ma volonté. Et pourquoi ai-je l'impression de marcher sur un pont sur le point de s'effondrer ?

Bien sûr, il ne pouvait pas lui avouer cela. Elle y verrait des encouragements.

Elle le fixait d'un drôle d'air.

— Je porte le prénom de ma grand-tante Diana.

— Je faisais allusion à la toute première Diane, la déesse romaine de la Chasse.

Un sourire espiègle éclaira le visage de la jeune femme.

— Je ne vous croyais pas si littéraire.

— N'oubliez pas l'académie de Newcastle upon Tyne. J'en ai gardé quelques notions de lettres classiques, en plus des mathématiques ou de la physique. Et mon père a eu pendant un temps dans son bureau une remarquable peinture à l'huile de Diane au bain. Vous pourriez être sa sœur jumelle.

Elle arqua un sourcil amusé.

— Laissez-moi deviner… Elle était à moitié dévêtue ?

— Pas du tout ! Elle était *totalement* dévêtue, répondit-il en souriant. Pour une raison qui m'échappe, ma mère trouvait cela scandaleux.

— Comme c'est étonnant, dit-elle avec flegme.

On aurait dit qu'elle se mordait les lèvres pour ne pas rire.

— Je crois que mon père possède un tableau similaire dans son bureau, ajouta-t-elle. Apparemment, ce thème est très populaire chez les gentlemen amateurs de belles… *lettres*.

— Oh. Votre père aussi est un… *littéraire* ?

— Tout autant que vous, je présume, répondit-elle un peu sèchement.

Il s'avisa alors qu'il avait pratiquement avoué l'avoir imaginée nue. Toute femme de bonne éducation se serait sentie offensée.

Il devait de toute urgence ramener la conversation vers un terrain moins dangereux.

— Peut-être devrais-je recommencer d'une façon plus digne d'un gentleman. Lady Diana, vous êtes très en beauté ce soir.

— Merci, monsieur le duc, répondit-elle avec une petite révérence. Et vous êtes particulièrement élégant. Vous avez même réussi à ne pas défaire votre cravate. Beau Brummell serait très impressionné.

— Qui donc ?

— Un dandy. Peu importe. Il ne vous plairait pas.

— Hélas, je crains que mes cheveux ne soient de nouveau « une crinière de fauve ».

— Exact, admit-elle en s'approchant pour remettre de l'ordre dans ses mèches folles. Bien que je commence à m'habituer à votre style.

Seigneur, elle le rendait fou. Si elle n'avait pas laissé la porte ouverte, il aurait pu céder à la tentation de lui voler un nouveau baiser ! Et s'il en jugeait à sa façon de le regarder, elle n'aurait pas protesté.

Toutefois, il n'en fit rien. Elle rougit légèrement et pivota vers le couloir.

— Cela dit, reprit-elle, je suis très mauvaise conseillère en matière de coiffure, c'est le domaine d'Eliza. Et à propos d'Eliza, elle aimerait vous voir tous les trois, Rosy, votre mère et vous, pour s'assurer que vos tenues sont accordées.

Il la suivit dans le couloir.

— Des tenues qui ne seraient pas accordées ? fit-il mine de s'offusquer. À Dieu ne plaise !

— Eliza estime que les membres d'une même famille doivent porter des tenues qui s'accordent, en particulier pour les occasions importantes comme ce soir. Elle considère que cela soutient des relations familiales harmonieuses. Et elle est convaincue que c'est le manque d'harmonie qui a détruit notre famille.

— Ce ne seraient pas plutôt les maîtresses de votre père ?

Elle haussa les épaules.

— Il paraît que mes parents ont réussi un jour à se parler normalement, mais c'était il y a bien longtemps. Alors Eliza pourrait avoir raison, qui sait ?

— Oui, qui sait…

Pour sa part, il n'était assurément pas un expert en cohésion familiale. Père s'était querellé avec mère aussi souvent qu'il lui avait manifesté de l'affection. Mère et Grand-Pa avaient toujours été en conflit avec père. Quant à Rosy et lui…

Non. Grâce à Elegant Occasions, leurs relations s'amélioraient. Alors il allait la regarder faire son entrée dans le monde et la soutenir inconditionnellement. Parce que si elles étaient bien établies, mère et elle seraient en bonne voie pour vivre des *relations familiales harmonieuses*.

Et cela lui ôterait un énorme poids de la conscience.

9

Pourquoi s'était-elle permis de le toucher ? Et pas seulement une fois, mais deux ! C'était ridicule. D'ordinaire, les hommes n'exerçaient pas une telle attraction magnétique sur elle. Il n'y avait que *lui*, avec sa façon de parler de déesses nues, ou de tout recommencer à zéro pour repartir sur de meilleures bases. Sans parler de son esprit vif qui la prenait chaque fois au dépourvu. Décidément, il ne ressemblait à personne !

Cet homme n'était pas comme les autres. Duc, mais pas vraiment. Gentleman, mais pas toujours. Comment aurait-elle pu rester insensible ? En sa présence, elle se sentait protégée contre les insinuations des messieurs du beau monde et les ragots de leurs épouses.

Elle s'était efforcée de le chasser de ses pensées, du moins le temps de mieux le cerner. Sans compter que pour l'instant, elle devait s'assurer que chacun suivait les règles de préséance pour s'asseoir, que Verity avait bien pensé à disposer les petits cygnes en pâte d'amandes de sorte qu'ils semblent nager sur un lac de montagne aux eaux limpides, et que le plan de table avait été modifié pour tenir compte de sa présence. Par chance, l'une des invitées était souffrante et ne viendrait pas. Ainsi, Diana pourrait-elle se joindre au dîner sans mettre en péril l'indispensable équilibre entre dames et messieurs.

Grenwood ne semblait pas particulièrement ravi de se retrouver assis entre la veuve d'un marquis et la cadette d'un duc, mais les règles de préséance avaient dicté cette disposition.

En revanche, c'était Diana qui avait dicté le choix des invités. L'aîné des petits-fils de la marquise était en âge de se marier, et la fille de duc avait un frère qu'elle adorait et qui hériterait du titre. Deux prétendants potentiels pour Rosy.

Toutefois, Diana regrettait à présent d'avoir convié la fille du duc, qui couvait Grenwood de regards si éperdus qu'elle avait envie de lui plonger la tête dans son assiette de consommé à la russe.

— Avez-vous goûté le canard ? s'enquit son voisin de droite. Je ne m'attendais pas à un si bon dîner ici. Il paraît que ce Grenwood est un rustre.

Diana ressentit une inexplicable envie de prendre la défense de celui-ci.

— Saviez-vous qu'outre son noble lignage paternel, Sa Grâce est issue des Stockdon de Newcastle par sa mère ? Son éducation a été forgée à l'académie de Newcastle upon Tyne, une institution aussi ancienne que prestigieuse. Il paraît que Sa Majesté envisage d'y inscrire l'un de ses petits-fils.

Cette dernière affirmation était un mensonge pur et simple, mais son voisin opina docilement du bonnet. Sans doute ne saurait-il jamais la vérité. Et ce grossier personnage l'avait mise en colère, ce qui n'était pas un mince exploit. Il avait mérité d'être remis à sa place.

Après un second échange du même ordre avec son voisin de gauche, Diana fut soulagée de voir arriver le dessert, un chef-d'œuvre composé d'un château en pâte à sucre, de cygnes en pâte d'amandes sur un lac de montagne et de chocolats glacés de perles de sucre pour figurer les collines enneigées entourant le château. De chaque côté du dessert étaient disposées des coupes en pâte de sucre débordant de fruits en pâte d'amandes et de biscuits. Si Diana en jugeait aux murmures admiratifs qui s'élevaient tout autour de la table, elle n'était pas la seule à être impressionnée par l'habileté de Verity.

Quand les dames se retirèrent dans le salon de Mme Brookhouse pour laisser les messieurs boire le porto, Diana prit Rosy à part.

— Comment allez-vous, ma chère ? demanda-t-elle. Vous amusez-vous ?

— Oui, mais les invités sont si *vieux* !

— C'est exact. Et puisque aucun d'entre eux n'est un séduisant jeune homme, il vous a peut-être été plus facile de leur parler ?

— Eh bien... en effet, mais comment vais-je trouver un mari si je ne rencontre pas d'hommes séduisants ?

— Vous ferez leur connaissance dans une quinzaine de jours à votre bal où leurs parents, qui sont là ce soir, les encourageront à se rendre à présent qu'ils ont vu quelle jeune femme accomplie vous êtes. Et je suis sûre qu'entre-temps, ces mêmes parents vous inviteront aux événements qu'ils organiseront, où vous pourrez croiser ces fameux gentlemen. Pour ce soir, il m'a semblé qu'il vous serait plus facile de converser avec des personnes d'un certain âge.

Rosy écarquilla les yeux.

— C'est vrai ! s'exclama-t-elle.

— Et maintenant, la question est de savoir si vous accepterez de danser avec les messieurs qui sont ici. Ce serait un excellent entraînement.

— Je suis toujours heureuse de danser. Encore faut-il que l'on m'invite.

Diana lui tapota le bras d'un geste affectueux.

— Ce ne sera pas un problème, croyez-moi. Les couples qui sont là sont tous d'excellents danseurs et adorent le quadrille écossais.

— Chic ! Moi aussi.

La joie de Rosy n'était pas feinte. Diana lui adressa un sourire attendri. Cette jeune fille était bien différente de son frère ! Tandis qu'il prenait tout ce dont il avait besoin, elle attendait qu'on le lui offre. Bien sûr, c'était un homme, et il y avait aussi la différence d'âge. À dix-neuf ans, Rosy n'était pas encore rompue aux manières du monde... même si elle apprenait vite. Quant à Grenwood, il devait approcher de la trentaine.

— Je n'ai jamais songé à poser la question, s'entendit-elle demander, mais quel âge a votre frère ?

Quand une lueur intriguée s'alluma dans les yeux de Rosy, Diana regretta ses paroles.

— Il a trente ans. Et c'est un excellent parti, je suppose.

Diana s'efforça de masquer son intérêt.

— Dommage qu'il y ait si peu de jeunes femmes à marier ici. Je veillerai à en inviter à votre bal.

Puis, avant de trahir ses sentiments, elle se promena dans le salon pour s'assurer que les dames avaient tout ce qu'il leur fallait. Elle s'assit quelques instants parmi elles et écouta leur discussion. La plupart d'entre elles étaient intelligentes et bienveillantes ; c'était d'ailleurs pour cette raison qu'elles étaient conviées aux soirées organisées par Elegant Occasions.

Bientôt, des notes de musique leur parvinrent. Attirés par la mélodie entraînante de *Monymusk*, les invités se retrouvèrent dans le grand salon. Quand Diana y entra, presque tout le monde avait trouvé un partenaire de danse.

Sauf Grenwood. Près de la porte, un verre de porto à la main, il observait les danseurs qui évoluaient sur la piste. Ou plutôt, il observait sa sœur.

Diana s'approcha de lui.

— Rosy se débrouille bien, ne trouvez-vous pas ? Elle a plus d'assurance qu'il y a quelques semaines.

— En effet. Elle sait danser. Elle a très vite appris.

— Et je vois qu'elle n'a eu aucun mal à trouver un cavalier.

Il sourit d'un air pensif.

— Le contraire m'aurait étonné. Je suis sûr qu'elle va faire chavirer les cœurs.

— C'est certain.

Il la regarda.

— Vous ne dansez pas ?

— Encore faudrait-il qu'on m'invite, répondit-elle en priant pour qu'il saisisse la perche.

— Je peux vous trouver un partenaire, si vous voulez, dit-il en parcourant la salle du regard.

Elle poussa un soupir.

— Je suppose que ce serait plutôt à moi de vous trouver une cavalière. Votre voisine de table, peut-être ?

— La marquise ? Pas question. D'ailleurs, elle danse déjà avec un type qui a l'air d'avoir le pied sacrément agile.

— Je parlais de votre autre voisine, répliqua-t-elle en chassant toute trace de jalousie de ses intonations.

— Merci bien. Cette péronnelle m'a assez cassé les pieds pendant le repas. Elle n'a fait que raconter des potins stupides sur de parfaits inconnus. Que voulez-vous que ça me fasse si tel comte s'est fâché avec son épouse à cause d'un défi qu'il avait inscrit dans le livre des paris au White's ?

Dieu merci, la fille du duc ne semblait pas l'intéresser. Diana en était soulagée, même si c'était absurde. Après tout, jamais il ne ferait de projets d'avenir avec une femme comme elle.

— Vous pouvez toujours danser avec *moi,* suggéra-t-elle pourtant, d'un ton aussi désinvolte qu'elle en était capable.

— Je ne crois pas, non, grommela-t-il.

Il ponctua ce refus grossier par une solide gorgée de porto. Ravalant son humiliation, elle demanda :

— Pourquoi ?

— Je ne peux pas danser.

— Mais pourquoi ? Il me semble…

— Je ne peux *pas* danser, répéta-t-il en la fusillant du regard. Je ne sais pas.

Elle ne s'était pas attendue à cela.

— Comment est-ce possible ? N'alliez-vous jamais dans les bals, à Newcastle ?

Il émit un rire sans joie.

— Quand je n'étais pas à l'école, uniquement fréquentée par des garçons, mon grand-père me faisait travailler sur toutes sortes de projets et me préparait à diriger Stockdon & Fils. Dès que j'ai été en âge de voyager, j'ai passé la moitié de mon temps loin de la maison.

Sur la défensive, il ajouta :

— Je me fichais bien de ne pas savoir danser. Comme si j'avais pu deviner qu'un jour ça me serait utile !

— Votre mère n'était pas attristée de vous savoir si souvent parti ? Quel âge aviez-vous quand vous avez commencé ?

— Une douzaine d'années. Et j'étais content de partir. À la maison...

Il haussa les épaules d'un geste fataliste.

— Mère avait Rosy et père. Et elle savait qu'avec Grand-Pa j'étais entre de bonnes mains.

Chaque fois qu'elle avait l'impression de commencer à le comprendre, une nouvelle information venait tout remettre en question.

— Bien, mais après le décès de votre grand-père et de votre père, pourquoi ne pas avoir profité des leçons de danse que vous avez offertes à Rosy ?

— Parce que j'étais occupé à superviser le creusement d'un canal. Parce que je n'avais aucune idée que quelques mois plus tard, j'hériterais d'un duché. Et parce que...

Il hésita.

— ... je crains de n'avoir aucun don pour la danse. Je ressemblerais à un éléphant qui danse le menuet.

— Un jour, j'ai vu un éléphant danser à la ménagerie de la Tour. Malgré sa taille, il était plutôt agile. Et vous n'êtes pas un éléphant. Votre stature ne vous empêche pas d'avoir le pied léger.

Elle regarda les danseurs.

— Quiconque peut se tenir en équilibre sur un pont ou une écluse en cours de construction, comme je suppose que c'est votre cas, est parfaitement capable de danser. Vous pourriez même adorer cela.

— Permettez-moi d'en douter.

— Pourquoi ne pas essayer ? Allons sur la terrasse, et je vous donnerai votre première leçon. Nous entendrons suffisamment la musique et comme il fait plutôt frais, personne n'aura l'idée de sortir.

Il la scruta comme s'il se demandait pourquoi elle lui proposait cela. Elle-même n'aurait su le dire. Tout ce qu'elle savait, c'était qu'elle avait besoin d'explorer l'impalpable lien qui les unissait.

Enfin, il donna un coup de menton et lui fit signe de passer devant lui, mais vers le couloir et non la terrasse.

— Ainsi, personne ne tirera de conclusions hâtives, expliqua-t-il. Vous et moi allons simplement régler une question urgente quelque part dans la maison.

Il l'entraîna vers le salon de Mme Brookhouse, à présent désert… et qui donnait également sur la terrasse.

Diana n'était pas souvent venue ici. Elle avait inspecté cette terrasse au cas où le dîner aurait été servi dehors, mais le temps frais et brumeux l'en avait dissuadée. Une fois dehors, Grenwood l'entraîna au bas des marches. Là, ils entendaient toujours la musique mais dans la pénombre, ils étaient presque invisibles.

Hélas, l'obscurité n'avait pas que des avantages. Difficile de montrer un pas de danse à un partenaire qui ne pouvait pas vous voir ! Toutefois, comme par magie, les nuages s'écartèrent à cet instant et la pleine lune éclaira les lieux. Devant eux apparut le muret de brique qui ceignait la terrasse, délimitant leur piste de danse.

Grenwood se tourna vers elle, l'air grave.

— Je suis tout à vous, Diana. Faites de moi ce que vous voudrez.

— Ne me tentez pas ! plaisanta-t-elle. Je ne crois pas qu'une simple leçon de danse requière tant de dévotion, mais c'est vous qui en jugerez. Y a-t-il un pas en particulier que vous souhaitez apprendre, ou n'en connaissez-vous vraiment aucun ?

— Voyons... le trot ?

Comme elle ouvrait des yeux ronds de stupeur, il marmonna :

— Bien sûr que je n'en connais vraiment aucun. Quand je dis que je ne peux pas danser, ça signifie que je ne connais pas le moindre pas, à commencer par leurs noms !

— Soit, rétorqua-t-elle. Inutile de vous énerver.

Elle commença de la même façon que son propre maître de danse avait commencé.

— Avez-vous appris à sautiller ?

Il lui jeta un regard perplexe.

— Pouvez-vous me montrer ?

Elle s'exécuta en priant pour qu'il voie suffisamment sous la lumière de la lune et celle des lampes d'Argand qui se déversait par les fenêtres du grand salon.

— Et maintenant, à vous, dit-elle.

— Facile ! s'exclama-t-il en l'imitant. Tous les enfants savent faire ça.

— Parfait. Maintenant, vous prenez mes mains et nous continuons ensemble.

Comme tout se déroulait bien, elle lui fit faire quelques sauts de côté afin de lui montrer le pas chassé, et le lui fit répéter. Elle pouvait presque voir son esprit d'ingénieur décomposer chacun de ses mouvements pour les reproduire à l'identique.

Elle ne s'était pas trompée sur son équilibre, sa grâce et son agilité naturelles. Lord Grenwood *n'était* assurément *pas* un éléphant, mais peut-être n'était-il pas conscient de sa force et de son poids. S'il lui marchait sur le pied, il pourrait bien le lui briser !

Au salon, la musique avait changé, signe qu'une nouvelle danse commençait. Il était temps de rentrer, au cas où on se serait aperçu de leur absence, mais elle ne le proposa pas, et lui non plus.

Puis vint le moment où elle voulut lui montrer comment tourner lentement, tout en joignant leurs mains au-dessus de leurs têtes... et le moment où ils se perdirent en chemin.

Quelqu'un prit l'initiative du baiser – peut-être lui. Par la suite, elle n'aurait su dire si c'était la lumière irréelle de la lune, leur proximité physique ou les enivrantes fragrances de jasmin qui flottaient dans l'air. Tout ce qu'elle savait, c'était que lorsque ses lèvres se posèrent sur les siennes, cela lui parut tout à fait naturel.

Cette fois, elle ne fut pas surprise quand il glissa sa langue dans sa bouche. Sans la moindre pudeur, elle s'abandonna à ce ballet sensuel. Puis leurs pieds s'immobilisèrent... et leurs mains prirent le relais avec fièvre.

Cet homme savait merveilleusement embrasser ! songea-t-elle, gagnée par une douce excitation. Elle s'aperçut alors qu'il l'avait poussée contre le muret sans même interrompre leur baiser. Soudain, il la souleva pour l'y asseoir. Elle avait cru avoir besoin de la compagnie d'un homme, de partager une expérience intime, mais non. C'était de *lui* qu'elle avait besoin. C'était lui qui éveillait en elle cette impatience, cette fièvre qui la consumait. Toute la journée, ils n'avaient fait que reporter cet instant et leur baiser n'en était que plus délectable.

Jamais on ne l'avait embrassée avec une telle fougue ! pensa-t-elle, enivrée par ses coups de langue sensuels, la saveur de porto sur ses lèvres et son parfum où s'épousaient le musc et la bergamote. Entre ses bras, offerte à ses ardeurs, elle se sentait délicieusement femme.

Il prit son visage entre ses mains d'un geste possessif. Elle l'imita aussitôt. Il posa ses larges paumes sur ses épaules et fit courir ses lèvres de sa bouche à son cou, puis à sa gorge, avant de descendre entre ses seins.

— Oui ! gémit-elle tandis qu'il faisait pleuvoir des baisers le long de son décolleté.

Elle était impatiente de le sentir caresser ses seins, les embrasser, les pétrir comme elle en avait tant rêvé.

— *Touchez-moi !*

Elle se figea en comprenant, mortifiée, qu'elle avait formulé cette supplique à haute voix. Il s'écarta d'elle, juste assez poser une main sur son sein, comme s'il avait lu dans ses pensées.

— Ici ? demanda-t-il d'une voix enrouée de passion.

— Oui. S'il vous plaît.

— Vos désirs sont des ordres, madame.

Dans la lumière de l'astre lunaire, son regard étincela tandis qu'il cueillait ses seins au creux de ses paumes.

Elle ferma les yeux et s'accrocha à ses épaules, emportée par une sensation grisante. Pour un homme de sa force, il était capable d'une douceur surprenante. Et le simple fait de le voir aussi attentionné décuplait son excitation.

Quand, de ses pouces, il frotta les pointes de ses seins, elle crut défaillir de plaisir. Si on lui avait dit qu'un homme aurait un jour le pouvoir d'éveiller en elle de telles sensations !

— Puis-je les lécher ? demanda-t-il d'une voix enrouée de passion.

— Juste ciel, oui..., s'entendit-elle répondre.

Puis, comprenant qu'il voulait les dénuder, elle s'alarma.

— Ne risque-t-on pas de nous surprendre ?

Il rit.

— Non, sauf si l'on peut voir à travers moi.

Puis il fit glisser les petites manches de sa robe sur ses épaules et le long de ses bras, avant de faire descendre son corsage et le haut de son corset. Bientôt, il libéra l'un de ses seins, puis le second.

Le son rauque qui monta de sa gorge n'était pas sans évoquer celui d'un fauve. Grenwood s'agenouilla devant elle pour refermer les lèvres sur son sein. Cette fois, le contact de sa langue éveilla en elle une sensation profonde, brûlante. À présent, elle avait l'impression d'être un navire à la dérive sur un océan en furie. Jamais elle n'avait rien vécu de tel.

— Geoffrey... Oh, Geoffrey ! C'est... c'est..., bégaya-t-elle.

— Ma déesse. Vous avez un goût de paradis !

Il referma alors très doucement les dents sur la pointe de son sein. Elle émit un gémissement et, toute pudeur oubliée, se pressa contre lui. Comme s'il n'avait attendu que cette invitation, il laissa échapper un nouveau grondement et, de sa main libre, caressa son autre sein.

Éperdue de désir, elle enfouit les doigts dans sa crinière en désordre pour le serrer contre elle. Un vertige la saisit. Alors qu'elle glissait du muret, il se releva pour la rattraper par la taille.

— Attention, ma douce, murmura-t-il.

Il lui vola un nouveau baiser, mais celui-ci fut bien trop bref au goût de Diana.

— Veuillez me pardonner, murmura-t-il. Je me laisse emporter. Je n'aurais pas dû...

— Pas un mot de plus ! l'interrompit-elle.

Elle percevait un changement en lui. La fièvre de la passion venait de s'estomper. Elle pressa un doigt sur ses lèvres.

— Je n'ai aucun regret, reprit-elle, alors pourquoi en auriez-vous ?

— Parce que nous ne sommes pas mariés.

Il tenta de rajuster le corsage de Diana, mais comme il ne faisait que mettre un peu plus de désordre dans sa tenue, elle s'en chargea elle-même.

— Et je ne suis même pas libre de me marier, ajouta-t-il sombrement.

Les mains de Diana se figèrent sur son corsage. Incapable de lever les yeux vers lui, elle demanda :

— Seriez-vous fiancé ?

— Pas exactement, mais...

— Mais vous n'êtes pas libre, finit-elle à sa place.

Cela ne pouvait avoir qu'une signification. Une femme l'attendait quelque part. Diana se détourna, le cœur glacé.

— Il faut que je rentre, dit-elle d'une voix étranglée. Eliza et Verity vont me chercher.

— Diana...

— Non. Épargnez-moi vos excuses.

Elle hâta le pas, ravala un sanglot et rajusta sa robe de son mieux en priant pour que personne ne les ait aperçus.

Le mufle. Qu'il aille au diable ! Elle n'avait pas l'intention d'avoir une liaison avec un homme déjà engagé auprès d'une autre. Elle avait vu combien sa mère souffrait chaque fois que son père partait retrouver sa maîtresse ; elle n'aurait pas la force d'endurer cela. Elle s'était toujours refusée à être la maîtresse d'un homme, et cela n'était pas près de changer.

Ce genre de situation conduisait toujours au désastre. Et le désastre, elle en avait eu plus que sa part.

10

Geoffrey s'élança pour rattraper Diana, puis y renonça. D'abord parce qu'il était plus prudent qu'ils reviennent au grand salon par des portes différentes et à des moments différents, afin que personne ne devine ce qui venait de se passer entre eux. Ensuite parce que…

Il émit un juron. Il aurait suffi d'un seul regard à ses pantalons en cet instant pour comprendre très exactement ce qui venait de se passer entre eux. En dépit de sa conclusion malheureuse, cet intermède l'avait tellement excité qu'il était incapable de réfléchir avec clarté.

Il était tenté de se réfugier dans sa chambre pour prendre les choses en main – littéralement – et se donner le soulagement que son corps appelait, mais Diana serait sans doute encore plus fâchée de le voir s'éclipser qu'elle ne l'avait été de son comportement.

Il n'était même pas sûr qu'elle accepte encore de lui parler.

Enfer ! Il ne pouvait prendre le risque de lui expliquer qu'il n'y avait jamais eu de fiancée, car elle insisterait pour savoir pourquoi il n'était pas libre de se marier. Et elle pourrait le révéler à quelqu'un d'autre. À mère ou Rosy, par exemple.

Jamais. Les risques étaient trop grands. Il ne pouvait se permettre une liaison avec elle. Sans compter que ses sœurs et elle avaient déjà eu assez de scandale dans leur vie.

Il devait consacrer toute son énergie à trouver à Rosy un mari aimant et respectable, et à éviter que mère ne soit exposée à une humiliation publique. Pour cela, le secret de père ne devait jamais être révélé.

D'ailleurs, qu'attendait Diana de lui ? Le mariage ? Une aventure ?

Lors de leur premier baiser, elle avait été... adorablement maladroite. Et quelques instants plus tôt, elle s'était montrée aussi passionnée qu'inexpérimentée. Au demeurant, s'il savait lui-même quoi faire avec une femme, c'était parce qu'une certaine veuve joyeuse de Newcastle lui avait tout appris, autrefois. Jusqu'à ce qu'elle s'avise qu'il n'avait que quatorze ans et reporte son affection vers un homme fait.

Elle n'avait pas été la seule à le croire plus âgé qu'il n'était. Il avait grandi si vite que bien des femmes l'avaient pris pour un jeune homme alors qu'il n'était encore qu'adolescent. Au début, il en avait profité. Quel garçon n'aurait pas rêvé de multiplier les conquêtes ?

Puis son père l'avait solennellement averti contre le risque d'attraper une maladie ou de mettre une femme enceinte. Il lui avait dit qu'un jour il se marierait, et détesterait alors devoir payer les folies de ses années de jeunesse.

Depuis, Geoffrey s'était tenu à l'écart des femmes et n'avait connu que des plaisirs solitaires.

— Que fais-tu donc ici dans le noir ? lança soudain une voix féminine.

— Rosy ? Bon sang, tu m'as surpris ! J'avais besoin d'un peu d'air frais.

Par chance, son érection s'était estompée.

— C'est lady Diana qui m'a demandé de te chercher. Tout le monde se demande où tu es passé.

— Très bien, j'arrive.

Son cœur se mit à battre plus fort. Diana voulait le voir. Pour les envoyer au diable, sa famille et lui ? Avait-il tout fichu en l'air ?

— Elle a dit ce qu'elle voulait ?

Rosy leva les yeux vers lui.

— Que tu reviennes pour qu'on cesse de se demander où tu es. Enfin, il me semble. Elle n'a pas dit grand-chose.

Voilà qui ne l'aidait pas beaucoup. Tandis qu'ils revenaient vers la maison, il demanda à sa cadette :

— Passes-tu une bonne soirée ?

— Excellente ! Merci d'avoir insisté pour que je fasse une saison. C'est merveilleux.

Parvenue à la porte-fenêtre, elle s'immobilisa.

— Au fait, j'ai dansé avec l'un de tes camarades, lord Foxstead. Il est tout à fait charmant. J'ignorais que tu avais des amis dans l'aristocratie.

— Eh bien, maintenant tu le sais.

Foxstead ? Enfer ! Il était peut-être titré et fortuné, mais sa réputation de libertin était presque aussi effroyable que celle de lord Winston.

Geoffrey s'interdit de faire part de son opinion à Rosy, mais il se promit d'avoir une petite explication avec Foxstead. Il devait connaître ses intentions, s'assurer que l'autre savait à quoi il jouait et lui poser toutes sortes de questions. Bon sang, il avait neuf ans de plus que Rosy !

Toi-même, tu en as six de plus que Diana. Tu joues à la séduire dès que tu en as l'occasion. Et tu es prêt à étrangler Foxstead juste parce qu'il a dansé avec ta sœur ? Tu n'es qu'un sale hypocrite !

Oui, il n'était qu'un sale hypocrite, mais il s'en moquait éperdument. Diana occupait toutes ses pensées et il ne savait comment l'en chasser. Il avait intérêt à trouver rapidement une solution, ou bien il allait se brouiller avec la seule femme capable d'offrir à Rosy un avenir heureux. Et cela, ni sa mère ni Rosy ne le lui pardonneraient.

Si Diana avait fait chercher Grenwood, c'était uniquement pour éviter que les invités n'aient le moindre soupçon sur son tête-à-tête avec lui sur la terrasse, en aucun cas parce qu'elle avait envie de le voir. Voilà pourquoi elle avait demandé à Rosy de le retrouver. Elle refusait d'être de nouveau seule avec cet odieux séducteur.

Quand il se présenterait, elle lui rappellerait que dès qu'il le voudrait, il n'aurait qu'à faire porter un toast à Rosy pour signaler que la soirée était terminée. Puis elle se dépêcherait de s'en aller.

Elle l'attendait dans le petit salon de Mme Brookhouse en faisant les cent pas, mais la colère vibrait en elle. Rosy apparut alors. Sans son frère.

— Vous ne l'avez pas trouvé ? demanda-t-elle d'un ton si sec que la jeune fille arqua un sourcil.

— Si, mais il devait régler je ne sais quoi au salon avant de venir ici.

Il prenait donc la fuite, exactement comme la première fois qu'il l'avait embrassée. De mieux en mieux !

— Expliquez-moi, Rosy… Pourquoi personne ne nous a-t-il dit que votre frère était fiancé ?

La jeune fille battit des paupières, confuse.

— Parce qu'il ne l'est pas.

Diana ne s'était pas attendue à cela. Rosy ne mentirait tout de même pas pour protéger son frère ? Elle lui avait toujours semblé honnête.

— Il m'a dit tout à l'heure qu'il n'était pas libre de se marier.

— Je n'ai aucune idée de ce qu'il entend par là. À Newcastle, on le considère comme un bon parti. Surtout depuis qu'il est duc.

Le visage de la jeune fille s'éclaira.

— Attendez... Vous parliez de *mariage*, tous les deux ?

Diana retint un mouvement d'humeur. Maudit soit-il ! À cause de lui, elle en révélait beaucoup plus qu'elle n'aurait dû.

— Pas avec moi, voyons !

Elle chercha en hâte une explication plausible.

— Je cherchais seulement qui lui présenter, puisqu'il devra un jour s'établir. Il m'a répondu qu'il n'était pas libre de se marier.

— Je vois, répondit Rosy, qui ne semblait pas convaincue.

Dieu du ciel, Diana n'en pouvait plus de mentir. Non seulement elle détestait cela, mais elle n'avait aucun talent en la matière.

— Il n'a jamais eu de fiancée ? insista-t-elle. N'y a-t-il pas une femme dont il serait épris ?

Si le prince de Galles pouvait avoir eu une épouse en secret[1], le duc de Grenwood avait peut-être une

1. En 1785, le prince de Galles et futur roi George IV épousa en secret Maria Anne Fitzherbert. Ce mariage ne fut pas reconnu, car elle était catholique et le prince n'avait pas demandé l'autorisation de son père, le roi George III. *(N.d.T.)*

fiancée ou une femme dont il n'avait jamais parlé à sa famille.

Rosy éclata de rire, mais elle dut voir l'expression grave de Diana car elle retrouva aussitôt son sérieux.

— Pour ce que j'en sais, il n'a jamais courtisé personne. Sa seule passion, ce sont ses ponts, ses tunnels et ses canaux. C'est sûrement à cela qu'il faisait allusion. Peut-être aurez-vous mal compris ses propos ?

— Croyez-moi, il semblait très clair.

Elle se mordit les lèvres, saisie d'un doute, et se remémora leur conversation. S'il avait effectivement déclaré qu'il n'était « pas libre de se marier », il n'avait pas affirmé qu'il y avait une autre femme. Était-elle en train de se raccrocher à un ultime espoir ? Peu importait, après tout. Quoi qu'il ait voulu dire, il n'avait pas été encourageant.

— Votre frère peut se montrer agaçant, parfois, avoua Diana.

— *Parfois ?* ricana Rosy. Tout le temps, oui ! J'ai souvent envie de lui donner des gifles. Et je le ferais, si j'étais assez grande.

— Comment puis-je l'aider, si je ne comprends pas ce qu'il dit et s'il ne m'explique rien ? marmonna Diana.

Elle était partie sans lui laisser le temps de se justifier, mais peu importait. Ce méprisable séducteur savait très bien comment elle allait interpréter ses paroles et n'avait rien fait pour lever le doute.

Rosy la regarda, l'air peiné.

— Je dois vous avertir que Geoffrey a une certaine tendance à ne pas tout dire. C'est vrai avec maman, avec moi, et avec tout le monde en général. Il n'a jamais fait allusion à un mariage possible. Ni à la date où nous pourrons nous installer à Castel Grenwood. Ni à ce que papa lui a dit sur son lit de mort, s'il lui a dit quoi que ce soit. Pas un mot.

— Et vous n'avez jamais exigé qu'il vous parle ?

— Geoffrey supporte très mal qu'on *exige* quoi que ce soit de lui. Il est assez... hum... indépendant.

— Égoïste, vous voulez dire. Je m'en suis aperçue.

Diana croisa les bras, furieuse.

— Et vous n'avez aucune idée de ce qu'il voulait dire en affirmant qu'il n'était pas libre de se marier ?

— Pas la moindre. Peut-être faisait-il allusion à ses tentatives de vendre l'affaire de Grand-Pa ? Après le décès de notre grand-père, Geoffrey a dirigé Stockdon & Fils pendant plusieurs années. Papa ne s'y était jamais intéressé, donc quand il est mort, cela n'a rien changé, mais quand Geoffrey a hérité du duché...

Rosy referma les bras autour d'elle en un geste de protection.

— Maman et lui veulent que nous allions nous installer tous les trois à Castel Grenwood, le fief familial du Yorkshire, pour qu'il entreprenne la rénovation du domaine. Moi, je déteste avoir laissé mes amies, même si je n'en ai que deux.

— Je comprends, dit Diana, radoucie. Les amitiés féminines sont indispensables.

— Oui ! Vous me comprenez, vous...

La jeune fille se mordit les lèvres.

— Au moins, vous avez vos sœurs. Une mère, aussi merveilleuse soit-elle, ne remplacera jamais une sœur.

— C'est vrai, admit Diana, émue.

Et des sœurs ne remplaceraient jamais une mère, songea-t-elle. Voilà des semaines qu'elle n'avait pas vu la sienne. Pendant la saison, elles étaient débordées, mais sa mère lui manquait. À présent qu'elle était libérée de sa colère contre son ancien mari, celle-ci avait changé. Elle était plus accessible et se réjouissait de toutes les petites marques d'affection que ses filles pouvaient lui offrir. Était-il possible qu'elle se soit comportée comme elle l'avait fait uniquement à cause des nombreuses aventures de père ?

Après tout, peu importait. Quelles que soient les raisons de leur séparation, père et mère n'avaient jamais formé un couple uni.

Et les secrets de Grenwood n'auguraient pas non plus d'une vie conjugale heureuse. Bon sang, pourquoi se posait-elle seulement la question ? Cet homme ferait assurément un mari épouvantable. Tout devrait se faire selon *son* idée, et elle avait eu assez de ce genre de comportement avec son père. D'ailleurs, il avait été très clair sur ce point : il n'avait aucune envie de convoler en justes noces.

Ou peut-être était-ce seulement avec elle qu'il ne voulait pas se marier ? La prenait-il pour une dévergondée ? Si c'était le cas, qu'il aille au diable. Elle ne l'avait pas forcé à l'embrasser, tout de même !

Peut-être la soupçonnait-il de vouloir l'attirer dans ses filets – cela expliquait qu'il ait menti sur ses raisons de ne pas se marier – mais, au nom du ciel, elle n'avait pas fait la moindre allusion au mariage, alors pourquoi en était-il venu à une telle conclusion ? Elle n'avait rien à se reprocher, et elle le lui dirait dès qu'elle le verrait.

Mais pas ce soir.

— Dois-je retourner au bal ? demanda Rosy. Je ne sais pas pourquoi Geoffrey tarde à nous rejoindre.

— Oui, allez-y. Vous avez bien mérité de profiter de cette soirée. Après tout, elle est organisée en votre honneur. Si vous croisez Eliza, je vous serais reconnaissante de me l'envoyer.

— Et Geoffrey aussi ?

— Inutile.

Diana ne comptait pas s'attarder. Non seulement elle était trop épuisée et furieuse pour parler avec lui maintenant, mais elle devait d'abord trouver la meilleure approche.

Quand Eliza la rejoignit, Diana avait bien envie d'en finir une fois pour toutes avec la famille Brookhouse au grand complet, mais elle savait que la colère était mauvaise conseillère. Elle se contenta donc de demander à sa sœur de rappeler à Grenwood comment conclure la soirée.

Eliza fronça les sourcils.

— Tu es presque la seule à avoir parlé avec Sa Grâce, aujourd'hui. Y aurait-il un problème ?

Diana décocha un sourire las à sa sœur et mentit de son mieux.

— Cela n'a rien à voir avec lui. J'ai juste un épouvantable mal de tête. Je ne peux plus supporter la moindre compagnie, tu peux comprendre cela.

Elle prit la main d'Eliza.

— Mais, bien sûr, je peux rester avec toi si tu as besoin de ma présence, ajouta-t-elle.

— Non, pas du tout, répliqua sa sœur en serrant sa main entre les siennes. Tu as eu une longue journée.

— Toi aussi.

— Oui, mais je ne viens pas de passer trois semaines à travailler comme un forçat, contrairement à toi. Rentre à la maison. Tu sais bien que Verity et moi avons souvent quitté une soirée avant la fin. Toi, jamais. Aujourd'hui, c'est ton tour.

— Merci Eliza, répondit Diana avant de déposer un baiser sur la joue de sa sœur. Je te revaudrai ça.

— Oh, fais-moi confiance pour te le rappeler ! plaisanta Eliza en riant. Allez, file. Je vais chercher notre duc grincheux et m'assurer qu'il s'occupe correctement de sa sœur.

Après le départ d'Eliza, Diana prit son sac de travail, qui contenait la robe qu'elle avait portée cet après-midi-là, une trousse de couture et des échantillons de tissus au cas où il aurait fallu raccommoder la robe ou le réticule de Rosy. Elle avait caché le sac derrière un canapé où elle savait que personne ne le trouverait. Alors qu'elle le retirait, quelqu'un toussa derrière elle.

Elle fit volte-face, alarmée. Le maître des lieux se tenait sur le seuil de la pièce. Passé un moment de surprise, elle le salua d'une révérence.

— Votre Grâce. Y a-t-il quelque chose pour votre service ?

Il tressaillit.

— Diana…, commença-t-il en s'approchant.

Elle recula aussitôt d'un pas.

D'un air gêné, il fit halte.

— On m'a dit que vous vouliez me parler ?

— Plus maintenant. À présent, je sais que vous m'avez délibérément laissée croire… une contre-vérité.

Elle prit son sac et attendit qu'il s'écarte pour la laisser passer.

— Je suppose qu'Eliza vous a rappelé ce que vous devez faire pour clore la soirée, ajouta-t-elle. Si ce n'est pas le cas, elle le fera tout à l'heure. Quant à moi, je n'ai plus rien à vous dire, *Votre Grâce*. Si vous aviez la bonté de me laisser passer…

Il fit un pas, sans cesser de lui barrer le chemin.

— Veuillez me pardonner, Diana. Mon intention n'était pas de vous faire croire que j'étais engagé. C'était une maladresse de ma part.

— Une maladresse, répéta-t-elle en ricanant. Votre sœur a eu l'air tellement stupéfaite en entendant parler de votre fiancée que j'ai bien compris que c'était une *maladresse*. Donc, votre liaison n'est pas officielle. De quoi s'agit-il, au juste ? De fiançailles secrètes ? D'un mariage caché ?

— J'ai déjà du mal à cacher un petit secret à mère et Rosy, alors un secret aussi colossal...

Pour une raison que Diana ne s'expliquait pas, ces paroles brisèrent ses défenses. Toute sa douleur et son humiliation se déversèrent.

— J'ignore ce qui est le pire. Découvrir que je croyais plaire à un homme déjà promis à une autre, ou apprendre que ce même gentleman a délibérément laissé planer un malentendu plutôt que de me dire la vérité sur sa raison de refuser tout engagement avec moi.

— La vérité !

Il alla fermer la porte, puis revint vers elle.

— Quelle vérité, je vous prie ?

En cet instant, elle était trop furieuse contre lui pour se soucier des conséquences si on les trouvait en tête à tête derrière une porte close.

— Ah, mais c'est à vous de me le dire, justement ! Peut-être avez-vous été choqué par mon comportement audacieux sur la terrasse, alors que c'est *vous* qui l'avez provoqué ? Ou me trouvez-vous trop snob pour épouser un homme qui a dû autrefois travailler pour gagner sa vie ? À moins que ce ne soient mes cheveux roux qui vous font honte ?

— Rien de tout cela, grands dieux ! protesta-t-il d'un air effaré. Et quel est le problème avec votre chevelure ? Pourquoi un homme ne l'aimerait-il pas ?

— Ne changez pas de sujet ! s'impatienta-t-elle. Si aucune de ces raisons n'est la bonne, ayez la décence de vous expliquer ! Et pourquoi avoir supposé que je voudrais vous épouser, alors que je n'y ai jamais fait la moindre allusion ?

— Je voulais juste... Je n'ai pas pensé...

— Non, en effet. Vous n'avez pas pensé à mes sentiments un seul instant. Vous auriez pu me dire simplement que vous n'aviez pas envie de flirter avec moi.

Elle déglutit péniblement, puis poursuivit :

— Croyez-moi, je n'aurais pas insisté. Vous n'en êtes peut-être pas conscient, mais jamais une relation avec l'un de mes clients n'a pris un tour aussi... personnel. Il suffisait de le dire, si nos échanges vous ont mis mal à l'aise. Quoi que vous pensiez de moi, je ne suis pas du genre à manœuvrer pour me faire épouser.

— Je n'ai jamais imaginé que vous l'étiez. Ce qui s'est passé m'a pris par surprise, voilà tout. Je n'ai pas l'habitude de... d'échanger avec des dames de la haute société, comme vous l'aurez probablement remarqué.

— Oh, je l'ai *assurément* remarqué, ricana-t-elle. Tout le monde autour de vous également. La reine elle-même l'a remarqué. Toutefois, je vous prenais pour l'honorable gentleman que vous prétendez être. Pas pour un séducteur qui laisserait croire à une femme qu'elle flirte avec le fiancé d'une autre.

— C'est vrai. Vous avez raison. Je n'aurais pas dû me comporter ainsi.

— Non, vous n'auriez pas dû.

Il passa une main dans ses cheveux d'un geste las. Il avait la mauvaise habitude de se décoiffer… et elle se détestait de trouver cela aussi attendrissant.

— Il se trouve que je ne peux pas vous dire pourquoi je ne suis pas libre de me marier, sinon que pour l'instant je suis accablé par les responsabilités. Je dois apprendre à me comporter comme un duc, réparer les domaines de mon prédécesseur, diriger Stockdon & Fils, mener à bien mes projets en cours et m'assurer que mère et Rosy soient bien établies. Je ne sais plus où donner de la tête.

— Moi aussi, je porte un certain nombre de responsabilités, dit-elle, mais je ne glisse pas dans la conversation que je ne suis « pas libre de me marier ». D'ailleurs, ai-je jamais fait la moindre allusion au mariage ?

— Non, marmonna-t-il, mais la plupart des femmes…

— Même *vous*, vous savez que je ne suis pas « la plupart des femmes ».

Elle l'avait interrompu avant qu'il tienne des propos qui la mettraient encore plus en colère et lui donneraient envie de l'assommer avec son sac.

De toute façon, cela ne servirait à rien. Il avait le crâne trop épais pour que la moindre compréhension puisse y entrer.

Elle le contourna et se dirigea vers la porte.

— Dire que j'étais prête à vous demander de m'enseigner les choses de l'amour pour savoir si j'aimerais me marier un jour ! Il est clair que cela aurait été une erreur colossale.

Elle ouvrit la porte et se tourna vers lui.

— Il ne me reste qu'à trouver quelqu'un d'autre. Si vous avez un candidat à me conseiller, je vous en saurai gré.

Avec un plaisir mauvais, elle le vit se décomposer de stupeur. Puis elle s'engagea dans le couloir d'un pas rageur. Il avait tenté de la mener en bateau ? Il n'était pas près de recommencer. Elle y veillerait scrupuleusement !

11

Geoffrey sortit dans le couloir et regarda Diana s'éloigner d'un pas rapide. Avait-elle vraiment dit ce qu'il avait entendu ? Ou les rêves enflammés qu'elle allumait en lui avaient-ils eu raison de sa santé mentale ?

— Pour quel type de poste cherche-t-elle un candidat ?

Geoffrey pivota si brusquement qu'il faillit heurter Foxstead et la flûte de champagne qu'il tenait à la main. Dieu du ciel, avait-il surpris leur conversation ?

— Pardon ?

D'un coup de menton, l'autre désigna la silhouette de la jeune femme qui disparaissait au bout du couloir.

— Désolé, mon vieux, mais j'ai entendu lady Diana vous demander des recommandations. Je voulais juste savoir quel poste elle veut pourvoir. Si je peux faire quoi que ce soit pour aider...

— Non merci, marmonna Geoffrey.

Foxstead avait beau être un ami, il n'était pas question qu'il séduise Diana !

— Très bien, répondit le comte. Inutile d'être aussi cassant. Je voulais seulement rendre service.

Geoffrey remarqua alors l'expression confuse de son ami. Tout s'expliquait ! Foxstead croyait que lady Diana cherchait quelqu'un pour un poste de domestique, de livreur ou autre activité innocente.

Enfer. Il avait intérêt à se surveiller, ou tout le monde finirait par voir que cette femme le rendait fou.

— Veuillez m'excuser, Foxstead. Je suis juste un peu nerveux, ce soir. Je n'ai pas l'habitude d'organiser des soirées, tout ceci est nouveau pour moi.

— Ma foi, vous avez choisi les personnes parfaites pour vous seconder.

Geoffrey n'en était pas aussi certain. Il aurait préféré que ces personnes – l'une d'entre elles, en particulier – ne soient pas aussi séduisantes.

— À propos d'Elegant Occasions, je suis intrigué..., commença-t-il. Vous qui naviguez dans les hautes sphères, que pensez-vous de lady Diana et de ses sœurs ? Quelle est votre opinion sur le fait que trois aristocrates dirigent une agence ?

Foxstead prit une gorgée de champagne avant de répondre.

— Elles ont été la cible des ragots il y a quatre ans, alors qu'elles n'avaient rien à se reprocher. Elles ont décidé de lancer leur affaire afin de se protéger de la bonne société, au lieu d'attendre qu'on les accepte de nouveau ou que leurs parents se comportent enfin en adultes.

Il secoua la tête d'un air navré et ajouta :

— Ce qui, d'après ce que je comprends, ne risque pas d'arriver.

— Tout de même, les deux sœurs encore célibataires auraient pu trouver un mari.

Foxstead émit un rire blasé.

— Lady Verity avait un prétendant. Un lâche qui l'a abandonnée pour une autre, quand le divorce a été annoncé.

— C'est complètement immoral !

— C'est la bonne société de Londres. Au moindre soupçon de scandale, on vous évite comme un pestiféré. Quand les trois sœurs ont monté leur agence, le divorce venait d'être porté devant les tribunaux. Aucun parent du beau monde n'aurait laissé un fils célibataire s'approcher de jeunes filles marquées par une telle infamie. Si lady Diana ou lady Verity avaient trouvé des hommes capables de passer outre au scandale, elles auraient dû se marier bien en dessous de leur rang. La société n'était pas tendre avec les affaires de divorce. Elle n'a guère évolué, d'ailleurs.

Cela semblait terriblement injuste. Pas étonnant que Diana soit aussi furieuse contre lui. Elle croyait qu'il la soupçonnait de vouloir l'attirer dans une situation compromettante et le contraindre de l'épouser. En son for intérieur, Geoffrey savait que jamais elle ne ferait une chose pareille. Alors pourquoi avait-il laissé entendre qu'il l'en croyait capable ?

Peut-être parce qu'il avait été obnubilé par la terreur de révéler ses propres secrets et n'avait pas songé un instant qu'elle pourrait en être affectée d'une façon ou d'une autre. La prochaine fois – s'il y en avait une – il ferait plus attention à elle.

— Alors comment la… comment *les* considère-t-on aujourd'hui dans les hautes sphères ? Leur entreprise semble plutôt florissante.

— Dans la mesure où elles refusent plus de clients qu'elles n'en acceptent, je dirais qu'elle est *très* florissante. Il y a toujours des prétentieux pour les snober, mais Elegant Occasions a une excellente réputation et tellement de demandes qu'elles ont largement de quoi s'occuper. Et comme elles n'apparaissent pas aux événements qu'elles organisent, elles ont trouvé un subtil équilibre entre le service qu'elles fournissent et leur appartenance théorique à la bonne société.

— Théorique ? Cette histoire de divorce doit sûrement être oubliée, à présent. Leur père est comte, tout de même !

— Et leur mère est une femme adultère qui s'est enfuie avec son amant. Il y a de quoi décourager n'importe quel prétendant.

— C'est grotesque, marmonna Geoffrey. Comme si ce genre de comportement était héréditaire !

— Je suis d'accord avec vous, mais nous sommes des hommes de science. La plupart des membres de la haute société sont des créatures superstitieuses, qui se moquent des faits et des preuves. Je trouve lady Diana infiniment plus intéressante que la plupart des filles de Londres, mais vous et moi ne sommes pas exactement dans la norme.

L'estomac noué, Geoffrey demanda :

— Auriez-vous des vues sur elle ? Envisageriez-vous de la demander en mariage ?

— Je n'ai de vues sur personne. Je ne suis pas prêt à m'établir.

Foxstead le scruta avec attention.

— Vous, en revanche… Pour un type qui prétend n'avoir aucune envie de convoler en justes noces, vous avez l'air sacrément intéressé.

— Je n'en ai toujours pas la moindre envie. Je trouve juste que c'est une femme… fascinante.

— Bon sang, Grenwood, vous êtes amoureux !

Geoffrey émit un ricanement de dédain.

— Pas plus que vous ne l'êtes de ce champagne.

— Comparer une femme à du champagne… quel incorrigible romantique vous faites ! Soit dit en passant, il est excellent.

— J'espère bien, au prix qu'il m'a coûté, maugréa Geoffrey.

— Ma foi, j'en prendrais bien un autre verre. Vous m'accompagnez ?

— Avec plaisir, répondit Geoffrey dans un soupir. Il faut que je porte un toast à Rosy : autant le faire au champagne.

— À propos de votre sœur… Je vous donne ma parole que j'ai entendu votre avertissement, tout à l'heure. À l'avenir, je ne ferai rien de plus que danser avec elle de la façon la plus respectable.

Un sourire complice éclaira le visage du comte.

— Même si je crois savoir qu'elle est plutôt bien dotée, ce qui est toujours un atout. Et c'est une très jolie femme, si je puis me permettre…

— Je vous recommande de ne pas trop vous le permettre en ma présence, grommela Geoffrey. Et celui qui demandera sa main aura intérêt à lui trouver d'autres *atouts* que sa dot, ou je mettrai fin aux fiançailles avant qu'elles aient commencé.

Foxstead éclata de rire.

— J'en prends bonne note.

Geoffrey ne garda que des souvenirs flous du reste de la soirée. En partie parce que, pour une fois, il avait légèrement abusé du champagne avec Foxstead, qui était resté bien après minuit. Et en partie parce que les allusions de lady Diana aux « choses de l'amour » avaient enfiévré son esprit… ainsi qu'une autre part de son anatomie.

Il alla se coucher peu après le départ de Foxstead, mais ne s'endormit pas immédiatement. Il demeura longtemps étendu sous le baldaquin de son immense lit, s'efforçant de ne pas imaginer la jeune femme à son côté.

Il s'endormit en l'imaginant nue sous lui, ses seins généreux offerts à ses regards, son corps voluptueux soumis à ses assauts. Aux petites heures de l'aube, il s'éveilla d'un rêve érotique, juste le temps de soulager ses reins en feu, et plongea de nouveau dans le sommeil, hagard.

À son réveil, le soleil était déjà haut dans le ciel. Par chance, tout le monde dans la maison avait dormi tard ce jour-là. Il comprenait mieux à présent pourquoi les dames d'Elegant Occasions avaient été si fatiguées et irritables le jour où il avait fait leur connaissance. Pour sa part, il aurait été incapable d'assister à un rendez-vous dès 10 heures, songea-t-il en se félicitant d'avoir eu la bonne idée d'annuler tous ses engagements ce matin-là.

Il hésitait à se rendre chez Mme Pierce, étant donné la colère de lady Diana envers lui la veille au soir, mais comment savoir à quel point elle était fâchée ? Comment savoir si elle avait seulement joué à le tourmenter en évoquant l'idée qu'il lui enseigne « les choses de l'amour »... ou si elle l'avait réellement envisagé ? Et dans ce cas, y avait-elle renoncé ?

Dieu savait que Geoffrey serait bien incapable d'accomplir la moindre tâche s'il ne parvenait pas à la chasser de ses pensées, ainsi que les désirs torrides qu'elle éveillait en lui. Il avait le choix : clarifier sa situation avec lady Diana, ou se laver les mains de tout ceci et laisser mère et Rosy traiter avec Elegant Occasions.

Il avala d'un trait la potion de son nouveau valet de chambre contre les lendemains de fête, une effroyable mixture de sauge, de sel d'Epsom, de vinaigre et de *sack-whey*[1]. Puis il descendit pour demander à sa mère et sa sœur ce qu'elles comptaient faire ce jour-là. La potion de son valet avait chassé son mal de tête, mais la nausée persistait.

Il les trouva à la table du petit déjeuner, vêtues avec élégance. Après s'être servi une tasse de café, il s'attabla avec elles.

— Vous êtes très élégantes, ce matin. Où allez-vous ?

— Chez la couturière, répondit Rosy d'une voix sonore qui le fit tressaillir. Nos robes pour le bal sont prêtes, nous allons les essayer. Ensuite, Diana nous emmènera acheter des réticules, des chaussures et des gants assortis.

— Entre autres choses, ajouta leur mère.

Elle échangea avec Rosy un regard complice, puis elles furent prises d'un fou rire comme deux gamines.

— Puis-je demander ce que sont ces « autres choses » ? s'enquit-il.

— Non, répondit sa mère. Vous n'avez pas besoin de *tout* savoir, Geoffrey.

— Parfait, ne dites rien. Je vous accompagnerai faire vos emplettes.

Cela lui donnerait l'occasion de discuter en privé avec lady Diana.

— J'aurais bien besoin de chaussures et de gants moi-même, précisa-t-il.

1. *Sack-whey* : boisson à base de xérès, petit-lait et sucre, popularisée par *Tom Jones*, le roman de Henry Fielding. *(N.d.T.)*

— C'est bien vrai, dit Rosy en jetant un regard sous la table. Tes bottes de cavalerie sont à peu près présentables, mais il est interdit de porter des bottes à l'Almack's. Et tu ne peux pas mettre les chaussures que tu avais hier pour ma soirée. Il t'en faut de plus élégantes.

Il la regarda, stupéfait. Les manières de lady Diana et de ses sœurs commençaient à déteindre sur elle.

— J'ignorais que tu étais devenue experte en chaussures masculines. J'espère qu'aucun cordonnier ne te courtise en secret ?

Rosy éclata de rire.

— Les seuls cordonniers que j'ai rencontrés étaient un vieux monsieur et un jeune marié, avec une épouse jalouse qui me surveillait pendant qu'il prenait mes mesures. Pas vraiment le mari idéal, ni l'un ni l'autre.

— Surtout celui qui était marié, renchérit Geoffrey.

— Ce que voulait dire Rosy, expliqua leur mère, c'est qu'il te faut des chaussures de danse. Celles que tu avais hier soir ne sont pas faites pour danser.

Il ravala un juron. Depuis quand sa mère maîtrisait-elle de telles nuances ? Si Rosy et elle espéraient qu'il allait danser, elles risquaient d'être déçues. Sa brève leçon avec Diana sur la terrasse plongée dans la pénombre n'avait certainement pas fait de lui un danseur accompli !

— J'attends avec impatience le jour où les bals, fêtes et autres sauteries de l'Almack's cesseront de me dicter mon emploi du temps, marmonna-t-il. Et ce que je fais de mon argent.

— Et moi donc ! s'exclama une voix féminine depuis le seuil. Parce que ce sera aussi le signe que *vous*, Votre Grâce, ne nous le dicterez plus. Rosy et son mari décideront de ce qu'ils feront et ce ne sera plus mon problème, Dieu merci.

C'était Diana. Parfait. Il allait pouvoir résoudre leur différend une fois pour toutes.

Il se leva pour la saluer, en bon gentleman qu'il était, mais ne put s'empêcher de demander :

— Ne m'avez-vous pas dit qu'il était grossier de parler d'argent ?

— M'avez-vous entendue le faire ? rétorqua-t-elle en ôtant ses gants, un doigt après l'autre. Je ne me souviens pas d'avoir prononcé ce mot. Vous, en revanche…

— Un point pour Diana ! s'exclama Rosy d'un ton espiègle.

— Accordé, dit Geoffrey.

Il parcourut du regard son spencer brun sombre boutonné jusque sous le menton – hélas – et sa robe de mousseline à pois.

— Vous joindrez-vous à nous pour le petit déjeuner, lady Diana ?

— Je l'ai déjà pris, mais j'accepterai volontiers une tasse de thé bien fort, si vous avez cela. Et peut-être un peu de miel.

Il adressa un signe à un valet de pied, qui hocha la tête et partit chercher ce que l'on demandait.

Lady Diana s'assit près de Rosy pour lui confirmer le programme de la journée, qui commençait par une visite chez la couturière.

— Geoffrey nous accompagnera, dit Rosy innocemment. Il lui faut des gants et… quoi d'autre, Geoffrey ?

— Des chaussures, répondit-il en regardant Diana droit dans les yeux. Des chaussures de *danse*.

À cette allusion, elle ne rougit même pas. Parce qu'elle était aussi « froide » qu'elle l'avait prétendu ? Il n'en aurait pas juré.

— J'espère *danser* autant que possible à l'Almack's mercredi prochain, enchaîna-t-il. Vous ai-je dit, lady Diana, que je me suis procuré les bons d'entrée nécessaires pour mère, Rosy et moi ? Apparemment, ces dames patronnesses étaient ravies à l'idée d'accueillir un duc.

— Un duc correctement habillé, précisa-t-elle d'un ton sec. Chaussures plutôt que bottes, culottes et non pantalons, cravate blanche et tricorne.

Il arqua un sourcil dubitatif.

— Vous pensez vraiment qu'elles me refuseraient l'entrée si j'oubliais tout cet attirail ?

— Je le *sais*. Elles l'ont déjà fait.

— Avec un duc ?

— Un comte. Demandez à votre ami lord Foxstead, qui s'est présenté un jour en pantalons.

C'était tout Foxstead ! songea Geoffrey, amusé.

— Bien. Je serai donc un duc « correctement habillé ». Bon sang, j'ai toute la panoplie nécessaire.

— *Dieu soit loué*, j'ai toute la panoplie nécessaire, corrigea-t-elle.

Le valet de pied revint avec le thé. Elle se leva, lui prit la théière des mains et la posa sur la table.

— Votre Grâce, puis-je vous parler en privé ? J'aimerais clarifier quelques points avec vous.

— Je vous en prie. Allons dans mon bureau.

À peine y étaient-ils arrivés qu'elle explosa :

— Que vous prend-il d'évoquer ainsi notre danse ? Voulez-vous ruiner ma réputation ?

— D'abord, je n'ai pas parlé de *notre* danse ; jamais je ne prendrais une telle liberté. Ma sœur et ma mère n'ont donc pas saisi l'allusion. Ensuite, il me fallait un prétexte pour vous parler en tête à tête et... vous informer que rien ne me ferait plus plaisir que de vous enseigner les « choses de l'amour ».

Elle plissa les yeux.

— Comme je vous l'ai dit hier soir, ce serait une erreur colossale. À présent, je le vois bien. Je n'ai aucune envie de m'engager dans une liaison avec un homme qui n'a même pas le courage de dire à une femme pourquoi il n'est pas libre de se marier.

— Je n'ai pas à expliquer mes raisons, ni à vous ni à qui que ce soit, mais sachez que ce n'est pas par manque de courage ou de compassion.

— Je ne vois en vous ni l'un ni l'autre.

— Alors je vais vous les montrer. Je vais tellement vous les montrer que vous finirez par demander grâce.

— Faites ce qu'il vous plaira, je ne suis pas près de capituler. Du moins, pas sans me battre.

— Je n'en attends pas moins de ma déesse de la Chasse, lady Diana.

— *Votre* déesse de la Chasse, monsieur ? Voilà des paroles bien affirmatives, de la part d'un homme qui n'a pas fait ses preuves. Vous avez de l'audace, je vous accorde au moins cela.

S'étant approché d'elle, il huma avec délice son parfum de baies sauvages. Il avait une furieuse envie de lui voler un baiser, mais on risquait de les surprendre. Il n'avait pas le droit de la compromettre.

— Vous ne m'avez pas encore vu *vraiment* audacieux, madame, mais vous ne perdez rien pour attendre.

— Vous ne m'avez pas encore vue *vraiment* têtue, monsieur, mais vous ne perdez rien pour attendre, répliqua-t-elle du tac au tac.

Sur ces mots, elle pivota sur ses talons et regagna la salle du petit déjeuner. Geoffrey rit doucement. Non seulement lady Diana ne l'avait pas encore vu vraiment audacieux, mais elle ne l'avait pas encore vu vraiment déterminé.

Le jour où ils s'étaient rencontrés, elle avait exigé qu'il la laisse faire de lui un duc présentable. À elle de jouer, à présent !

Parce que chaque fois qu'elle s'occupait de lui, ils finissaient par s'embrasser. Ou par danser. Il n'avait qu'à la laisser continuer, et elle ne tarderait pas à se retrouver dans son lit.

12

Voilà une semaine que Grenwood escortait Diana et ses protégées dans toutes leurs sorties, et la jeune femme avait fini par comprendre un certain nombre de choses. D'abord, ce n'était pas désagréable d'avoir à sa disposition un homme aux larges épaules. Les prétendus gentlemen qui se permettaient des remarques inappropriées y réfléchissaient à deux fois, à présent que Grenwood les fusillait du regard. Et les prétendues dames du meilleur monde qui les avaient snobées se montraient soudain charmantes, maintenant qu'un séduisant duc était à ses côtés.

Grenwood s'était même procuré des bons de l'Almack's en plus d'entrées pour le bal de ce soir, et ce n'était pas uniquement parce qu'il était pair du royaume. Les dames patronnesses étaient connues pour avoir refusé des gens issus des rangs les plus prestigieux.

Dans le passé, Elegant Occasions n'avait obtenu les fameux bons qu'en échange de faveurs pour l'une ou l'autre de ces dames, en les conseillant à titre gracieux ou en faisant courir un bruit flatteur, par exemple. Bien sûr, Elegant Occasions aurait pu refuser ces petites tractations mais en retour, on leur aurait barré l'accès de l'Almack's. Comme ses sœurs et elle avaient horreur du chantage, on leur proposait rarement des bons. Et sans bons, pas de tickets d'entrée. Sans parler de la disgrâce d'être exclues de ce saint des saints qu'était l'Almack's.

Par miracle, Grenwood avait réglé ce problème. Voilà pourquoi les trois sœurs se trouvaient chez elles, en train de choisir les accessoires qu'elles porteraient avec leurs nouvelles robes pour s'y rendre ce soir.

Pour l'instant, Grenwood avait effectivement démontré qu'il était capable de courage. Défier les dames patronnesses, cela exigeait un caractère bien trempé. Les défier *et* avoir le dernier mot... Eh bien, cela n'était presque jamais arrivé. Diana s'était interdit de montrer combien elle était impressionnée, mais la prochaine fois qu'elle verrait Grenwood, elle lui demanderait comment il avait accompli cet exploit.

— Où est passé ton admirateur, cet après-midi ? demanda Verity.

— Quel admirateur ? questionna Diana avec une fausse désinvolture.

— Grenwood, répondit Eliza. Et ne joue pas les prudes avec nous.

Diana émit un rire un peu forcé.

— Ne dis pas de sottises. Ce n'est pas mon admirateur. Il n'a pas l'intention de se marier, et moi non plus.

— Garde du corps ? proposa Verity. Tigre de compagnie ? Porte-bonheur ? Arrête-moi quand j'ai trouvé.

— Client et ami, rectifia Diana avec fermeté. Rien de plus.

Hélas, elle le trouvait de moins en moins insupportable le jour... et de plus en plus attirant la nuit.

— Et duc, bien entendu, ajouta-t-elle. Ce qui le disqualifie d'emblée pour tout le reste.

Elle approcha de son visage un châle aux nuances lilas.

— Qu'en pensez-vous ? demanda-t-elle. Celui-ci, ou l'écru ?

— Je suis *disqualifié* ? grommela une voix masculine derrière elle.

Le cœur au bord des lèvres, elle fit volte-face. Grenwood se tenait sur le seuil de la pièce.

— Il faut vraiment que vous cessiez de persuader Norris de vous laisser entrer sans nous prévenir.

— Bah ! Il pense que c'est pour vous faire une surprise.

Elle le regarda, incrédule.

— Notre Norris ? Le sévère, l'intransigeant Norris ?

— Il n'avait pas l'air d'approuver, mais il m'a tout de même laissé entrer.

Il s'approcha d'elle et lui décocha un clin d'œil.

— Quant à moi, même si mon titre me *disqualifie* d'emblée, je suis ravi d'être votre garde du corps. Votre tigre de compagnie, par contre... j'ai un doute.

— Pourquoi ? demanda Verity.

— Je présume que Sa Grâce préfère que ce soit moi qui joue l'animal de compagnie, ricana Diana.

— Pas du tout, protesta Grenwood. Je n'ai aucune envie d'avoir un animal, et certainement pas une tigresse. En revanche, j'aime bien l'idée d'être votre porte-bonheur.

Voyant qu'il la parcourait d'un regard gourmand, elle s'interdit de lui sourire, de crainte de l'encourager. Il se montrait déjà bien trop audacieux.

— Le châle violet, dit-il.

— Pourquoi ? demanda-t-elle, méfiante.

— Parce que je le préfère.

— Alors ce sera l'écru, décréta-t-elle.

Il éclata de rire.

— Je savais que vous alliez dire ça. C'est pourquoi j'ai choisi le violet.

— Il est lilas, corrigea-t-elle en lui décochant un regard prudent. Et moi aussi, je vous connais. Jamais vous ne choisiriez l'écru. Vos goûts sont bien trop criards.

— Donc, vous hésitez entre un châle criard et un châle de bon goût ? Quelle déception… Moi qui vous prenais pour la reine de l'élégance !

Elle sursauta.

— Je n'ai jamais prétendu que j'étais…

— C'est Rosy qui vous surnomme ainsi.

— Oh, fit Diana, touchée. C'est charmant de sa part.

Il croisa les bras sur son torse puissant.

— Comment se fait-il que vous vous sentiez offensée quand je vous appelle « la reine de l'élégance », et que vous trouviez cela charmant quand c'est elle ?

— Parce que vous n'êtes pas gentil.

Faux. Tu l'as souvent vu se montrer gentil avec Rosy et sa mère.

Il agita quelques petits carrés de papier.

— Puisque je ne suis pas gentil, je devrais peut-être me débarrasser de ces tickets d'entrée pour le bal de ce soir…

Avant que Diana ait eu le temps de réagir, Eliza s'approcha et les retira prestement de la main de Grenwood.

— Je vous l'interdis. Nos entrées à l'Almack's ne serviront pas de munitions dans la guerre qui vous oppose, tous les deux.

— La guerre ? répéta Grenwood en cherchant le regard de Diana. Nous sommes en guerre, madame ?

— Pas du tout, répondit-elle, tout sourire. Je ne vois pas à quoi pensait Eliza, Votre Grâce.

— Prudence, Eliza ! dit Verity dans un murmure sonore. Quand ils se lancent du « madame » et du « Votre Grâce », tu peux te préparer à plonger pour éviter les balles perdues.

Il était temps de changer de sujet, songea Diana.

— Rosy n'est pas avec vous ? demanda-t-elle à Grenwood. Je croyais qu'elle devait nous rejoindre ici.

— Mère et elle ne devraient plus tarder. Elles voulaient encore passer chez le gantier, mais je leur ai demandé de me déposer ici. J'ai passé assez de temps dans les magasins, ces dernières semaines !

— J'imagine, renchérit Eliza. Mon regretté mari n'aurait jamais été aussi patient que vous.

Diana fut frappée par la vérité de ces paroles. Obnubilée par sa colère face au manque de franchise de Grenwood, elle en avait oublié ses qualités, que son comportement envers sa sœur et leur mère avait amplement démontrées.

Sans parler de sa bonne volonté pour changer ses comportements habituels, du moins en partie.

— Vous vous êtes peut-être lassé de courir les magasins, dit-elle, mais vos efforts ont porté leurs fruits, si j'en juge à votre nouveau style. Vous avez choisi la tenue parfaite pour ce soir. Ces culottes de soie noire sont toutes neuves, n'est-ce pas ? Et tout semble se passer au mieux avec votre nouveau valet de chambre, car votre nœud de cravate est parfait.

— Merci. Je lui transmettrai vos compliments, il sera ravi. Lui aussi vous considère comme la reine de l'élégance.

Puis il toussa pour éclaircir sa voix et se tourna vers les sœurs de Diana.

— J'allais oublier ! Hier, j'ai suivi les conseils de lady Verity et je me suis rendu chez Gunther, pour voir avec le traiteur le menu du dîner du grand bal de Rosy.

— Qu'en pensez-vous ? s'enquit Verity.

— Votre choix est parfait. Je n'y ai rien changé.

Puis il posa sur les trois sœurs un regard intrigué.

— De plus, M. Gunther m'a appris quelque chose d'intéressant. Il paraît que vous reversez une partie de vos bénéfices à deux organisations caritatives. Est-ce vrai ?

— Oui, répondit Diana, méfiante.

S'il espérait négocier son tarif à la baisse pour ne pas avoir à soutenir des bonnes œuvres, elle lui dirait le fond de sa pensée ! Dire qu'elle commençait tout juste à se forger une bonne opinion de lui...

— Dans ce cas, dit-il, je trouve qu'il n'est pas juste que vous vous priviez toutes les trois de vos revenus, même pour une bonne cause.

Comme elles s'apprêtaient à protester, il continua :

— Je verserai un don à ces œuvres, et vous pourrez toucher l'intégralité de vos bénéfices.

Elles le regardèrent, abasourdies. En particulier Diana. Il était donc capable de courage *et* de compassion.

Bien sûr, cela ne changeait rien par ailleurs. Il ne lui avait toujours pas expliqué pourquoi il ne pouvait pas se marier. Même si, en toute honnêteté, elle ne pouvait le lui demander, elle-même ne souhaitant pas se marier. Non, absolument pas. Elle le lui avait d'ailleurs dit très fermement.

Il lui tendit alors trois enveloppes, en dardant sur elle un regard intense.

— Je ne sais pas à qui m'adresser, poursuivit-il, aussi je préférerais que vous leur transmettiez ces donations de ma part. Si cela ne vous ennuie pas.

Diana regarda les trois enveloppes. Les deux premières étaient adressées aux œuvres qu'elles soutenaient, et la troisième lui était destinée. Oh, le diable d'homme ! Elle comprenait à présent pourquoi il craignait qu'elle ne soit *ennuyée*. Il était en train de lui faire passer un message privé, ce qui était hautement inconvenant.

Il continua de la regarder, sans doute conscient de sa confusion. Bien sûr, elle pouvait lui rendre la troisième enveloppe en feignant de ne pas comprendre, mais la curiosité l'emporta. Diana glissa les trois plis dans la poche de sa robe.

— Merci, Votre Grâce, c'est très généreux de votre part. Ces gens apprécieront grandement votre aide.

— Espérons-le.

Comme Eliza et Verity le regardaient d'un drôle d'air, il s'empressa de préciser :

— Je veux dire que j'espère que ces sommes seront à la hauteur de ce qu'Elegant Occasions donne habituellement.

— Toutes les aides sont les bienvenues, dit Eliza. Nous les transmettrons de votre part.

À cet instant, le majordome apparut sur le seuil.

— Mme Brookhouse et lady Rosabel demandent à être reçues, annonça-t-il.

— Faites-les entrer, Norris, répondit Diana.

Dès que les deux femmes arrivèrent, un véritable brouhaha envahit la pièce. L'excitation de Rosy gagna rapidement Verity et Eliza, de sorte que bientôt, tout le monde se mit à parler en même temps. Diana estima qu'elle pouvait s'absenter discrètement quelques minutes.

Elle se trompait. Alors qu'elle franchissait la porte menant à leur salon privé, Eliza l'appela.

— Où vas-tu ?

Par chance, elle avait préparé un prétexte.

— J'ai quelque chose à donner à Rosy pour aller avec sa nouvelle robe. Je reviens tout de suite.

À peine la porte fermée derrière elle, elle s'approcha d'une fenêtre et décacheta les trois enveloppes. Les deux premières contenaient des donations si généreuses qu'elle en eut le souffle coupé. Puis elle rassembla son courage et lut la lettre qui se trouvait dans la troisième.

Lady Diana,

Ce soir, j'aimerais vous parler en tête à tête. À vous de choisir si vous acceptez. Je crois vous avoir montré ce que j'avais promis : je ne manque ni de cœur ni de courage. S'il vous plaît, permettez-moi de plaider ma cause moi-même, en privé, afin que personne ne surprenne notre conversation. Je n'ai pas d'autre moyen de m'expliquer devant vous.

Si vous êtes d'accord, voici un plan de la salle de bal de King Street. J'y ai indiqué un point de rencontre. Si cela vous est possible, retrouvez-moi là-bas à 22 heures. Vous me feriez un grand honneur.

D.

Un plan de l'Almack's ? Elle secoua la tête, amusée. Il n'y avait qu'un ingénieur pour lui donner un plan ! Et que signifiait ce D ?

« Duc. Bien vu ! » songea-t-elle en relisant les quelques lignes. Si cette missive tombait entre des mains à qui elle n'était pas destinée, personne ne saurait qu'elle était de lui, ni de quoi elle parlait au juste. Elle pourrait provenir d'un ancien client d'Elegant Occasions, ou même d'une amie puisque rien ne disait qu'elle avait été rédigée par un homme. Diana était surprise du soin qu'il avait mis à la protéger. Elle devait l'admettre, il pouvait vraiment se montrer gentil, quand il voulait.

Elle prit un crayon et rédigea un message sous le sien, à l'attention de D et signée L, pour Lady.

Puis elle déchira la partie supérieure, la jeta dans le feu, retourna l'enveloppe sur elle-même, y glissa son petit mot et la ferma avec son cachet personnel. Par prudence, elle n'inscrivit rien sur l'enveloppe.

Elle attrapa l'un de ses réticules et revint dans le grand salon, où le volume sonore s'était quelque peu apaisé.

D'abord, elle se dirigea vers Grenwood.

— Votre Grâce ? Je crois que vous avez laissé un courrier personnel dans l'une des donations.

Devant son expression déçue quand il vit l'enveloppe qui ressemblait à l'originale, elle ajouta à mi-voix :

— Peut-être devriez-vous vérifier, au cas où il s'agirait d'un document important.

Dans la lumière déclinante de l'après-midi, elle vit son regard s'éclairer.

— Très bien.

Il sourit en lisant le contenu.

— En effet, lady Diana, c'était important…

Après lui avoir adressé un sourire discret, elle se dirigea vers Rosy.

— Voilà le réticule que j'avais prévu pour vous.

L'après-midi céda la place à la soirée tandis qu'on finissait de se préparer pour aller à l'Almack's. Mme Brookhouse était si fière de ses deux enfants qu'elle demanda de nouveau si elle pouvait être de la partie.

— Je me ferai discrète, promit-elle. On me remarquera à peine.

— Vous portez encore le deuil, lui expliqua Diana avec patience. Cela ternirait définitivement votre image… ainsi que celle de Rosy. Il ne faudrait pas qu'on s'imagine que vous manquez de respect envers la mémoire de votre mari. C'est une chose d'assister à un dîner sous son propre toit…

— … et c'en est une autre de se rendre à l'Almack's, finit Eliza à sa place. Les gens ne sont pas bienveillants. Malheureusement, ceux qui considèrent un bon d'entrée à l'Almack's comme le Saint Graal critiquent impitoyablement l'apparence ou le comportement des autres personnes qu'ils y croisent, et ils se montreront encore plus sévères avec votre famille. Raison pour laquelle nous tenons à être présentes toutes les trois. Nous protégerons votre fille et votre fils.

— Je n'ai pas besoin de garde du corps ! protesta Grenwood. Je vous assure que je saurai quoi dire à quiconque parlera mal à ma sœur.

Diana lui lança un regard impérieux.

— Vous ne direz rien à personne. Plus vous vous défendrez, plus ils seront cruels. Vous devez avoir l'air blasé, ce soir. Et vous aussi, Rosy. Vos regards émerveillés étaient peut-être appropriés au palais

St James, mais à l'Almack's, cela vous donnerait l'air d'une parvenue.

Grenwood croisa les bras sur son torse.

— Je commence à me demander pourquoi j'ai déployé autant d'efforts pour obtenir ces bons et ces tickets, grommela-t-il.

— Parce que c'est la preuve que vous appartenez aux cercles les plus fermés de la haute société, expliqua Verity. Si Rosy passe l'examen de ce soir, elle aura tous les hommes à ses pieds.

— Que doit-elle faire ? s'alarma Mme Brookhouse.

— Avoir l'air sûre d'elle et donner l'impression que tout cela l'ennuie au plus haut point. Nous resterons ensemble et nous comporterons comme si nous n'avions que mépris pour tous ces gens.

— Ça ne devrait pas être difficile, grinça Grenwood entre ses dents. Je les déteste déjà.

— Ce n'est pas pour vous que je m'inquiète, répondit sèchement Diana, mais pour votre sœur.

La jeune fille fronça les sourcils.

— Ce n'est peut-être pas une bonne idée d'y aller, tout compte fait ? demanda-t-elle faiblement.

Aussitôt, un concert de protestations s'éleva.

— C'est bon, j'irai, reprit-elle, mais je crains que vous n'ayez un peu trop confiance en mes capacités.

— Trop confiance ? répéta Diana. À d'autres ! Vous valez plus que vous ne le croyez. Restez près de moi, et tout se passera bien. Peut-être reconnaîtrez-vous des jeunes femmes que vous avez rencontrées lors de votre présentation à la reine ou de votre dîner. Si vous vous ennuyez en notre compagnie, vous pourrez toujours aller leur parler. L'essentiel est de montrer que vous êtes à l'aise. J'ai demandé à lord Foxstead de vous réserver la première danse, ainsi vous commencerez en beauté.

Voyant que Grenwood s'apprêtait à protester, elle l'arrêta aussitôt.

— Et ne vous avisez pas de mettre votre veto, Votre Grâce. Votre ami lord Foxstead se comportera comme un gentleman. Après tout, c'en est un, non ?

Grenwood émit un ricanement, mais n'insista pas. Diana se tourna ensuite vers sa mère.

— Voulez-vous rester ici jusqu'à notre retour, madame Brookhouse ? Ou préférez-vous qu'on vous dépose à Grenwood House ?

— Je vous en prie, ce n'est pas du tout sur votre chemin. Je vais vous attendre ici. J'ai apporté de la lecture pour m'occuper.

— Très bien.

Diana parcourut ses troupes d'un dernier regard.

— Prêts pour affronter l'Almack's ?

Comme tout le monde hochait la tête, elle déclara :

— Excellent. Alors en route pour la gloire !

13

Une fois devant l'Almack's, il fallut encore attendre pour entrer. Ils devaient présenter leurs bons et tickets à la porte, mais une file d'attente s'était déjà formée devant eux.

Quand ils furent enfin à l'intérieur, Geoffrey observa la salle, déconcerté. Pourquoi diable se battait-on pour venir ici ?

— Alors voilà le saint des saints ? Je crains que le charme des lieux ne m'échappe.

— À moi aussi, admit lady Diana, mais comme l'endroit est très couru, nous devons jouer le jeu.

Elle leva les yeux vers lui.

— Je ne vous ai pas encore félicité d'avoir obtenu les bons et les tickets. Comment avez-vous fait ?

Il eut un petit sourire amusé.

— Vous m'en croyiez incapable ?

— Cela n'a rien à voir avec vos talents personnels. Je sais que les dames patronnesses poussent parfois leur intransigeance jusqu'à la cruauté.

— On dirait que vous parlez d'expérience, dit-il, soudain grave.

Elle haussa les épaules, fataliste.

— Le divorce de mes parents a eu des effets à long terme. Quand un lieu tel que celui-ci élève la bonne image au rang de vertu cardinale, quiconque a été éclaboussé par le scandale, même de façon indirecte, n'a plus aucune chance d'y être admis. Voilà bien longtemps que nous n'étions plus venues ici, mes sœurs et moi.

Elle plissa les yeux d'un air méfiant et insista :

— *Comment* vous êtes-vous procuré ces entrées ? Je vous imagine mal faire les yeux doux aux dames patronnesses.

Geoffrey frémit à cette idée.

— D'après Foxstead, tout le monde essaie cette tactique, sans grands résultats. Non seulement je ne suis pas tout le monde, mais je savais que je n'aurais aucune chance avec elles.

Il marqua une pause.

— J'ai estimé que j'avais plutôt intérêt à « faire les yeux doux » à leurs maris. Ces messieurs, dont certains investissent dans les mêmes projets que moi, se sont montrés bien plus bienveillants que leurs épouses.

— Vous êtes plus rusé qu'un renard, murmura-t-elle. Vous avez vite appris à jouer avec les règles pour parvenir à vos fins.

— C'est bien possible.

— Et on dirait que vous savez contourner l'autorité des femmes et vous y prendre avec leurs maris.

— Bien sûr.

Il s'avisa alors de ce que ses affirmations avaient pu laisser entendre.

— Je veux dire, je ne suis pas...

Lady Diana éclata de rire.

— Je plaisantais ! Vous mettez votre influence au service de votre sœur, c'est tout à fait généreux.

D'un regard, elle désigna quelques dames patronnesses qui se tenaient de l'autre côté de la salle.

— Et vous n'auriez pu trouver de femmes qui aient plus mérité que l'on contourne leur autorité que celles-ci.

— C'est ce que j'ai cru comprendre en vous écoutant parler d'elles.

— Voilà deux ans que père essaie en vain de faire admettre Sarah. Il est d'un caractère... hum... difficile, alors je comprends qu'on ne veuille pas de lui ici, mais elle est charmante et respectable.

— Qui est Sarah ? Une sœur Harper qui ne travaille pas avec vous ?

— Oh ! Non, pardon.

Elle l'entraîna vers l'espace situé sous la galerie de l'orchestre, qui était moins bondé et moins bruyant.

— C'est notre belle-mère. Quand papa l'a épousée, c'était une veuve avec des enfants, mais comme elle est à peine plus âgée que nous, nous avons pris l'habitude de l'appeler par son prénom. Je suppose que nous devrions l'appeler lady Holtbury, mais nous voulions éviter toute confusion avec mère.

— Votre père n'a pas perdu de temps pour se remarier.

Si Geoffrey n'avait pas déjà méprisé cet homme pour ce qu'il avait infligé à ses filles, ce seul fait le lui aurait rendu détestable.

Diana haussa les épaules avec philosophie.

— Il lui faut un fils. Parfois, je me demande s'il n'a pas attendu un prétexte pour divorcer de mère, qui ne lui a donné que des filles, et chercher une autre épouse.

Geoffrey fut parcouru d'un frisson de dégoût.

— Si vous avez raison, c'est inqualifiable. Un mariage ne sert pas qu'à mettre au monde des héritiers, quoi qu'en pense l'aristocratie.

— Il faut vraiment que vous cessiez de parler comme si vous n'apparteniez pas à ce monde, le gronda-t-elle gentiment. À présent que vous êtes duc, vous aussi devrez avoir un fils.

— Je n'ai pas l'impression d'en être un.

— Vous avez pourtant eu le temps de vous y habituer.

— En toute franchise, non.

Il pouvait au moins lui dire certaines choses afin qu'elle comprenne mieux sa situation.

— Rosy ne mentait pas en affirmant que la famille de mon père l'a renié quand il a épousé ma mère. De ce jour, les siens ont cessé d'exister à ses yeux. Lui aussi les avait reniés, à sa façon. Voilà pourquoi il ne s'est pas intéressé à sa généalogie, d'autant qu'il se savait très loin dans la liste des héritiers du duché. À sa mort, il se croyait le sixième, et me considérait donc comme le septième.

— Seulement, il se trompait.

— Exact.

Puis il sursauta.

— Vous semblez drôlement bien informée.

Lady Diana lui adressa un sourire penaud.

— Je ne devrais peut-être pas vous l'avouer mais, après vous avoir acceptés comme clients, nous avons étudié l'histoire des ducs de Grenwood. Elle est complexe.

— C'est le moins que l'on puisse dire. Mon prédécesseur a vécu si longtemps qu'il a survécu non seulement à ses trois fils, dont aucun n'avait d'héritier mâle, mais aux deux cousins qui avaient vécu plus longtemps que ses fils. À son décès, on a remonté jusqu'au premier détenteur du titre, puis redescendu une tout autre branche de la famille pour arriver jusqu'à moi. Heureusement – ou malheureusement, selon le point de vue –, les deux frères de mon père étaient également morts sans héritiers mâles.

— S'il avait vécu, votre père aurait été duc avant vous.

— En plus d'être vicomte de Brookhouse, oui.

Peut-être, s'il s'était su aussi près d'hériter du titre ducal, son père ne serait-il pas mort prématurément. Sa famille, même si elle manquait de cœur, l'aurait de nouveau accueilli à bras ouverts et il n'aurait pas noyé son chagrin dans l'alcool... avant d'y sombrer corps et âme.

Ou peut-être pas. Après tout, il n'avait eu que mépris pour ses parents.

— Pourquoi avez-vous enquêté sur mon lignage ? demanda-t-il.

— Pour savoir qui sont les proches de votre père, au cas où nous aurions besoin de les inviter à l'une de vos fêtes.

Il fronça les sourcils.

— Ne me dites pas que vous avez convié ces personnes au bal de Rosy ?

— N'ayez crainte. Votre mère nous a clairement fait comprendre qu'elles ne seraient pas les bienvenues. De toute façon, je présume que vos ascendants les plus proches – vos grands-parents paternels – sont décédés.

— C'est possible. Je n'en sais rien, et je m'en moque éperdument. Ils ont renié mon père quand il a épousé ma mère. Si j'avais pu, j'aurais refusé le duché et même la vicomté. Mais outre qu'ils me reviennent, que je le veuille ou non, mère m'a rappelé qu'en assumant le titre je serais plus à même de mener certains de mes projets. Dieu sait combien le duc de Bridgewater a bénéficié de sa position.

Diana pencha la tête de côté, intriguée.

— Je ne le connais pas.

— Parce qu'il ne s'intéresse pas à la politique et ne vient presque jamais à Londres. Il consacre sa vie à creuser des canaux.

Bridgewater était un homme cher au cœur de Geoffrey.

— J'y suis ! C'est celui qu'on surnomme l'Aqueduc. Au fait, qui lui succédera ?

— Personne. Il n'a ni fils ni héritier, même lointain.

— Comme vous.

— C'est possible.

Geoffrey ne s'était jamais posé la question.

— C'est certain, assura-t-elle. Nous avons fait des recherches. Vous êtes le dernier des ducs de Grenwood.

Il croisa les bras d'un geste désinvolte.

— Sauf si j'ai un fils.

— Je crois vous avoir entendu affirmer que vous ne souhaitiez pas vous marier.

— Ce n'est pas exact. J'en ai l'intention. Un jour. Dans un lointain avenir.

— Même si vous...

Comme il fronçait les sourcils, elle reprit :

— *Quand* vous vous marierez, rien ne garantit que vous aurez un fils.

— C'est vrai.

En revanche, il prendrait un plaisir fou à essayer d'en avoir. Surtout avec elle, l'unique femme à lui avoir donné envie de convoler en justes noces.

S'avisant qu'il s'aventurait en eaux dangereuses, il changea de sujet.

— Avez-vous l'intention de danser, ce soir ?

— Si on m'invite, répondit-elle d'un ton hautain.

— Inutile de me regarder ainsi. Il me faudrait bien plus qu'une seule leçon pour pouvoir danser en public.

Elle rit doucement.

— Alors nous vous en donnerons d'autres avant le bal de Rosy, la semaine prochaine. Il faut absolument que vous dansiez pour la fête de votre sœur, même si ce n'est pas avec elle.

— Si vous insistez.

Il leva les yeux vers l'horloge, qui indiquait 21 heures. Après s'être assuré que personne ne pouvait les entendre, il murmura :

— J'espère que vous accepterez de me retrouver, tout à l'heure.

— N'ai-je pas répondu que je viendrais ?

— Pas exactement. Votre message laissait entendre que vous le feriez, mais j'espérais des termes plus clairs que « cela devrait m'être possible ».

— Si vous vous souvenez de votre lettre, ceci est la réponse à votre phrase où vous me demandiez s'il m'était possible de vous retrouver.

— Je vois. Vous ne négligez aucun détail pour préserver votre réputation.

— Pas tout à fait, manifestement, puisque j'ai accepté un rendez-vous secret avec un homme. Toutefois, vous avez pris un tel soin de dissimuler *votre* identité qu'il m'a semblé normal d'en faire autant.

Elle se redressa.

— Je m'en voudrais de ruiner votre réputation, monsieur.

Il éclata de rire.

— Au fait, pourquoi avoir signé L ?

— L comme Lady, répondit-elle.

— Quel âne ! J'aurais dû y penser.

Elle lui décocha un regard complice.

— Il m'a fallu un moment pour deviner qui était D. Quand j'ai compris, je me suis sentie stupide. J'aurais peut-être dû signer aussi ma lettre d'un D, comme « Désespérément stupide ».

— Ou comme Diana. Si quelqu'un avait vu le message, on aurait supposé que vous vous écriviez à vous-même.

— Ce qui serait désespérément stupide, en effet !

Elle lui adressa un sourire chaleureux.

— Au fait, avez-vous pu examiner le plan ? s'enquit-il.

— Je n'ai pas eu le temps de le regarder.

Amusée, elle ajouta :

— C'est bien vous d'envoyer un plan des lieux.

— Qu'espérez-vous de la part d'un ingénieur ? Je demande régulièrement des plans. Et comme je ne connaissais pas l'endroit, moi aussi j'avais besoin d'en avoir un.

— Je vais essayer de le regarder avant 22 heures.

— Il y a plus simple. Savez-vous où se trouve le salon des dames ? demanda-t-il.

— Si vous cherchez un endroit tranquille, ce n'est pas le mieux choisi.

Il leva les yeux au plafond.

— J'en suis bien conscient. Il y a un escalier juste après la porte qui donne sur le salon des dames. Retrouvez-moi là-bas vers 22 heures, et je vous emmènerai à l'endroit que j'ai trouvé. Assurez-vous seulement de ne pas être vue.

— Je ferai de mon mieux.

À cet instant, Foxstead s'approcha d'eux. Lady Diana voulut s'éloigner. Si elle avait supposé que le comte voulait parler à Geoffrey, elle s'était trompée car il s'inclina devant elle.

— Lady Diana, me ferez-vous le plaisir de cette danse ?

Elle jeta un regard furtif en direction de Geoffrey.

— Je... J'en serai très honorée, monsieur.

Geoffrey fusilla du regard son camarade, qui lui répondit par un sourire de triomphe, et le couple s'éloigna tandis qu'il fulminait de rage. Il n'en voulait pas à la jeune femme car il avait appris, à l'occasion des leçons qu'elle donnait à Rosy, qu'une dame ne pouvait refuser une danse que dans quelques cas très précis. Au demeurant, même si elle avait pu éconduire Foxstead sans entorse à l'étiquette, Geoffrey aurait conçu qu'elle n'en fasse rien. D'après ce qu'il avait compris, lady Diana et ses sœurs n'avaient que très peu d'occasions de danser.

En revanche il aurait volontiers tordu le cou de Foxstead, qui bien sûr n'avait invité Diana que pour exciter sa jalousie.

Geoffrey n'était pas jaloux. Absolument pas.

À force de te le répéter, tu finiras peut-être par y croire.

Il fronça les sourcils. Pourquoi aurait-il envié Foxstead ? Avec un peu de chance, dans moins de deux heures, c'est lui qui prendrait la jeune femme dans ses bras. Lui qui l'embrasserait. Lui qui lui donnerait le plaisir qu'elle désespérait de connaître un jour, et dont elle avait été injustement privée. Si son père n'avait pas poussé sa mère à s'en aller, ruinant ainsi les chances de Diana de mener une vie normale, elle aurait connu depuis longtemps les joies de la vie conjugale.

Voilà du moins les conclusions auxquelles il était arrivé en entendant les commentaires discrets – ou plus directs – de Diana et de ses sœurs. Toutefois, il n'y avait pas de raisons que la jeune femme soit condamnée à rester une vieille fille au ban de la bonne société. Il allait faire en sorte qu'elle échappe à ce triste sort. Il n'était peut-être pas en position de l'épouser pour l'instant, mais il pouvait lui faire découvrir certains plaisirs du mariage. Et si un jour il était libre de se marier, ou si un homme tel que Foxstead demandait sa main…

Non, pas Foxstead. Il ne lui serait pas plus fidèle que lord Winston, le seul autre célibataire qu'il connaissait dans le monde où elle évoluait.

Sur ce dernier point, à elle de savoir qui elle accepterait. Hélas, maintenant qu'il songeait aux joies du mariage avec elle, il n'arrivait plus à chasser cette idée de son esprit. Un doute lui vint. Et s'il lui demandait quand même… ?

Non, c'était trop risqué. Il devait s'en tenir à son plan initial. Et pour le reste, ce serait à elle de décider.

À la surprise de Diana, lord Foxstead ne fut pas le seul homme à l'inviter. Deux autres se présentèrent après lui. Peut-être, en la voyant danser au bras du comte, se souvenait-on qu'elle avait été connue pour sa grâce, avant que l'Incident mette un terme cruel à ses espoirs de rencontrer l'amour. Et si elle en jugeait à la courtoisie de ces deux cavaliers, ils n'avaient aucune intention malhonnête envers elle.

Contrairement à Grenwood.

Vraiment ? Au fond, elle n'en savait rien. Grenwood ne ressemblait à aucun autre homme de sa connaissance. Du moins, elle l'espérait. C'était ridicule ! Elle était enfin à l'Almack's, raccompagnée vers Eliza par un charmant cavalier, mais elle ne pensait qu'à son rendez-vous clandestin avec un homme qui refusait de se marier.

Elle leva les yeux vers la grande horloge. Encore dix minutes.

— Diana ? dit alors une voix masculine derrière elle.

Elle pivota sur ses talons et ne put retenir un sourire.

— Winston !

Elle fit les présentations, puis son partenaire de danse s'éloigna, la laissant en tête à tête avec son cousin. Après s'être assurée que Grenwood était trop loin pour les entendre, elle s'exclama :

— Quelle agréable surprise !

— J'espérais vous trouver ici, dit-il.

D'un coup de menton, il désigna Rosy, qui virevoltait joyeusement sur la piste au bras d'un fringant cavalier.

— Je suppose que son frère ne la laissera jamais danser avec moi.

À vingt ans, Winston avait été un beau ténébreux avec ses yeux noirs, ses cheveux de jais et sa silhouette élancée. À tout juste vingt-huit, il commençait déjà à s'endurcir. Toutefois, ce soir, dans la douce lumière des bougies de l'Almack's, il avait retrouvé son apparence juvénile.

Diana l'observa avec attention.

— Quels sont vos projets pour lady Rosabel ?

— Je la trouve… différente des autres débutantes.

— Qu'en savez-vous ? Vous ne l'avez rencontrée qu'une seule fois.

— Il n'en a pas fallu plus à Roméo pour s'éprendre de Juliette.

— Et ils en sont morts. Voilà un destin que je ne vous souhaite pas.

Un ton plus bas, elle demanda :

— Seriez-vous en train de me dire que vous êtes épris de lady Rosabel ?

— Je n'en sais rien. Et je serais bien en peine de l'expliquer, car je n'y comprends rien moi-même.

Diana poussa un soupir.

— Il n'y a rien à expliquer.

Elle chercha Grenwood du regard, mais ne le trouva pas. Peut-être s'était-il déjà rendu au lieu de leur rendez-vous.

— Lady Rosabel et son frère sont effectivement différents des gens de notre monde, concéda-t-elle.

— Parce qu'ils n'en font pas partie.

Il continuait d'observer Rosy de la même façon qu'un peintre aurait regardé un modèle.

— Plus important encore, poursuivit-il, ils ne le *souhaitent* pas. C'est assez…

— Attirant ?

— Déstabilisant, rectifia-t-il. Cela remet en question tout ce que je croyais.

— En effet.

L'horloge indiquait 22 heures.

— Je vous prie de m'excuser, Winston, mais je dois me rendre au salon des dames. Il faudra que nous discutions tous les deux, un de ces jours.

— Avec plaisir, répondit-il.

Elle se détourna, puis se ravisa.

— Si vous voulez danser avec lady Rosabel, c'est peut-être le bon moment. Je crois avoir entendu son frère annoncer qu'il partait... hum... prendre une tasse de thé.

Winston lui adressa un sourire ravi, et s'éloigna à grands pas. Diana se demanda si elle avait bien fait de l'encourager, mais elle ne s'attarda pas pour voir ce qui allait se passer. Ce qui comptait, c'était qu'il pourrait affirmer en toute bonne foi qu'elle était au salon des dames et Grenwood parti prendre un thé.

Si on remarquait leur absence, ce qui était peu probable.

Elle se dirigea vers le salon des dames puis, soulagée de ne croiser personne dans le couloir, passa devant la porte sans y entrer et se rendit au pied de l'escalier, où elle s'engagea rapidement. Un instant plus tard, Grenwood apparut devant elle et, posant un doigt sur ses lèvres, l'entraîna au bas des marches.

Ils franchirent une porte qui menait vers une partie de l'édifice où elle n'était jamais allée. Diana savait qu'en plus des salles de réception de l'Almack's, le bâtiment accueillait quelques logements privés, mais elle ne s'était jamais demandé à quoi ils ressemblaient. Aussi fut-elle surprise quand son compagnon ouvrit une porte et la fit entrer dans un petit salon.

— Où sommes-nous ? demanda-t-elle.

— Chez moi. J'ai dit au propriétaire que je voulais une salle privée pour une réunion entre gentlemen célibataires, mais il ne me l'a laissée que si je la prenais pour un mois entier. Et voilà.

— Vous ne pouvez pas... Je ne crois pas que... Qui sait que vous avez loué ce lieu ?

— Vous et moi. Et bien sûr le propriétaire, qui est ravi de compter un duc parmi ses clients.

Il prit sa main gantée pour y déposer un baiser. Étrangement, ce geste était encore plus intime que lorsqu'il l'avait embrassée sur les lèvres. Seule avec lui dans la lumière tamisée, elle ressentait une délicieuse impression d'interdit… qui ne fit que s'accentuer quand il fit courir une série de baisers le long de son bras. Quand il donna un coup de langue au creux de son coude, un frisson d'excitation la parcourut.

— Geoffrey ! murmura-t-elle. Je pensais que nous allions parler.

— Après, dit-il d'une voix enrouée de passion.

Après ? Juste ciel.

Il la prit par la taille et se pencha pour embrasser la naissance de ses seins, que révélait son décolleté. La sensation était délicieusement grisante, mais Diana n'était pas tranquille.

— Dans combien de temps ? demanda-t-elle. Nous devons être de retour… avant 23 heures… pour le dîner.

— Il paraît que la cuisine laisse à désirer, ici, répondit-il en prenant ses seins entre ses mains.

Au nom du ciel.

— Là n'est pas la question, protesta-t-elle faiblement.

Quand il parsema sa gorge de baisers tout en caressant sa poitrine, elle ne put contenir un soupir de plaisir. C'était si bon ! songea-t-elle, gagnée par une indicible chaleur.

— Il faut que l'un de nous au moins soit là… ou on remarquera notre absence. Nous devons… retourner là-bas bien avant le dîner.

— Promis. Mais j'ai tout de même le temps de vous donner votre première leçon, murmura-t-il avant de planter les dents dans le lobe de son oreille.

— Quelle leçon ?

— Celle-ci.

Il s'écarta pour chercher son regard. Dans la lumière tamisée, ses yeux étincelaient comme deux flammes bleues.

— Je vais vous donner du plaisir sans vous compromettre. Vous quitterez cette pièce aussi chaste que vous y êtes entrée.

Tout en parlant, il l'avait fait reculer vers un canapé, où il l'assit doucement avant de remonter ses jupes.

— Et alors, poursuivit-il, vous saurez si le mariage en vaut la peine.

Ces paroles la troublèrent. Il lui avait bien dit qu'il n'avait pas l'intention de prendre une épouse. Avait-il changé d'avis sur ce point ? *Elle-même*, avait-elle changé d'avis ?

Manifestement inconscient de sa confusion, il remonta ses jupes jusqu'à la taille, révélant ses dessous. Dans un réflexe, elle voulut fermer les jambes, mais il l'en empêcha.

— Non, dit-il. Je veux vous embrasser ici...

Il donna un coup de langue à l'intérieur d'une de ses cuisses.

— Et là.

Il lécha la seconde.

— Et ensuite, je veux goûter votre miel.

Bonté divine, qu'entendait-il par là ? Les « femmes fourvoyées » n'avaient jamais employé ce terme pour décrire ce qui se passait entre des amants derrière des portes closes.

Puis il posa la bouche sur sa toison, passa la langue sur les replis secrets de sa féminité... et elle crut défaillir. Voilà donc ce qu'il appelait « miel ».

Toutefois, il ne la goûtait pas à proprement parler. Il la léchait et la caressait de façon si exquise qu'elle prit sa tête pour le plaquer contre elle. Dans un petit rire amusé, il reprit ses tendres assauts.

C'est alors qu'il glissa sa langue en elle. Juste ciel ! Toute pudeur oubliée, elle se pressa contre lui. Il frotta alors son pouce contre sa perle de chair. Elle avait déjà trouvé agréable de la caresser, mais quand c'était lui qui le faisait...

— Oui ! gémit-elle. Comme ceci... Oh, Seigneur !

Sa langue s'enfonçait en elle, de plus en plus fort, tandis que son pouce continuait de la caresser en un rythme parfait. Bientôt, comme propulsée par un invisible ressort, elle eut l'impression de filer vers le ciel. Elle allait mourir... ou voler en éclats.

Elle cambra les reins, serra convulsivement les doigts sur la tête de son amant et explosa sous ses derniers assauts.

Puis elle se laissa retomber sur le canapé, épuisée et comblée. Tout son être frémissait, comme si le ressort invisible vibrait encore en elle. Mon Dieu, que c'était bon !

— Ceci, ma chère Diana, dit-il très doucement, s'appelle le plaisir.

Bonté divine. Elle était passée à côté de choses bien plus intéressantes qu'elle ne l'avait imaginé. Elle demeura étendue de longues minutes, gagnée par une bienheureuse torpeur. Son seul regret était de n'avoir personne à qui confier son bonheur. Toutefois, si elle en jugeait à son expression satisfaite, il avait deviné ce qu'elle ressentait.

Puis une autre pensée lui vint. Elle se redressa et baissa ses jupes, un peu gênée.

— Et vous ? demanda-t-elle timidement. Ne voulez-vous pas avoir de plaisir ?

— J'en ai eu en vous regardant.

Il se redressa et s'assit à côté d'elle. De fait, il avait encore le souffle court.

— Je suis peut-être totalement inexpérimentée, rétorqua-t-elle, mais je sais que cela ne se passe pas comme ça. Vous aurez peut-être remarqué que l'une des deux œuvres que nous soutenons est destinée à des « femmes fourvoyées ». Et certaines d'entre elles sont plutôt disposées à parler de la façon dont une femme peut se… se fourvoyer.

— Ah oui ? demanda-t-il d'un air intrigué.

— Oui. Elles m'ont même expliqué où me procurer de petites éponges destinées à ne pas concevoir d'enfant, et comment les utiliser.

Elle désigna du menton l'érection qui tendait ses culottes de soie noire.

— Voilà pourquoi je sais que vous n'êtes pas aussi… comment dire… *satisfait* que je le suis.

— Peu importe.

D'un air soucieux, il consulta sa montre de gousset.

— D'après vos déclarations, vous devez être partie d'ici dans une quinzaine de minutes si vous voulez préserver votre réputation. Par conséquent, soit nous parlons, soit vous me donnez du plaisir. À vous de choisir.

Agacée, elle se leva en lissant ses jupes.

— Je ne veux pas vous donner de plaisir. Je ne veux pas que vous me donniez de plaisir. Je veux que nous nous en donnions mutuellement, comme le font les couples. Mais il semble que cela ne vous intéresse pas.

Alors qu'elle s'éloignait, il la rattrapa par la main.

— Bien au contraire. Mais je ne puis prendre le risque de me marier tant que j'aurai un doute sur... certaines questions.

— Je ne vous demande pas de m'épouser. Je ne vous l'ai jamais demandé. Ce que je veux, c'est faire l'amour *comme* les gens mariés. Aussi charmant qu'ait été cet interlude, cela ne me permet pas de savoir si j'ai envie de partager le lit d'un homme.

Elle retira sa main de la sienne.

— Il paraît que cela peut être douloureux pour les femmes, au début.

— En effet.

Il se redressa d'un geste un peu brusque.

— Tout ce qui m'importe, c'est de ne pas vous compromettre.

— Que voulez-vous que cela me fasse ! Si un homme a une aventure avec une veuve qu'il vient tout juste de rencontrer, les autres l'envient et le félicitent. Par contre, si une femme a une liaison avec un homme qu'elle connaît bien, elle est déshonorée. Pourquoi ? Je ne tolérerai pas que cela me déshonore d'une quelconque façon.

— Mon non plus, répliqua-t-il, mais les précautions que vous prenez pour ne pas être vue me disent que vous vous pliez tout de même à ces injonctions. Voyez, vous êtes en train de vous rajuster pour que personne ne devine ce qui vient de se passer entre nous. Vous n'avez pas plus de liberté que moi sur cette question. Nous n'avons aucun pouvoir sur le monde, hélas. Pas même sur la Grande-Bretagne.

— C'est bien dommage, répondit-elle en redressant le menton. Nous pourrions faire beaucoup mieux.

— J'en toucherai un mot à Sa Majesté, répliqua-t-il d'un ton flegmatique. Je suis sûr que ses ministres se feront un plaisir de nous céder les commandes.

Diana ravala l'émotion qui lui nouait la gorge.

— J'aimerais voir ça.

Elle arrangea sa coiffure en priant pour que ses cheveux ne soient pas trop en désordre. Elle devait absolument contenir les larmes qui lui montaient aux yeux. Si elle retournait dans la salle de bal avec les yeux rouges, cela éveillerait les soupçons.

Il l'attira entre ses bras.

— Si vous voulez vraiment partager mon lit, je ne refuserai pas. Quel homme serait assez sot pour vous dire non ? Nous pourrions nous retrouver ici, mais il faudra faire en sorte de ne pas être remarqués.

— J'y réfléchirai, soupira-t-elle. Je trouverai une solution.

— Si quelqu'un le peut, c'est bien vous.

Il regarda de nouveau sa montre.

— Vous devriez retourner au bal, maintenant. J'ai besoin d'un peu de temps pour… éteindre l'incendie, dit-il avec un regard éloquent vers la bosse qui tendait ses culottes.

Diana ne put retenir un sourire.

— Comment comptez-vous… ?

— Peu importe, grommela-t-il. Vous le saurez bien assez tôt.

— Alors je vous retrouve pour le dîner.

— Je suis déjà rassasié, répondit-il d'une voix enrouée de passion. Et je me suis régalé.

Une lueur gourmande passa dans ses yeux.

— Juste ciel, je reconnais ce regard… Je ferais mieux d'y aller.

Diana sortit dans le couloir, puis fila vers le salon des dames sans se faire remarquer. Pensive, elle entra dans la pièce, qui était vide à l'exception d'une femme qui sommeillait sur un fauteuil. Pourquoi Grenwood refusait-il de lui révéler les raisons de son aversion pour le mariage ? Cela n'avait aucun sens !

Chaque chose en son temps, Diana… Chaque chose en son temps.

14

Ils quittèrent l'Almack's vers 2 heures du matin. Geoffrey et Rosy retrouvèrent leur mère à Grosvenor Square et ils repartirent vers chez eux. Aussitôt, il entreprit de défaire cet instrument de torture qu'on appelait cravate.

— Geoffrey ! s'exclama sa mère. Vous pourriez au moins la garder jusqu'à ce que nous arrivions à Grenwood House. Si nous avions un accident et que l'on vous voyait ainsi !

— Si nous avions un accident, marmonna-t-il, ce n'est pas ma cravate qu'on regarderait, mais l'essieu fiché dans ma poitrine.

— Juste ciel, c'est épouvantable !

Elle se tourna vers Rosy.

— Eh bien, racontez-moi ce bal.

« Enfer, pas encore ! » songea-t-il. On lui en avait déjà rebattu les oreilles pendant le trajet de l'Almack's jusqu'à Grosvenor Square.

— Je peux vous en faire un résumé, lança-t-il. Rosy a dansé presque toutes les danses. Elle s'est ensuite rendue au dîner, qui était aussi mauvais qu'on me l'avait prédit, au bras d'un comte. Et elle a été la reine de la soirée.

— Peut-être pas la reine, Geoffrey, rectifia sa sœur, mais je crois que je me suis bien entendue avec la plupart des gens.

Il éclata de rire.

— Rosy, tu te sous-estimes gravement. Si tu t'es bien entendue avec tout le monde, c'est parce que tu as été toi-même : bienveillante, attentionnée, et parfaitement indifférente aux médisances et aux ragots.

Il se tourna vers leur mère.

— Pendant la seule danse à laquelle elle n'a pas participé, elle a discuté avec une vieille dame qui, par un heureux hasard, était la mère de l'une des dames patronnesses, laquelle s'est aussitôt prise d'affection pour Rosy. Et ensuite, elle s'est montrée si charmante avec un jeune homme timide qu'il a trouvé le courage de l'inviter à danser. Figurez-vous que son père est un prince étranger ! Le père et le fils lui ont été très reconnaissants.

Il secoua la tête, amusé.

— Après cela, même les douairières les plus endurcies ont loué ses qualités.

Sa sœur possédait un don pour s'aventurer même là où les anges craignaient d'aller et en revenir triomphante. Geoffrey priait pour que sa bonne étoile continue de briller si l'horrible secret de leur famille venait à éclater au grand jour. Une fois qu'on avait été éclaboussé par le scandale, on en était sali à jamais aux yeux de l'opinion publique, qui était sans pitié.

— Eh bien, cela semble merveilleux ! s'exclama leur mère avant de se tourner de nouveau vers sa fille. Maintenant, je veux tous les détails. Avec qui avez-vous dansé ? Combien de fois ? Est-ce que je connais vos partenaires ?

Geoffrey ravala un soupir. Les femmes voulaient toujours tout savoir ! Même Diana, qui insistait pour avoir des explications. Hélas, il ne pouvait lui en donner, malgré tout le désir qu'il éprouvait pour elle. Cela lui était impossible pour l'instant de la demander en mariage. D'abord, il devait protéger mère et Rosy d'un potentiel désastre. Une fois que l'eau aurait coulé sous les ponts et que les rumeurs sur le décès de son père se seraient calmées à Newcastle, peut-être pourrait-il enfin s'établir.

Il poussa un soupir accablé. À présent qu'il avait hérité d'un duché, les rumeurs ne pouvaient qu'enfler. Il n'avait pas le droit d'exposer une dame à cette tempête – surtout pas Diana, que la vie n'avait pas ménagée. C'était déjà assez pénible de savoir que Rosy et mère pourraient en souffrir.

— Vous êtes bien taciturne, mon garçon, s'étonna cette dernière.

— Tout va bien, répondit-il avec un sourire forcé.

Rosy décocha un regard à leur mère.

— Il a disparu pendant près d'une heure avant le dîner.

— Ah oui ? fit mère, intriguée.

— Foxstead et moi sommes retournés à la voiture pour boire un alcool digne de ce nom, improvisa-t-il.

— Lord Foxstead ? Impossible, il dansait avec lady Verity. Je m'en souviens très bien, c'est le moment où je valsais avec…

Comme elle n'achevait pas sa phrase, Geoffrey arqua un sourcil.

— Impossible de me rappeler son nom, poursuivit-elle en soulignant ses paroles d'un geste évasif. Lord Je-ne-sais-plus-quoi. Un type sans éclat.

Cela ne ressemblait pas à Rosy de s'exprimer ainsi. Peut-être la morgue aristocratique des Londoniens commençait-elle à déteindre sur elle. Pour qu'elle parle de ce malheureux avec un tel dédain, il devait être plus que terne.

— Alors où étiez-vous ? demanda mère.

Enfer. Elle ne le laisserait pas tranquille tant qu'elle n'aurait pas une réponse plausible.

Ou une réponse grossièrement mensongère.

— Je suis sorti discrètement pour séduire l'une des dames patronnesses, déclara-t-il avec le plus grand sérieux.

— Geoffrey Arthur Brookhouse ! se fâcha sa mère.

— Certainement pas, décréta sa sœur. Aucune de ces dames ne semblait très heureuse de te voir. Et elles sont toutes mariées.

— D'où l'obligation de discrétion.

Heureusement, elles n'insistèrent pas car la voiture venait de s'arrêter devant la maison. Une fois à l'intérieur, il souhaita le bonsoir aux deux femmes, mais il n'avait pas envie d'aller se coucher. Il se rendit à son bureau pour prendre son premier whisky de la soirée. L'Almack's était célèbre pour ne servir ni vins ni spiritueux, car les dames patronnesses voulaient que ces messieurs restent sobres. Comment pouvaient-elles espérer qu'un homme supporte cet endroit sans une goutte d'alcool, surtout s'il ne dansait pas ?

Il se servit un verre et s'installa dans son fauteuil préféré, qu'il avait fait venir de Newcastle. Il détestait cette suite sans fin de bals, fêtes, soirées musicales et autres sauteries que la bonne société de Londres ne semblait avoir inventées que pour le torturer. S'il acceptait de s'y soumettre, c'était uniquement pour Rosy.

Soudain, il se leva et alla ouvrir le tiroir du haut de son bureau. D'abord, il se contenta de regarder la lettre. Puis il la prit avec précaution pour ne pas l'abîmer. Il en aurait peut-être besoin un jour.

Même s'il l'avait lue et relue, jamais il n'avait trouvé de solution au dilemme où son père l'avait plongé. Au demeurant, le but de père n'avait pas été de lui offrir une solution mais une protection. Hélas, celle-ci s'était transformée en lame à double tranchant, capable de tailler en pièces la vie de Geoffrey.

Il n'avait pas le courage de la relire ce soir, comprit-il. Il avait plutôt envie de monter se coucher pour rêver à la jolie Diana et à son corps affolant.

Il sourit. Sa Diane chasseresse ! Après avoir vidé son verre, il monta dans ses appartements et se dévêtit lui-même, car il avait donné sa soirée à son valet de chambre. Diana était le seul élément positif dans cet absurde manège mondain. Elle le faisait rire. Elle le séduisait comme aucune femme avant elle. Il ne parvenait pas à croire que ces messieurs du beau monde aient refusé de la courtiser à cause d'un scandale ridicule. Un scandale qui n'était pas grand-chose à côté de celui dont il s'efforçait de la préserver. Il commençait à comprendre que l'aristocratie manquait désespérément de bon sens.

La détermination de la jeune femme à lui offrir sa vertu l'intriguait au plus haut point, mais il serait ravi de l'initier aux choses de l'amour s'il pouvait le faire sans ruiner sa réputation. Personne ne saurait qu'elle lui avait demandé d'être son premier amant.

Rien que de l'imaginer dans son lit... Bon sang, il était de nouveau en feu. Il se souvenait de chaque instant – son parfum de femme, ses suppliques impudiques, ses soupirs de contentement. Et il brûlait d'impatience de la faire sienne.

Il devrait trouver un moyen de la retrouver discrètement. Ce ne serait pas facile : l'un et l'autre étaient entourés par une famille curieuse.

Il demeura longtemps étendu, le regard perdu vers le plafond du baldaquin. La tenture était couverte de motifs floraux sur fond clair. Il reconnaissait les roses, les géraniums et les marguerites, mais pas les autres fleurs.

Diana aimait-elle les jardins ? Elle avait parlé à un moment d'organiser le dîner en petit comité dehors, avant que le temps devienne trop froid. Dieu sait qu'il y avait toute la place ici, même si on était au cœur de Londres. Certains endroits du jardin étaient même si discrets que…

Il avait trouvé ! Il savait comment se retrouver en tête à tête avec Diana sans que personne – famille ou domestiques – devine ce qu'ils faisaient. Toutefois, il devrait se lever tôt pour tout préparer.

Il s'endormit, le regard perdu parmi les fleurs du baldaquin, un doux sourire aux lèvres.

Diana se réveilla tard le lendemain. Elle s'attarda au lit en se remémorant les délicieux instants partagés avec Grenwood dans le salon privé qu'il avait loué à l'Almack's. Toutefois, cela ne lui suffisait pas. Elle voulait aller jusqu'au bout de l'aventure.

Oh, c'était exaspérant ! Une femme, même célibataire, aurait dû pouvoir connaître certains plaisirs sans en être stigmatisée à vie. Toutefois, c'était ainsi et il n'y aurait pas d'exception pour elle.

Frustrée, elle se leva et s'habilla, puis descendit prendre son petit déjeuner. Elle ne fut pas surprise d'être seule à table. Quand elles rentraient tard dans la nuit, les sœurs Harper dormaient jusqu'à midi. Sauf elle, ce matin. Parce que, à force de chercher une solution pour revoir Grenwood, elle en avait perdu le sommeil.

Si elle sortait de la maison, elle devrait être accompagnée d'un valet de pied pour des raisons de bienséance et de sécurité. Hélas, les domestiques n'étaient pas toujours discrets. À tout le moins, son garde du corps révélerait à ses sœurs où elle se rendait – sauf peut-être si elle allait à Grenwood House, où elle était très souvent.

Bien. Donc, c'était là qu'elle devait aller. Et si elle partait pendant que tout le monde était encore couché, elle n'aurait pas à subir un interrogatoire en règle, sans parler des plaisanteries de ses sœurs sur le duc et elle. Elles étaient persuadées qu'il s'était mis en tête soit de la séduire, soit de l'épouser, l'une ou l'autre option dépendant du jour, de l'heure, voire de la lune ou de la direction du vent.

Elle allait simplement leur laisser un mot, pour les informer qu'elle se rendait à Grenwood House afin de discuter avec Mme Brookhouse du grand bal de Rosy, un prétexte ni trop vague ni trop précis.

Elle eut tôt fait de se préparer et se mit en chemin. Quand elle parvint à Grenwood House, il était presque midi. Elle ne savait pas exactement ce qu'elle devait faire à présent qu'elle était là, mais par chance le maître des lieux semblait l'attendre.

— Je vois que vous avez reçu mon message, dit-il.

— Quel message ?

— Peu importe.

Il jeta un regard prudent vers le personnel qui s'activait non loin, sans doute dans l'espoir de surprendre leur discussion.

— Vous êtes là, c'est l'essentiel. Votre suggestion d'organiser le bal de Rosy dans le jardin, si le temps le permet, m'a donné une idée. Figurez-vous que ce sera la pleine lune.

— Je sais. C'est pour cette raison que nous avons choisi cette date.

Diana n'avait pas le moindre souvenir d'avoir proposé que le bal ait lieu dehors. Sur les allées gravillonnées du jardin, les fines semelles des chaussures de danse seraient aussi fragiles que du papier ! Si elle avait proposé de dîner dehors pour la soirée en petit comité de la semaine précédente, c'était parce que le repas aurait pu avoir lieu sur la terrasse dallée de marbre, mais jamais celle-ci ne pourrait accueillir les deux cents invités du bal.

— Par ici, je vous prie, dit-il en lui offrant le coude. Je vais vous montrer.

Elle prit son bras sans hésiter. De fait, c'était une journée idéale pour faire quelques pas dans le jardin. Le soleil brillait et les oiseaux chantaient.

À peine se furent-ils éloignés que Grenwood passa à l'attaque.

— Êtes-vous toujours partante pour une… leçon de plaisir ?

Le cœur de la jeune femme battit plus vite.

— Pourquoi ? Auriez-vous un lieu où nous pouvons nous retrouver en toute discrétion ?

— Oui, répondit-il en la couvant d'un regard brûlant.

Enfin, elle comprit.

— Vous n'avez jamais eu l'intention d'organiser le bal dehors.

— Bien sûr que non. J'ai eu peur que vous ne protestiez en m'entendant dire ça.

Elle rit doucement.

— J'ai bien failli, mais j'étais curieuse de connaître votre proposition. Et il fait trop beau pour refuser une visite du jardin.

— Au risque de vous décevoir, nous n'allons pas nous y attarder. C'est trop près de la maison. Nous nous rendons dans un petit bâtiment éloigné.

Le pouls de Diana s'accéléra. Et quand son compagnon posa une main sur la sienne, son cœur battit la chamade.

— Je ne crois pas l'avoir déjà vu, dit-elle.

— Ce n'est pas très grand, mais j'y suis allé ce matin. L'endroit est en meilleur état que je ne m'y attendais.

— Vous m'inquiétez. Où allons-nous ?

— Vous le saurez bientôt.

Sa voix se fit plus grave :

— J'ai l'intention de vous séduire, Diana. Si vous êtes toujours d'accord.

Elle leva les yeux. Il la couvait d'un regard si ardent qu'elle frissonna.

— Je suis toujours d'accord.

Au détour du chemin, entourée de bouleaux et de tilleuls, une petite bâtisse en pierre apparut. Surmontée d'une cheminée et percée d'une grande fenêtre, elle était tout en hauteur mais d'un style très différent de la demeure principale.

— Voilà bien l'endroit le plus étrange que j'aie jamais vu à Londres, dit-elle. Qu'est-ce que c'est ?

Il répondit d'un ton prudent, comme s'il s'attendait à des protestations de sa part.

— Un laboratoire.

Diana s'écarta de lui et le regarda, incrédule.

— Vous voulez me séduire dans un laboratoire ?

— Ça ne l'est plus aujourd'hui. Et je doute que mon prédécesseur s'en soit beaucoup servi. Il l'avait fait construire parce que son épouse n'appréciait pas qu'il manie des substances chimiques dans la maison.

— Voilà une femme pleine de sagesse, approuva Diana.

— L'endroit n'est pas un parfait nid d'amour, j'en conviens, mais c'est plus discret que mes appartements privés. Et je suis sûr que vous ne voulez pas ternir votre réputation.

Elle poussa un soupir accablé.

— Je ne veux pas embarrasser mes sœurs.

— Eh bien, qu'en pensez-vous ? demanda-t-il en l'attirant vers la maisonnette. Personne ne vient jamais ici, et comme mon prédécesseur n'était pas un scientifique acharné, il n'y a aucune odeur de produits chimiques. J'ai aéré toute la matinée. Au fait…

Il entra rapidement dans la maison puis en sortit, portant une brassée de lys.

— Des fleurs blanches pour fêter la fin de mon innocence ? demanda-t-elle, mal à l'aise.

— En quelque sorte.

Diana se détendit. Elle avait toujours aimé les lys. Elle les huma avec plaisir, puis suivit son compagnon à l'intérieur. En voyant la pièce, elle écarquilla les yeux de stupeur. Plusieurs coussins de toutes tailles et couleurs avaient été installés dans un coin.

— S'il vous plaît, dites-moi que ce ne sont pas vos domestiques qui les ont apportés ici ?

— Je m'en suis chargé moi-même. En m'assurant qu'on ne me voyait pas.

Elle éclata de rire.

— Bien sûr. Personne n'a remarqué Sa Grâce en train de transporter des piles de coussins dans le jardin.

— Tout au fond du jardin. Là où personne ne va jamais.

Il lui prit les lys des mains pour les mettre dans un vase sur une table en marbre, derrière elle. Il sentait particulièrement bon, aujourd'hui.

— Ne me mentez pas, dit-elle. Vous portez de l'eau de Hongrie, n'est-ce pas ?

— Je me demandais si vous alliez le remarquer. Quand vous en avez parlé l'autre jour, je me suis dit que si cela vous plaisait, cela devait sentir bon. L'odeur me met en appétit.

— Je suppose que les senteurs de thym et de romarin donnent faim, railla-t-elle.

— Sans parler de l'alcool, qui me donne soif. Au fait…

Il prit une bouteille et deux verres, qu'il plaça sur la table.

— Je vous en offre une coupe ?

J'accepte tout ce que vous avez à m'offrir, monsieur.

— Avec plaisir. J'ai toujours eu un faible pour le champagne.

Un sourire aux lèvres, il ouvrit la bouteille et servit deux coupes, pendant que Diana ôtait son chapeau et le posait sur la table. Derrière eux, la fenêtre ouverte laissait entrer un agréable courant d'air.

— Si je vous fais boire, me laisserez-vous parvenir à mes fins avec vous ?

Elle prit quelques gorgées de champagne et posa sa coupe sur la table.

— Ce sera peut-être à vous de me laisser parvenir à mes fins, suggéra-t-elle avant de lui dénouer sa cravate. J'ai l'intention de vous séduire, Grenwood. Si vous êtes toujours d'accord.

— Je suis d'accord depuis le premier jour où je vous ai vue.

Elle s'interrompit.

— Cela fait si longtemps ? Vous avez bien caché votre jeu.

— En toute franchise, je me demande bien comment j'y suis arrivé.

Il posa les yeux sur le décolleté de Diana, caché par un fichu de soie qu'il entreprit de dénouer.

— Chaque fois que je vous voyais mordre ce satané crayon, je mourais d'envie de mettre ma... ma langue dans votre bouche.

Elle éclata de rire.

— Moi qui me demandais pourquoi vous ne quittiez pas mon crayon des yeux ! J'aurais dû me douter qu'il y avait quelque chose de malhonnête là-dessous.

Il avait ôté le fichu des épaules de Diana et ne semblait même pas s'être rendu compte qu'il l'avait laissé tomber sur le sol, dans sa hâte de contempler sa peau nue.

— *Voilà* ce qui est malhonnête, murmura-t-il.

Si la robe semblait parfaitement sage avec le fichu, elle ne l'était plus du tout une fois celui-ci enlevé.

— Avez-vous choisi cette tenue pour me rendre fou ? demanda-t-il en faisant courir son doigt sur le décolleté profond.

— Bien sûr, répondit-elle en se composant un ton plein d'assurance. C'est la seule qui s'ouvre sur le devant.

Les yeux étincelants de désir, il chuchota :

— Madame, vous êtes une fieffée coquine.

— Si vous le dites...

Elle lui ôta sa cravate et l'enroula autour de la bouteille de champagne.

— Je ne sais pas ce que je fais, avoua-t-elle.

— Vous le savez très bien, au contraire.

Il se dirigea vers la pile de coussins, en prit un et revint le poser sur la table. Puis il examina la robe.

— Je ne vois pas comment elle s'ouvre.

Elle n'en était guère surprise. Rares étaient les hommes qui comprenaient les mystères des vêtements féminins. Et lui répondre que c'était une robe-tablier l'éclairerait autant que lui donner son nom en chinois.

— Regardez, répondit-elle.

Elle défit les deux boutons placés aux épaules et laissa retomber le pan de tissu qui couvrait le haut de son buste. Il finit de dégrafer le reste du tablier, qui cachait son corset et sa chemise, puis défit les liens qui maintenaient sa jupe en place, et le vêtement s'ouvrit de sa gorge jusqu'à ses hanches.

— Eh bien, vous apprenez vite, murmura-t-elle.

— Je suis ingénieur, vous le savez. Je n'ai pas de mal à comprendre comment les choses sont faites.

Il la parcourut d'un regard brûlant.

— Et maintenant, ce qui m'intéresse, c'est de comprendre comment *vous* êtes faite.

Puis il la souleva, pour l'asseoir sur le coussin.

— Que faites-vous ? protesta-t-elle. Il y a une fenêtre ouverte juste derrière moi !

S'étant penché pour fermer les battants, il répondit :

— J'en suis parfaitement conscient, mais si quelqu'un approche, je le verrai avant qu'il vous voie. Et de dos, cette robe diabolique semble tout à fait respectable.

Après une pause, il ajouta :

— Alors que vue de devant, elle est délicieusement érotique.

Ces paroles allumèrent en elle un inavouable incendie. Mal à l'aise, elle s'agita sur son coussin.

— Geoffrey, je…

Il la fit taire d'un baiser impérieux et sensuel à la fois. Sans libérer ses lèvres, il fit descendre son corset et ouvrit sa chemise pour révéler sa poitrine. Puis il prit ses seins entre ses mains pour les admirer, avant de faire courir ses lèvres le long de sa gorge et de les refermer sur leurs pointes roses. Tandis qu'il les léchait et les caressait l'un après l'autre, de longs frissons voluptueux la traversèrent.

Elle passa les doigts dans les cheveux de son compagnon pour les ramener en arrière, puis glissa des mains tremblantes dans son col pour lui ôter sa veste. Comprenant ce qu'elle tentait de faire, il ôta le vêtement et le lança sur les coussins.

Toutefois, quand elle voulut déboutonner son gilet, il l'interrompit.

— Nous devons pouvoir nous rhabiller vite, au cas où on nous chercherait, l'avertit-il. Toutefois, si vous avez envie de vous occuper les mains…

D'un geste rapide, il ouvrit sa braguette et révéla son caleçon tendu par une superbe érection… qui ne fit que s'accentuer sous le regard de Diana.

Il rit doucement.

— C'est bien ce que je pensais : vous êtes une coquine.

Il prit sa main pour la poser sur lui.

— Peu m'importe, tant que j'obtiens ce que je veux.

— À savoir ? demanda-t-elle dans un souffle.

— Vous et moi, unis dans une totale intimité.

Il se pencha vers elle.

— Mais d'abord, caressez-moi. *S'il vous plaît*. Vous n'avez pas idée combien de fois j'ai rêvé d'avoir... mon crayon entre vos doigts.

Cette fois, ce fut elle qui éclata de rire.

— Je n'ai jamais entendu les « femmes fourvoyées » employer ce terme.

Elle caressa son sexe à travers le caleçon et s'étonna de sa réaction immédiate.

— Ceci est un peu plus volumineux qu'un crayon, fit-elle remarquer.

— J'essaie de me comporter en gentleman, répondit-il d'une voix tendue, mais vous ne me facilitez pas la tâche.

D'un geste impatient, il écarta sa main.

— Au nom du ciel, arrêtez !

Il défit ses pantalons et les baissa, ainsi que son caleçon.

— Il faut que je vous prenne, ma belle...

Diana hésita. Le voulait-elle toujours ? Le spectacle de son anatomie était plutôt impressionnant. Elle regarda son sexe tendu vers elle, viril et triomphant. Le moment était venu. Il allait entrer en elle. La douleur serait-elle supportable ? Ou l'expérience se révélerait-elle décevante ?

— Essayez de ne pas vous inquiéter, dit-il d'une voix enrouée.

Comment avait-il deviné ? Était-elle transparente à ce point ?

— Savez-vous ce qui va se passer ? demanda-t-il. Vos « femmes fourvoyées » vous l'ont-elles expliqué ?

— Oui, mais au début j'ai eu du mal à y croire.

Diana s'avisa alors qu'elle avait oublié d'apporter une éponge. Elle n'en dit rien, de peur qu'il ne mette un terme à cette fascinante expérience. D'ailleurs, quel était le risque qu'elle tombe enceinte après une seule étreinte ?

— Je vous promets d'y aller très doucement.

Il glissa un doigt entre ses jambes. Elle laissa échapper un gémissement.

— Me faites-vous confiance ? demanda-t-il.

— Bien sûr. Vous savez que moi aussi, je vous veux.

Un peu pour souligner ces paroles, un peu parce qu'elle avait envie qu'il continue, elle pressa sa toison contre sa paume.

— Oui ! l'encouragea-t-elle. C'est si bon…

— Alors nous allons vous mettre un peu plus à l'aise.

Un sourire aux lèvres, il glissa les mains sous ses jupes. Quand il la souleva du coussin, juste assez pour remonter sa robe jusqu'à la taille avant de la rasseoir, fesses nues, sur le velours, elle s'émerveilla de sa force physique.

Puis, d'un geste fluide, il lui fit plier les jambes, se plaça entre ses genoux et recommença à la caresser. Quand elle se détendit de nouveau, il pressa son sexe à l'orée de sa féminité et entra très lentement.

Voilà qui était intéressant, songea-t-elle. Cela ne faisait pas mal. Elle ressentait juste une impression d'intrusion. Une intrusion massive dans un espace étroit.

— Est-ce que… tout va bien ? demanda-t-il d'un ton hésitant, comme s'il craignait la réponse.

— J'irai bien quand je me serai habituée.

Du moins, elle l'espérait. Ou plutôt, elle priait pour cela, même si c'était probablement un blasphème de supplier Dieu de rendre le péché de chair plus confortable.

Elle ne voulait pas penser à cela. Alors elle attira son compagnon à elle, prit sa main pour la poser sur son sein et l'embrassa avec toute la passion qui la consumait. Quitte à être une pécheresse, autant ne pas faire les choses à moitié.

— Vous me rendez fou ! gémit-il. Si humide, si douce... Vous allez me tuer.

Puis il se mit à bouger en elle et posa sa main au creux de ses reins pour l'attirer à lui.

— Nouez les jambes derrière mes fesses, ordonna-t-il.

— Geoffrey, votre langage ! fit-elle mine de le gronder.

Toutefois, elle obtempéra.

Bonté divine, c'était bien mieux ainsi. Comme par miracle, son corps s'ajusta à celui de son amant et se mit à onduler en rythme avec lui. Puis une délicieuse sensation se forma au plus secret de sa féminité, un peu plus vive à chaque coup de reins.

À présent, leur étreinte devenait un ballet sauvage, presque primitif, ponctué par leurs halètements de plaisir mêlés. Il n'y avait là rien de magique ni de mystique. C'était une expérience charnelle, puissante, à l'image de l'orage et du tonnerre, ou d'un torrent de montagne qui court sur les rochers.

— Geoffrey... *Geoffrey !* feula-t-elle, éperdue.

— Je suis à vous... tout à vous, Diana. Ma déesse !

Pour un homme qui fuyait tout engagement, il se montrait étonnamment possessif.

À présent, elle avait l'impression qu'il faisait danser devant elle un fruit délectable en la défiant de le saisir. Il fallait qu'elle s'en empare. L'envie se faisait de plus en plus impérieuse. Elle éperonna son amant, toujours plus vite, toujours plus fort. Encore un peu… elle y était presque…

— Juste ciel ! murmura-t-elle alors que la fièvre de cette exquise torture montait encore d'un cran. C'est… Oh, Geoffrey… *Oui !*

Et enfin, elle goûta le fruit du paradis.

15

Les gémissements de sa compagne résonnaient encore à ses oreilles quand Geoffrey sentit son fourreau de chair se contracter autour de lui et qu'il bascula avec elle dans le gouffre de l'extase. Il aurait dû se retirer, mais ne trouva pas la force de s'arracher à la tiédeur veloutée de ses cuisses. Il aurait pu rester là toute sa vie. Alors il laissa se déverser sa semence, en priant pour qu'il n'y ait pas de conséquences.

— Ma douce... vous me tuez ! gémit-il, vidé de toutes ses forces.

Il n'avait jamais compris pourquoi les Français surnommaient l'orgasme « la petite mort ». Jusqu'à présent.

Il se retira doucement. Elle avait affirmé ne vouloir que du plaisir entre ses bras, mais avait-elle espéré plus que cela ? Pouvait-il prendre le risque de mettre en danger l'avenir de Diana en l'épousant ? Avait-il le droit de l'exposer au scandale qui pouvait s'abattre sur sa famille d'un jour à l'autre ? Elle avait déjà traversé une telle épreuve, et cela suffisait.

Elle était encore entre ses bras, toute tremblante, et il eut envie de la serrer plus fort contre lui. Puis elle approcha ses lèvres de son oreille pour murmurer :

— Je n'ai pris aucune précaution. En toute franchise, je ne pensais pas que nous ferions ceci dès aujourd'hui…

— Épousez-moi, s'entendit-il répondre.

Il en fut le premier surpris. Ne venait-il pas de songer aux raisons pour lesquelles ce mariage était impossible ?

Puis, s'avisant que ses paroles sonnaient plus comme un ordre que comme une demande, il se redressa, déposa un baiser sur ses lèvres et corrigea :

— Nous devrions nous marier.

Elle ouvrit des yeux ronds. Puis elle descendit de la table et, sans le regarder, entreprit de se rajuster.

— Pourquoi ? Parce que nous avons passé un moment agréable ?

— Parce que…

Parce que je ne cesserai jamais de vous désirer. Parce que chaque jour, j'attends avec impatience le moment de vous retrouver. Parce que vous êtes ma seule lumière dans cette affreuse nuit depuis la mort de père.

Il garda tout cela pour lui. Il en aurait trop dit. Alors, remontant son caleçon et ses pantalons, il montra à sa compagne le coussin où une petite tache de sang avait fleuri.

— Parce que je vous ai pris votre innocence. Voilà pourquoi.

Elle tressaillit.

— Je vous l'ai déjà dit : je n'ai jamais eu l'intention de vous contraindre au mariage. Tout ce que je voulais, c'était savoir si l'aspect charnel de la vie conjugale me conviendrait. À présent, j'ai l'information que je cherchais.

Oserait-il poser la question ?

— Eh bien... quel est votre avis sur le sujet ?

— Je me demande si je dois vous le donner, répondit-elle d'un ton hautain en continuant de mettre de l'ordre dans sa tenue. Vous êtes déjà bien trop content de vous-même.

Il éclata de rire, et finit de boutonner sa braguette.

— Je suis l'héritier d'une longue lignée d'hommes très contents d'eux-mêmes. Demandez donc à ma mère.

— Ce n'est peut-être pas une bonne idée. Je serais incapable de ne pas rougir.

Comme il ne répondait pas, elle poussa un long soupir.

— Disons seulement que maintenant, je comprends qu'on trouve intéressant de partager le lit d'un homme.

— Mais ?

Elle redressa vivement la tête.

— Qu'est-ce qui vous dit qu'il y a un « mais » ?

— Votre réticence à m'épouser, alors que n'importe quelle autre femme me supplierait de régulariser la situation après que j'ai pris sa virginité.

Il ponctua sa réponse d'un regard de défi.

— Si vous aviez connu ce que j'ai connu ces quatre dernières années, peut-être préféreriez-vous, vous aussi, le célibat au mariage ?

— Ces quatre..., commença-t-il, avant de s'interrompre.

Quel âne ! Comment avait-il pu oublier ?

— Oh. Bien sûr. Le divorce de vos parents.

— J'ai vu à quoi ressemble un mariage raté. Ce n'est pas beau. Cela touche plus que le couple : les enfants aussi en souffrent.

Elle ramassa son fichu et le noua à son cou, de la même façon qu'un homme aurait noué une cravate.

— J'aime à penser que je m'en sortirais probablement mieux que ma mère et indiscutablement mieux que mon père, mais qui sait ? Tant que je n'aurai pas d'enfants moi-même, impossible d'en être sûre.

— À ce propos, si vous vous trouviez...

— Enceinte ? Alors je vous épouserais. Un enfant ne devrait pas avoir à souffrir des choix de ses parents. Et je suis désolée de ne pas avoir pensé à prendre de précautions.

— Ne le soyez pas. C'était à moi de le faire. J'aurais dû penser à me procurer une capote.

— Que feriez-vous d'une capote ? Vous n'êtes pas en voiture !

Il rit doucement. Ce mélange d'innocence et de maturité ne manquait jamais de le toucher. Avec elle, il ne savait jamais à quoi s'attendre.

— Je parlais d'un condom.

— Oh. J'en ai entendu parler...

Son expression de compréhension soudaine était presque comique.

— C'est donc ça ! murmura-t-elle. Quand les « femmes fourvoyées » m'en ont montré un, tout plat et mou, je n'ai pas compris à quoi ça pouvait servir. C'est juste parce qu'il était... hum... vide.

— Bon Dieu, vous en savez beaucoup trop pour une honnête femme, commenta-t-il.

Comme elle s'apprêtait à répondre, il ajouta :

— Et ne me dites pas : « Votre langage, Geoffrey ! » Ma mère me le répète assez souvent, je n'ai pas besoin que mon épouse s'y mette aussi.

— Alors cessez de blasphémer, répliqua-t-elle d'un ton vertueux. Et je n'ai pas accepté d'être votre épouse, en admettant que votre offre était sérieuse.

— Elle l'était.

— Ah oui ?

Elle croisa les bras d'un air incrédule.

— Auriez-vous soudain changé d'avis sur le mariage ?

— Non... je veux dire, oui, mais...

— Ah ! claironna-t-elle en coiffant son chapeau, avant de nouer le ruban sous son menton. Vous aussi, vous avez un « mais » !

— C'est possible, admit-il en tirant sur son gilet. Dites-moi, pensez-vous qu'un homme doit protéger sa famille ? S'assurer que personne ne fait de mal à ses proches, quitte à consentir à un sacrifice ?

— S'ils ne peuvent pas le faire eux-mêmes, en effet. Mais peu importe. Le problème, c'est que vous exigez de connaître mes raisons d'hésiter à me marier, mais vous refusez de révéler les vôtres.

Il s'approcha d'elle.

— Vos raisons ne peuvent faire de mal à personne, Diana. Elles n'auront pas de répercussion pendant des années, voire des décennies, si vous les révélez à la mauvaise personne.

Elle arqua un sourcil.

— Donc, si je comprends bien, vous me soupçonnez d'être la mauvaise personne ?

Enfer. Il n'aurait pas dû le formuler ainsi.

— Ce n'est pas ce que j'ai dit.

— Vous n'en avez pas besoin.

Elle s'éloigna, puis s'arrêta pour le regarder.

— Vous refusez de me confier vos secrets, et je crois en comprendre la raison.

Geoffrey se détendit en pensant qu'elle acceptait ses réticences, mais son soulagement fut de courte durée.

— Après tout, poursuivit-elle, sarcastique, vous ne me connaissez que depuis un mois et je viens déjà de m'offrir à vous.

À ces mots, il tressaillit.

Elle enchaîna :

— Votre sœur et votre mère m'ont confié leurs secrets. Apparemment, *elles* ont confiance en moi. Qui vous dit qu'elles ne m'ont pas déjà révélé ce que vous tentez de dissimuler ?

— Elles n'en savent rien elles-mêmes, et je préfère qu'il en soit ainsi. D'où mon souhait de ne pas vous en parler.

— Elles n'en savent..., commença-t-elle, ouvrant des yeux ronds de stupeur. Juste ciel ! À leur place, jamais je ne vous le pardonnerais. Pourquoi les hommes s'imaginent-ils toujours qu'une femme est incapable de garder un secret ? Elles le font tout le temps, surtout quand cela concerne leur famille. Quant à moi, si je voulais vous nuire, il me suffirait de vous accuser de m'avoir séduite, ou de toute autre mauvaise action.

— En effet, concéda-t-il, irrité par son insistance. Mais dans ce cas, je refuserais d'honorer votre facture.

Elle le regarda, bouche bée.

— Vous a-t-on déjà dit que vous n'êtes qu'un crétin prétentieux ?

— Votre langage, Diana, répondit-il en renouant sa cravate.

En la voyant rougir, il comprit qu'il l'avait mise en colère. Tant pis. Elle aussi, elle le mettait en colère.

— Oooh ! fulmina-t-elle. Vous êtes tellement... Vous me rendez... Oooh ! Comment pourrais-je vouloir un instant vous épouser ?

Elle redressa le menton.

— Merci pour la leçon de plaisir, Votre Grâce. C'était plutôt agréable, mais ce que vous m'avez dit ensuite m'éclaire sur ce que serait la vie conjugale avec vous. Très peu pour moi !

Elle quitta la maisonnette et s'engagea dans le sentier qui traversait le jardin, sans doute inconsciente du coup qu'elle venait de porter à son cœur.

Non, pas à son cœur. Il n'était tout de même pas épris d'elle ! Du moins l'espérait-il, parce que si c'était le cas, il était dans de beaux draps.

Il la regarda disparaître au détour du chemin puis, laissant libre cours à sa rage, se mit à jeter les coussins comme un gamin furieux.

Ou comme un crétin prétentieux. Il se figea, anéanti. Bon sang, elle avait raison. Il était effectivement un crétin prétentieux...

Oui, mais elle le rendait fou en exigeant de lui ce qu'il ne pouvait lui offrir !

« Ta confiance, par exemple ? » suggéra la petite voix de sa conscience.

— Tais-toi donc ! grommela-t-il. Vas-tu me reprocher toutes mes erreurs, même la plus petite ? Un crétin prétentieux...

— Veuillez m'excuser, dit alors une voix féminine depuis le seuil. J'arrive peut-être au mauvais moment ?

Furieux, il fit volte-face. Lady Verity l'observait d'un regard curieux, semblant se demander à qui il parlait.

— Oui, marmonna-t-il, mais entrez donc. Au point où j'en suis...

Elle fit un pas à l'intérieur, l'air méfiant.

— Je viens de croiser Diana dans le jardin. Elle m'a dit que vous lui aviez montré un laboratoire installé loin de la maison. Je suppose que c'est ici ?

— Oui.

Il s'efforça de recouvrer son calme. Nul besoin de révéler à quelles activités Diana et lui venaient de se livrer !

— Veuillez me pardonner, reprit-il, l'approche du grand bal me rend nerveux.

Il faillit s'étrangler en prononçant ce grossier mensonge. Il se fichait éperdument de ce bal, mais il devait bien expliquer pourquoi il grommelait tout seul.

— Pas autant que moi, répondit-elle. Votre cuisinier n'a aucune expérience dans l'organisation d'un repas de bal. Je présume que votre prédécesseur recevait rarement.

— Il est décédé à l'âge de quatre-vingt-onze ans. Il n'avait pas dû organiser la moindre fête depuis plusieurs décennies.

— C'est bien probable. Je n'ai jamais entendu parler d'une soirée ici.

Un silence tomba entre eux. Geoffrey appréciait Verity, même s'il trouvait son tempérament un peu trop *artiste* pour son goût. Diana, au moins, avait la tête sur les épaules.

— Puis-je vous poser une question ? demanda la jeune femme.

Sans attendre sa réponse, elle enchaîna :

— À quoi servent ces coussins ? Est-ce en rapport avec le fait que cet endroit était un laboratoire ?

C'est en rapport avec le fait que votre sœur, maudite soit-elle, vous a envoyée ici pour me tourmenter pendant qu'elle s'en allait tranquillement.

Bien entendu, il ne pouvait pas dire cela. Le mieux était de répéter le prétexte qu'il avait invoqué pour inviter Diana à l'accompagner ici, quitte à passer de nouveau pour un parfait crétin.

— J'essayais de convaincre lady Diana que nous devrions organiser le dîner du bal au jardin. Ce sera la pleine lune, voyez-vous.

— Je sais. C'est pour ça que nous avons choisi cette date.

Bonté divine, il avait l'impression d'entendre sa sœur. C'en était presque troublant.

— Quoi qu'il en soit, je pensais que les cuisiniers pourraient s'installer ici, puisqu'il y a une cheminée. Les valets pourraient prendre les plateaux de coupes de champagne par la fenêtre.

Lady Verity arqua un sourcil dubitatif.

— Une seule fenêtre ? Pour apporter le champagne à deux cents personnes ?

Il fit semblant de pousser un soupir désolé.

— Votre sœur non plus n'a pas aimé mon idée.

— Même après que vous l'avez enivrée ?

D'un coup de menton, elle désigna les deux coupes et la bouteille de champagne. Vaguement agacé, il improvisa :

— Je voulais qu'elle le goûte avant que j'en commande assez pour le bal.

Lady Verity s'approcha, prit le champagne et but au goulot.

— Il est de qualité exceptionnelle et doit être scandaleusement cher, Votre Grâce. Je crains que vous n'ayez pas la moindre idée de ce que cela coûterait d'en servir à un si grand nombre d'invités.

— Oh, si, répondit-il en croisant les bras sur son torse. Celui que nous avons finalement choisi est meilleur marché.

— Parfait ! répondit-elle, un grand sourire aux lèvres. Voilà une question réglée. Et les coussins ?

Enfer. Pourquoi ne pas lui avouer qu'il avait séduit sa sœur ? Ce serait plus simple, et cela lui éviterait de passer pour un imbécile.

Oui, mais il passerait alors pour un séducteur. Sans compter que Diana l'étranglerait.

— Ils étaient déjà là. Je suppose que les domestiques mettent ici les coussins en trop.

— Bien sûr. C'est tellement plus pratique de les apporter jusqu'au fond du jardin, plutôt que de les ranger dans un placard ou au grenier.

Elle éclata de rire et revint vers la porte. Sur le seuil, elle pivota vers lui, la mine de nouveau sérieuse.

— Entre nous, Votre Grâce, la prochaine fois que Diana et vous tenterez de voler un moment pour vous embrasser ou...

Elle esquissa un geste évasif.

— ... ou quoi que ce soit, laissez-la inventer un prétexte, parce que vous n'avez aucun talent pour cela. Si c'était Eliza et non moi qui vous avait trouvé ici, elle vous aurait remonté les bretelles dès l'histoire du champagne.

— Et vous ? demanda-t-il. Allez-vous me remonter les bretelles ?

— Si Diana souffre par votre faute, je ferai bien plus que cela. Pour l'instant, je vous accorde le bénéfice du doute. Mais ce n'est pas parce qu'elle a de l'affection pour vous que vous devez en profiter. Nous n'avons peut-être pas de père ou d'époux pour nous protéger mais nous avons Norris, notre majordome, qui est un tireur d'élite.

— Norris ? s'esclaffa Geoffrey. Vous plaisantez !

— Pas du tout. Il était dans la Royal Navy. Je crois même qu'il était à Trafalgar avec l'amiral Nelson. Ensuite, il a vendu son brevet. Trop de sang et de morts, a-t-il dit. Alors ne jouez pas avec le cœur de ma sœur, ou Norris pourrait bien vous montrer ses talents cachés.

Sur ces derniers mots, elle s'en alla.

Bonté divine, les sœurs Harper savaient se défendre ! Pas étonnant qu'elles sélectionnent leur clientèle de façon aussi pointilleuse. Non seulement elles connaissaient la bonne société sur le bout des doigts, mais elles étaient d'une solidarité sans faille.

Quelque chose lui disait qu'il venait de perdre une bataille, et sur deux fronts. La prochaine fois, il devrait se montrer plus fin stratège.

Diana observait le salon de Grenwood House afin de trouver la meilleure disposition des meubles pour le bal, quand Verity la rejoignit.

— Bonté divine, Diana, qu'as-tu fait à cet homme ? lança-t-elle en s'asseyant sur un canapé. Tu devrais entendre les histoires ridicules qu'il vient de me raconter.

Mal à l'aise, Diana se pencha vers le pare-feu comme pour l'examiner.

— À quel sujet ?

— Au sujet de ce que vous fabriquiez tous les deux dans la petite maison au fond du jardin.

Diana crut bien que son cœur s'arrêtait de battre. Elle se tourna vers sa sœur.

— Tu ne peux pas croire un mot de ce qu'il dit.

— Oh, non. Je n'ai pas cru un instant qu'il t'avait emmenée là-bas pour te persuader d'y organiser le dîner du bal.

Diana retint un soupir de soulagement.

— Il l'a bel et bien suggéré.

En quelque sorte.

— A-t-il également proposé que les valets de pied prennent leurs plateaux pour servir le champagne à travers cette unique fenêtre ?

— Il me semble, oui.

Soyez maudit, Geoffrey Brookhouse ! Vous ne pouviez pas trouver un prétexte un peu moins ridicule ?

— Naturellement, je lui ai dit que c'était une très mauvaise idée.

Sans quitter Diana des yeux, Verity poursuivit :

— Et il t'a aussi raconté qu'on avait pour habitude de ranger les coussins là-bas ?

Diana pivota de nouveau vers le pare-feu pour masquer son trouble.

— Ma foi, non, il n'a rien dit de cela. Ça n'aurait aucun sens.

— C'est exactement ce que je lui ai répondu.

Diana pouvait presque sentir le poids du regard de Verity dans son dos.

— Et... ? demanda-t-elle.

— Et j'aimerais bien entendre *ta* version sur ce que vous fabriquiez là-bas.

— Cela ne te regarde pas, répliqua Diana.

Sa sœur s'approcha d'elle et lui posa une main affectueuse sur l'épaule.

— Ne te fâche pas. Tout ce que je veux, c'est que personne ne te fasse de mal.

Diana lui tapota la main.

— Je sais. Il ne va pas me faire de mal, mais parfois c'est vraiment...

— Un crétin prétentieux ?

Diana éclata de rire.

— Exactement. Le problème, c'est que la plupart du temps, j'ai le cœur qui fond dès qu'il me regarde. Lord Minton te faisait-il le même effet ?

— Pas souvent, admit Verity dans un soupir.

— Alors il est préférable qu'il ait montré sa nature cynique et pris la fuite.

— C'est vrai.

— Parce qu'il en viendra un autre, et celui-là fera battre ton cœur. Et grâce à la couardise de Minton, tu seras libre de l'épouser.

Verity la regarda d'un air incrédule.

— Tu es peut-être un peu optimiste.

— Pas du tout ! Je crois...

Derrière elles, quelqu'un toussa pour éclaircir sa voix. Diana et Verity se tournèrent d'un même mouvement vers Rosy.

— Diana ? Pourrais-je vous parler ?

— Je vous en prie, répondit celle-ci avec un sourire.

Verity les salua et s'éloigna en disant qu'elle devait s'entretenir avec le cuisinier. Diana prit place dans un canapé et fit signe à la jeune fille de la rejoindre.

— Vous pouvez me parler de tout ce que vous voulez, quand vous le voulez, Rosy. Nous sommes amies.

— Merci, fit celle-ci en s'asseyant près d'elle d'un geste un peu raide. Je n'irai pas par quatre chemins. Qu'est-ce que le laudanum ?

Diana arqua un sourcil, surprise. Elle s'était attendue à ce que Rosy lui parle de ses débuts dans le monde plutôt que de médicaments, et assurément pas d'une substance aussi puissante, voire dangereuse, que le laudanum.

— Pourquoi cette question ? s'étonna-t-elle.

— Il ne faudra pas en parler à maman ni à Geoffrey, l'avertit Rosy.

Juste ciel, cette famille était pleine de secrets !

— Si vous commenciez par m'expliquer de quoi il s'agit ? proposa Diana. Cela restera entre vous et moi, bien sûr.

Rosy hocha la tête.

— Le jour où papa est mort, maman n'était pas à la maison. Elle était partie la veille pour passer la nuit chez sa sœur qui était souffrante, et elle devait rentrer pour le dîner. Elle nous avait laissés, Geoffrey et moi, nous occuper de papa, qui n'allait pas très bien depuis une semaine. Nous pensions qu'il avait juste des douleurs d'estomac, comme cela lui arrivait souvent.

Elle prit son mouchoir pour se tamponner les yeux.

— Quand je suis allée voir comment il se portait, il avait envoyé son valet de chambre chercher le médecin. Il m'a demandé d'appeler Geoffrey, ce que j'ai fait. Puis il a voulu que je lui apporte une bière. Quand je suis revenue pour la lui donner, le docteur était déjà à son chevet.

Elle poussa un soupir.

— Geoffrey m'a encore expédiée faire une course, mais je ne pouvais pas supporter de ne pas savoir ce que le médecin allait dire, alors je me suis cachée derrière la porte et j'ai écouté. Papa a dit qu'il avait confondu le flacon de laudanum avec celui de teinture de rhubarbe, et qu'il en avait trop pris. Le médecin lui a prescrit un autre médicament, mais sans résultat. Papa était déjà très faible et le laudanum l'a achevé, je suppose.

Juste ciel ! Diana ne savait que faire de toutes ces informations. Pour commencer, pourquoi leur père avait-il du laudanum chez lui ?

— Y a-t-il eu une enquête ?

— Non. D'après Geoffrey, le docteur a considéré que c'était un accident et que ce n'était pas nécessaire.

Elle chercha le regard de Diana.

— Vous savez, à cause du laudanum qu'il avait pris par mégarde. Le flacon était vide. Le médecin l'a emporté, ainsi que celui de rhubarbe, au cas où il y aurait une enquête par la suite et qu'il devrait témoigner. Geoffrey lui a fait promettre de ne pas parler à maman du laudanum.

— Et vous-même, en avez-vous parlé à votre mère ? L'avez-vous interrogée, ou votre frère, à propos du laudanum ?

— Vous n'êtes pas sérieuse ! Pour que Geoffrey se fâche contre moi pour avoir écouté aux portes ? Non merci.

Le regard de la jeune fille s'embua de nouveau.

— Seulement, quelquefois je pense à papa. Et j'aimerais savoir ce que c'est que le laudanum, et pourquoi cela l'a rendu malade au point qu'il en est mort.

Tout ce que Diana savait, c'était que même une faible dose de laudanum pouvait être létale, si on l'associait avec de l'alcool.

Le malheureux ! Pas étonnant que Grenwood parle si peu de lui. Cela devait être douloureux de savoir que son père était devenu dépendant au laudanum. Du moins, elle supposait que c'était le cas, car il aurait fallu être bien naïf pour confondre du laudanum et de la teinture de rhubarbe.

Seigneur, que devait-elle dire à Rosy ?

La vérité, bien sûr. Sa famille lui avait assez menti comme cela.

— On prescrit surtout le laudanum contre la douleur, mais c'est un poison si on en prend trop. Je ne suis pas très surprise que lorsque votre papa l'a... confondu avec la teinture de rhubarbe, cela l'ait « achevé », comme vous dites.

— Dans ce cas, pourquoi Geoffrey ne veut-il pas que maman l'apprenne ?

Qu'avait-il dit un peu plus tôt, au juste ? « Elles n'en savent rien elles-mêmes, et je préfère qu'il en soit ainsi. D'où mon souhait de ne pas vous en parler. »

Voyons, cela n'avait aucun sens ! De toute façon, leur père était mort à présent. À quoi bon dissimuler un vice si répandu dans la bonne société ? Diana avait toujours considéré le laudanum comme une habitude dangereuse, mais personne n'en avait honte. En tout cas pas à ce point.

Au demeurant, Grenwood avait d'étranges idées sur certaines questions. Qui savait ce qu'il avait conclu de cette affaire ?

Rosy attendait toujours patiemment une explication, qu'elle était bien en peine de lui offrir.

— En toute franchise, j'ignore pourquoi votre frère tient à cacher ceci à votre mère. Je crains que vous ne deviez lui poser directement la question, car tout ce que je pourrais en dire ne serait que pures spéculations.

— Je comprends, murmura la jeune fille.

Elle poussa un soupir et baissa les yeux vers ses mains.

— J'ai une autre question à vous poser. Cela n'a rien à voir avec papa.

— Je vous écoute.

— Avez-vous dit à Geoffrey que j'avais dansé avec lord Winston, hier soir ?

La conversation prenait effectivement un tour très différent. Et la question était sensée, étant donné la situation de Rosy.

— Non, répondit Diana. Je n'en ai pas vu l'utilité.

Sans quitter la jeune fille des yeux, elle ajouta :

— Comment était-ce ? L'avez-vous trouvé aussi intéressant que la première fois ?

Le visage de Rosy s'éclaira.

— Il est très drôle. J'adore son humour.

— Moi aussi.

— Lord Foxstead aussi est amusant, poursuivit la jeune femme d'un ton plus sérieux. Il a été très gentil envers moi, mais il est un peu âgé. Il est presque aussi vieux que Geoffrey.

Diana ravala un sourire. La plupart des gens n'auraient pas trouvé lord Foxstead, qui ne devait pas avoir encore trente ans, particulièrement vieux, mais elle comprenait qu'il le soit aux yeux d'une jeune fille qui sortait tout juste du pensionnat.

Parfois, Grenwood faisait plus que son âge. Sans doute à cause des responsabilités qu'il portait sur les épaules. Un de ces jours, elle finirait par percer ses défenses, et elle comprendrait pourquoi il était si méfiant et refusait de se marier.

Sauf si c'était juste avec *elle* qu'il ne voulait pas se marier.

Elle tressaillit. Dans ce cas, qu'il aille au diable ! Elle était une jolie femme et ne manquait pas de qualités ; s'il était incapable de le voir, tant pis pour lui. Elle n'allait pas gâcher sa vie à l'attendre.

16

Geoffrey ne savait plus que penser. Voilà des jours qu'il n'avait pu voir Diana plus de quelques minutes d'affilée. Entre ses propres réunions de travail et l'activité qu'elle déployait pour préparer Grenwood House à recevoir deux cents invités, ils ne s'étaient pratiquement pas croisés. Et la façon dont ils s'étaient séparés commençait à lui peser.

Le bal était imminent. Rosy, mère et lui venaient de se retrouver dans le petit salon familial et attendaient Diana pour un dernier point. Toutefois, c'était pour sa sœur qu'il s'inquiétait à présent. Rosy arpentait le salon, manifestement nerveuse, et il ne savait comment la rassurer.

Il avait vu leur mère lui parler à voix basse, mais cela n'avait pas paru l'apaiser. Peut-être devait-il dire quelque chose ?

— Tu es très en beauté, mon ange.

Elle tourna aussitôt son regard vers lui.

— Vraiment ? demanda-t-elle d'un ton anxieux.

— Bien sûr. Je ne le dirais pas, sinon. Et au cas où tu aurais oublié, je n'ai pas tari d'éloges sur ta robe quand je l'ai vue pour la première fois.

Comme elle hochait la tête, manifestement incapable de parler, il contint un soupir de lassitude.

— Dois-je renouveler mes compliments ? Tu sais que je ne suis pas très doué à ce jeu, mais je trouve très jolies les petites fleurs sur le bandeau autour de ta tête. J'aime beaucoup le tissu rose par-dessus ta robe blanche, ces triangles aux manches et au bas de la jupe, et la façon dont ils sont reproduits en plus grand sur le tissu rose pour révéler l'étoffe brillante de la robe...

— L'étoffe brillante est du satin, mon garçon, et le tissu rose, du crêpe de soie, expliqua leur mère d'un ton amusé. Quant aux triangles, ce sont des bordures à la Van Dyke.

— Vous pardonnerez mon ignorance, marmonna-t-il.

— Ton ignorance crasse, murmura nerveusement Rosy.

— Je t'ai entendue ! Ce n'est pas un crime d'être un homme ordinaire, totalement dénué de la moindre notion de mode féminine.

Diana choisit cet instant pour faire son entrée, suivie de valets chargés de brassées de fleurs violettes ou de bouteilles de champagne.

— Je suis désolée d'arriver si tard, dit-elle. Les delphiniums n'étaient pas encore livrés chez le fleuriste, alors j'ai promis à Verity d'attendre là-bas et de les apporter moi-même. Elle n'est pas ici ?

— Elle est dans la salle de bal, pour superviser les artistes qui terminent le motif à la craie sur la piste de danse.

Sur un signe de la jeune femme, les domestiques se dirigèrent vers la salle de réception pour y apporter leur chargement.

— Ne marchez pas sur la craie ! les avertit-elle.

— Il n'y a pas de risque, répondit Mme Brookhouse. Les artistes ont eu la bonne idée de laisser une grande marge autour du motif pour qu'on puisse disposer les fleurs sur les côtés, et que les invités aient le temps d'admirer leur travail avant qu'on commence à danser.

Geoffrey s'interdit d'émettre la moindre remarque. Il ne comprenait décidément pas l'intérêt d'orner un sol puis de tout gâcher en dansant par-dessus, mais puisque Rosy avait voulu un motif à la craie dès qu'elle avait appris l'existence de cette étrange coutume, il avait cédé.

Un rire sans joie lui échappa. Non, jamais il ne comprendrait une telle excentricité...

Diana parut enfin s'apercevoir de sa présence.

— Avez-vous vu le dessin à la craie ? demanda-t-elle.

— Oui. C'est assez... fantasque.

Elle poussa un soupir.

— Ce n'est pas un défaut.

— Pour un bal, non.

Mère éclata de rire.

— Nous ne pouvions pas représenter l'un de vos ponts, Geoffrey. Ils sont assez... eh bien, ils ne sont pas très élégants, pour le dire simplement.

— Réjouissez-vous : je suis incapable de dessiner comme ces gens. Aussi, vous ne verrez pas l'un de mes ouvrages tristement utilitaires sur la piste de danse.

Même si le motif ne résisterait pas une heure aux piétinements des danseurs.

— Et je vous laisse vos ponts élégants. Je préfère ceux qui permettent vraiment aux gens et aux véhicules de passer d'une rive à l'autre.

Les femmes se regardèrent et éclatèrent de rire, y compris Rosy. Le ciel soit loué ! Sans le vouloir, il avait brisé la tension. Cela valait la somme dépensée pour cette fichue craie. Même s'il préférerait toujours un vrai pont à un pont fantasque.

De la même façon qu'il préférerait toujours une Diana souriante à une Diana absente. Dans tout ce qu'elle avait accompli ces derniers jours – donner leurs instructions aux domestiques, préparer la prestation de l'orchestre avec Eliza, aider Rosy à choisir ses bijoux –, elle s'était montrée bienveillante, fiable et compétente.

À la réflexion, il se demandait si elle n'avait pas raison : peut-être le temps était-il venu pour lui de confier ses secrets à quelqu'un. Cette femme était intelligente. Peut-être verrait-elle une issue à l'impasse où il se trouvait. Un regard extérieur pourrait être utile. Cela était vrai dans sa profession, pourquoi ne le serait-ce pas pour des questions plus personnelles ?

Tu veux la mettre dans ton lit, voilà tout.

Oui, il la désirait éperdument, mais il y avait plus que cela. Il voulait pouvoir s'afficher en sa compagnie en toutes circonstances. Il commençait à comprendre que très bientôt, cela ne serait plus possible. Et c'était terriblement douloureux.

À mesure qu'approchait la date fatidique, il regrettait de ne pas avoir encore une semaine, un mois, ou même une année entière. Et l'horizon qui se profilait, avec son travail pour seule perspective, était affreusement vide.

— Que pensez-vous de ma tenue, Diana ? demanda Rosy d'un ton anxieux. Je m'inquiète pour ma coiffure. Eliza a été si occupée avec l'orchestre que je n'ai pu compter que sur ma femme de chambre. Je sais qu'Eliza lui a beaucoup appris, mais je trouve le style un peu trop simple.

— Elle est parfaite. N'essayez pas de rivaliser avec les femmes aux coiffures sophistiquées. La vôtre est belle avec ses lignes pures.

Diana se tourna vers Geoffrey.

— N'êtes-vous pas du même avis, lord Grenwood ?

Tous les yeux se posèrent sur lui. Enfer. Il n'y avait rien de plus effrayant que trois femmes au caractère bien trempé attendant son arbitrage.

— Je n'y connais rien en coiffures, simples ou sophistiquées, mais je sais ce qui me plaît et je te trouve particulièrement jolie, Rosy.

Sa sœur lui adressa un sourire radieux, tandis que sa mère le remerciait d'un hochement de tête discret. À présent, il avait la gorge nouée. Leur petit canard était devenu un cygne majestueux. Il n'aurait su dire quand ou comment cela était arrivé au juste, mais il était fier d'elle. Rosy était à présent un diamant de la plus belle eau.

Contrairement à lui, qui était resté désespérément rustique. Raison pour laquelle il ne pouvait épouser Diana, ou n'importe quelle femme comme elle. Jamais il n'appartiendrait à ce monde.

Ou peut-être que si ? Après tout, elle prétendait parfois qu'il en faisait déjà partie.

— Très bien, dit-elle. Allons dans le grand salon, où vous accueillerez vos invités.

Sur une impulsion, il lui barra le chemin.

— Avez-vous une minute à me consacrer avant ?

Elle arqua un sourcil tandis que Mme Brookhouse et Rosy partaient devant, les laissant en tête à tête.

— Avant que vous me posiez la question, la réponse est non, répondit-elle fermement. Je n'assisterai pas à ce bal, et vous ne me ferez pas changer d'avis.

— Oh. Non, ce n'était pas ce que je voulais vous demander. Quoique, si vous changez d'avis sur ce point…

— Non. Et vous n'avez toujours pas pris de leçons, donc n'espérez pas danser avec moi.

— Il se trouve que si. Que croyez-vous que je faisais pendant que vous discutiez arrangements floraux ? Je ne suis pas encore un danseur accompli, mais…

Elle le regarda, bouche bée.

— Vous avez appris ? C'est merveilleux, mais vous n'êtes qu'un cachottier !

— Dois-je en déduire que vous acceptez de passer une robe de bal et de nous rejoindre ?

— Certainement pas. Cela signifie juste que vous allez pouvoir vous amuser, au lieu de rester sur le bord de la piste en fusillant du regard tous les cavaliers de Rosy…

D'un ton hautain, elle poursuivit :

— … et peut-être même rencontrer une femme digne de votre confiance.

— C'est déjà fait. Elle se trouve devant moi en cet instant.

Après un silence médusé, elle railla :

— Vous avez changé de discours depuis la dernière fois que nous avons… *discuté.*

— Je sais. Je me suis comporté comme un imbécile, mais vous le savez déjà.

L'expression de la jeune femme se radoucit quelque peu. Elle demanda d'un ton prudent :

— Pourquoi vous croirais-je ?

— Je n'en sais rien. Peut-être parce que dans l'ensemble, je vous ai dit la vérité.

— Hum, fit-elle en croisant les bras.

À cet instant, Rosy revint sur ses pas.

— Diana ? Nous vous attendons.

— J'arrive !

Elle se tourna de nouveau vers Geoffrey, contrariée.

— Et c'est maintenant que vous me le dites ? murmura-t-elle. Ce n'est pas le moment.

— Je voulais juste que vous le sachiez.

— Eh bien, je vous remercie. Maintenant, si vous voulez bien m'excuser…

— Ce n'est pas de cela que je voulais parler. Je voulais vous informer que je retire ma condition que Rosy reçoive cinq visiteurs par jour dans la semaine qui suivra le bal pour vous payer double tarif. Je le ferai quel que soit le nombre d'admirateurs qui se présenteront, parce que tout ce que vous lui avez donné n'a pas de prix.

Il était sincère.

Diana le regarda un long moment.

— D'où vient cette soudaine générosité ? Seriez-vous souffrant ?

Elle porta le dos de sa main sur le front de Geoffrey.

— Ou alors, vous essayez de me jouer un tour ? demanda-t-elle.

— Enfer, je suis très sérieux !

Elle sourit.

— Si vous jurez, c'est sans doute vrai.

— Diana…

— C'est bon, je plaisantais. Nous parlerons de ceci plus tard. Pour l'instant, nous devons nous rendre au salon.

— Entendu.

Il lui offrit son coude. Quand elle le prit, une bouffée de joie monta en lui, la fierté d'avoir à son bras cette femme exceptionnelle. La sensation était grisante.

— Il faudra également que je vous parle plus tard, dit-elle.

— À quel sujet ?

— Il s'agit de votre sœur, mais cela devra attendre.

— Très bien. Entre nous, je préférerais être seul avec vous que dans une salle de bal avec un millier d'invités.

— Un millier ! Encore faudrait-il que vous ayez une salle de bal assez grande.

— Vous savez ce que je veux dire, ma douce, murmura-t-il alors qu'ils entraient dans la salle de réception.

— Je sais, répondit-elle en levant les yeux vers lui. Et je ressens la même chose.

— Tant mieux. Essayez de vous en souvenir tout à l'heure, quand tout le monde sera parti.

Mme Brookhouse et Rosy s'approchaient déjà pour entraîner Geoffrey vers l'endroit où ils accueilleraient leurs invités. Elles posèrent à Diana toutes sortes de questions sur la façon dont il leur fallait se placer, et lui firent répéter à plusieurs reprises les formules de politesse qu'ils devraient utiliser.

Geoffrey n'en écouta pas un mot. Tout ce qui comptait, c'était que Diana et lui auraient un moment de tête-à-tête en fin de soirée. Il se moquait totalement du reste.

Quelques heures plus tard, Diana s'assit dans le salon privé de la famille, qui avait été fermé aux invités, et posa les pieds sur un repose-pied. Elle n'osait pas ôter ses chaussures, car elle savait d'expérience que dès l'instant où elle se déchausserait, quelqu'un viendrait la chercher pour régler un problème ou un autre. Toutefois, elle avait besoin de quelques minutes de répit pour respirer, retrouver son calme et se rappeler pourquoi elle effectuait ce travail.

Parce qu'elle le pouvait. Parce qu'elle aimait cette activité… la plupart du temps. Et parce que, au risque de paraître ridicule aux yeux de Grenwood, cela lui donnait l'impression d'aider les gens, en particulier des jeunes femmes qui méritaient une meilleure existence que celle qui était généralement la leur.

À présent, pourtant, elle avait du mal à y croire. Jamais elle ne s'était sentie moins à sa place que ce soir, en regardant depuis une porte entrouverte Grenwood enchaîner les danses. Peut-être n'avait-il pas vraiment eu le choix. Avant même qu'ils soient entrés dans la salle de bal, sa mère lui avait demandé de danser, sans doute pour les mêmes raisons que Diana : pour qu'il évite de fusiller du regard tous les cavaliers de Rosy.

Il avait accepté en bougonnant et s'était révélé un danseur tout à fait acceptable. Son style n'avait rien de spectaculaire mais il suffisait à impressionner ses invités, qui avaient probablement entendu les rumeurs sur la profession tout à fait inhabituelle de Sa Grâce.

Quant à ses cavalières, c'étaient toutes de très jolies femmes. Diana ne pouvait le lui reprocher. Quitte à s'astreindre à une activité que l'on n'aimait pas comme la danse, autant trouver une partenaire agréable à regarder.

Pour sa part, elle avait détesté ce spectacle. Ce qui était ridicule, car elle n'était pas jalouse de nature. Non, pas du tout.

Sauf en ce qui concernait le duc de Grenwood, apparemment.

Soudain, un valet de pied entra dans la pièce.

— Madame ? Pouvez-vous venir ? Nous avons là des gens qui prétendent s'inviter alors qu'ils n'ont pas de carton. Ils affirment être de la famille de Sa Grâce.

Oh, non ! Voilà qui n'augurait rien de bon.

Malgré la fatigue, elle se leva d'un bond et suivit le valet vers le hall d'entrée.

— Où est lord Grenwood ? demanda-t-elle.

— On est parti le chercher, mais ces personnes insistent et je ne sais pas combien de temps nous pourrons leur barrer l'entrée.

Quand ils parvinrent dans le vaste hall, elle vit quatre femmes et un gentleman aux prises avec le majordome et deux valets de pied à la carrure solide.

— Je suis la tante paternelle de Sa Grâce ! glapit la femme qui semblait la plus âgée. Je suis sûre que le duc voudra nous recevoir, mon mari et moi, ainsi que nos filles qui sont ses cousines. Il n'avait peut-être pas notre adresse pour nous envoyer une invitation, mais il sera ravi de nous voir.

— J'en doute, murmura Diana.

— Je vous demande pardon, Madame ? s'enquit le valet de pied.

— Peu importe.

Même si c'était rare, ses responsabilités amenaient parfois Diana à éconduire certains importuns des fêtes et bals organisés par Elegant Occasions. Elle était capable de gérer la situation. Se composant un sourire poli, elle s'approcha et se posta à côté du majordome.

— Veuillez m'excuser, madame, mais...

— Pour vous, ma petite, c'est lady Fieldhaven, l'interrompit l'autre. Allez chercher votre maître, pour que nous réglions cette affaire.

— Le duc n'est pas mon maître. Je suis lady Diana Harper, d'Elegant Occasions, et c'est moi qui organise cette soirée. Vous avez peut-être entendu parler de mon père, le comte de Holtbury ?

La femme la parcourut d'un regard vibrant de mépris.

— Qui n'en a pas entendu parler ? Vos parents sont tristement célèbres, ma petite.

— Exact, mais là n'est pas la question. Vous savez aussi bien que moi que si Sa Grâce ne vous a pas conviés, ce n'était pas faute d'une adresse où envoyer l'invitation, mais parce que votre famille s'est mal comportée envers lui et les siens. Voilà pourquoi je vous suggère de partir, avant que j'ordonne à nos valets de vous raccompagner.

Lady Fieldhaven eut beau se redresser, elle n'était pas aussi grande que Diana, qui continuait de la toiser de haut.

— Vous ne manquez pas d'audace ! Je vous assure que Sa Grâce...

— ... n'a absolument rien à vous dire, termina Grenwood en entrant à grands pas dans le hall.

Pour une fois, Diana se félicita de son apparence imposante. Si elle ne pouvait pas faire reculer cette mégère et sa petite troupe, il y arriverait sans problème.

Il se plaça au côté de Diana.

— Et à propos de personnes qui ne manquent pas d'audace, madame, vous n'êtes ma tante que de nom.

— Attention, vous ! s'exclama lord Fieldhaven. Vous insultez mon épouse !

Il avait perdu une occasion de se taire, car il ne réussit qu'à attirer l'attention de Grenwood.

— Je vous plains, monsieur, d'avoir épousé une femme aussi dénuée de cœur. Une femme qui s'est alliée à sa mère pour éloigner mon père – son propre frère, au nom du ciel ! – de tous les membres de la famille. Ma mère, qui est une femme merveilleuse, a voulu que nous vous rendions visite quand ma sœur et moi étions enfants, mais votre épouse et mes grands-parents paternels ont toujours refusé de nous recevoir. Je n'ai donc aucune raison de vous ouvrir ma porte.

Il s'apprêtait à les congédier, quand lady Fieldhaven déclara :

— Vous avez peut-être miraculeusement hérité d'un duché, monsieur, mais vous n'êtes qu'un rustre et un parvenu ! siffla-t-elle. Et je m'étonne de vous entendre mentionner votre père, que vous avez assassiné.

Au côté de Diana, Grenwood se figea. Elle-même était incapable de réagir. Assassiné son père ? C'était absurde !

Il se pencha vers sa tante, livide de rage.

— Où diable avez-vous entendu une rumeur aussi abjecte ?

— J'ai mes sources à Newcastle.

Elle se drapa dans sa cape, comme pour se protéger de Grenwood et de sa colère.

— Vous croyez peut-être, reprit-elle, que parce que j'ai refusé d'exposer mes filles au comportement irresponsable de votre père, j'ignorais ce qui se passait sous votre toit ? Je sais tout. Je sais que votre père est mort empoisonné au laudanum. Même si on n'a pas pu le prouver, des sources fiables affirment que c'est *vous* qui lui avez donné la dose mortelle.

Quand Grenwood répondit, sa voix était polaire.

— Outre que je ne sais pas comment doser le laudanum, et donc que jamais je n'aurais pris le risque de lui en administrer, je l'aimais. Bon sang, c'était mon père ! Pourquoi l'aurais-je assassiné ?

— Pour hériter du duché, bien sûr.

Diana éclata d'un rire méprisant.

— Lord Grenwood ignorait qu'il allait hériter, à l'époque de la mort de son père ! Et il n'en avait aucune envie.

Lady Fieldhaven parut déconcertée un instant, mais se ressaisit rapidement.

— Bien sûr qu'il en avait envie ! Les propriétés sont immenses.

— Les dettes également, précisa Grenwood d'un ton sec. Vous êtes bien naïve, madame, si vous vous imaginez que j'avais envie d'être duc. Mon père ne s'est jamais soucié de savoir qui hériterait du titre, et moi encore moins. J'imaginais qu'il reviendrait à l'un de mes lointains cousins, qui sont fort nombreux.

Lord Fieldhaven émit un reniflement incrédule.

— Me traiteriez-vous de menteur, monsieur ? demanda Geoffrey en faisant un pas vers lui.

Fieldhaven leva les yeux vers cet homme jeune et athlétique qui le surplombait de toute sa hauteur, et déglutit péniblement.

— Faites attention à ce que vous dites, reprit Grenwood, ou je vous défie en duel. Quelque chose me dit que vous n'êtes pas aussi doué que moi pour manier l'épée ou le pistolet.

Lady Fieldhaven s'interposa entre les deux hommes, et planta l'index sur le torse de son neveu.

— C'est plutôt *lui* qui va vous défier, monsieur ! menaça-t-elle.

— Taisez-vous donc, Ivy, grommela son époux en la prenant par le bras pour la faire reculer.

Le duc laissa échapper un rire sans joie.

— J'en serais ravi, lady Fieldhaven, parce que j'aurais le choix des armes. Et je choisirais les poings. Je crois que je me ferais un plaisir de lui briser le nez.

— Vous n'oseriez pas !

Carrant les épaules, elle poursuivit :

— Parce que, dans ce cas, je révélerais votre perfidie au monde et vous seriez traduit devant la justice de vos pairs.

Pour une raison que Diana ne s'expliquait pas, cela parut faire réfléchir Grenwood. C'était absurde ! Elle refusait de croire qu'il ait pu tuer quelqu'un, surtout son propre père.

Croyant qu'elle était en train de gagner la partie, sa tante ajouta :

— Toutefois, je pourrais accepter de tenir ma langue si vous vous rachetez. En épousant l'une de mes filles.

Une expression effrayante passa sur le visage de Grenwood. Puis il désigna d'un bref regard les trois jeunes femmes, qui semblaient mortifiées par ce pénible échange.

— N'y comptez pas, madame. Elles sont charmantes, à n'en pas douter…, commença-t-il.

Puis il se tourna de nouveau vers leur mère.

— … mais plutôt me trancher la gorge que vous avoir pour belle-mère. Maintenant, je vous suggère de partir avant que je demande à mon personnel de vous raccompagner, vous et votre famille, à votre voiture.

Elle écarquilla les yeux.

— Vous ne me laissez pas d'autre choix que de faire savoir à tout le monde le bruit qui court sur le décès de votre père.

« La malheureuse », songea Diana. Elle ne connaissait pas du tout Geoffrey le Redoutable, c'était évident !

— Très bien. Et *vous* ne me laissez pas d'autre choix que de faire savoir à tout le monde que vous avez tenté de me faire chanter.

Il s'approcha d'elle.

— Comment trouverez-vous des maris pour vos filles, quand on saura que vous les croyez si peu séduisantes que vous avez tenté recourir au chantage pour les caser, et qui plus est avec un homme que vous accusez d'avoir assassiné son propre père !

— Vous n'oserez pas ! D'abord, personne ne vous croira. Et vous avez dit que vous les trouviez charmantes.

— Ça ne signifie pas que j'ai envie de les épouser.

Lord Fieldhaven reprit le bras de sa femme.

— Venez, Ivy. Vous voyez bien que vous n'y arriverez pas. Partons avant d'en venir aux mains.

— Excellente idée, le félicita Grenwood. Filez ! Ce sera beaucoup plus civilisé que si je vous jette à la porte, même si c'est moins amusant.

— Nous partons, monsieur, assura Fieldhaven.

Il entraîna son épouse vers la porte, suivi des trois jeunes filles. Elles étaient effectivement très jolies, mais Diana n'aurait pas juré qu'elles brûlaient d'envie d'épouser le duc de Grenwood. Surtout après les tentatives de chantage de leur mère.

Diana s'interrogea. Devait-elle reconsidérer l'idée de l'épouser… en admettant qu'il en ait envie ?

Oui. Quelles que soient les batailles qui les attendaient, elle et lui, elle était prête à les mener. À condition qu'il soit à ses côtés.

17

Après le départ des Fieldhaven, Grenwood s'avisa que les domestiques présents avaient tout entendu. Il toussa pour éclaircir sa voix.

— Merci pour votre soutien. J'aimerais vous assurer que ce genre de scène ne se reproduira pas, mais je ne peux rien vous promettre. Mon père avait de nombreux parents éloignés.

Joignant les mains dans son dos, il ajouta :

— Toutefois, je vous demanderai de ne pas répéter ce que vous avez entendu ce soir. Je vous donne ma parole que ce n'étaient que des mensonges.

— Vous n'avez pas à vous justifier, Votre Grâce, dit le majordome.

Il se tourna vers ses collègues, qui hochèrent la tête.

— Nous ne croyons pas à ces rumeurs, ajouta-t-il. Nous sommes fiers d'être à votre service et vous assurons de notre discrétion. Vous n'avez pas à vous inquiéter.

Grenwood les regarda l'un après l'autre, visiblement touché par cette démonstration de soutien de la part d'un personnel qui ne le connaissait que depuis quelques semaines.

— Merci. Votre confiance m'honore, et je l'apprécie plus que je ne saurais l'exprimer.

— Et si vous me pardonnez cette interruption, messieurs, lança Diana, la meilleure façon d'aider Sa Grâce serait peut-être de retourner à votre travail ? N'oublions pas le bal de lady Rosabel.

Tout le monde la regarda d'un air perdu, même Grenwood. Puis, comme si les valets de pied remarquaient soudain qu'ils étaient tous rassemblés dans le hall d'entrée, ils se dispersèrent rapidement.

Sauf le majordome, qui s'approcha de Grenwood d'un air résolu.

— Pensez-vous que lord et lady Fieldhaven reviendront, Votre Grâce ?

— C'est peu probable. Vous pouvez vaquer à vos activités.

— Bien, Monsieur.

Tandis que le majordome quittait le hall, Grenwood prit Diana par le coude.

— Venez, ordonna-t-il.

Puis, d'un ton plus doux, il ajouta :

— S'il vous plaît.

Elle ravala un fou rire. Geoffrey le Redoutable savait se montrer poli, quand il le voulait bien.

— Je vous en prie. Je suppose qu'on pourra se passer de moi quelques instants.

— Peut-être plus que quelques instants, murmura-t-il.

Il l'entraîna vers une partie de la maison où on ne risquait pas de les croiser, et la fit entrer dans son bureau.

— Je tourne le verrou, l'informa-t-il. Je ne pense pas qu'on nous ait vus, mais si quelqu'un nous cherche, je ne veux pas qu'on nous trouve ici.

Pensait-il… ce qu'elle croyait qu'il pensait ? Elle lui jeta un regard méfiant.

— Vous n'espérez pas me séduire ici et maintenant, tout de même ?

Un sourire navré éclaira le visage du duc.

— Pas exactement. J'en serais ravi, mais ce n'est pas ma priorité pour le moment. Il faut que je vous parle du décès de mon père.

— Oh. Je vois.

Elle prit place dans le siège situé face au bureau.

— Si cela peut vous rassurer, je ne vous soupçonne pas un seul instant de l'avoir assassiné, dit-elle.

— Vous avez donc une telle confiance en moi ?

— Bien sûr. Si ce n'était pas le cas, jamais je ne vous aurais laissé poser la main sur moi. Je n'aurais même pas accepté de me retrouver seule avec vous. L'expérience m'a appris à décourager les clients mal intentionnés.

— Je vous crois, hélas.

Comme il n'en disait pas plus, elle le relança :

— Vous vouliez me parler de votre père ?

— Oui. Vous avez entendu les affirmations de mes oncle et tante, mais ce n'est qu'une partie de ce qu'on pourrait raconter.

Il s'assit à son bureau, ouvrit un tiroir et en sortit une lettre qu'il observa quelques instants, comme s'il était en proie à un débat intérieur.

— Je crains que l'antidote à de tels ragots, à savoir ce courrier, ne soit pire que le poison lui-même.

Dans un soupir, il se pencha pour lui tendre le feuillet.

— Lisez, et vous comprendrez. Je vous donnerai toutes les explications que vous jugerez nécessaires.

Parcourue d'un frisson, elle prit le document.

— Depuis tout ce temps, vous auriez pu me révéler votre noir secret et vous choisissez cet instant, au beau milieu du bal de Rosy ? Juste parce que des parents perdus de vue depuis une éternité sont venus faire un esclandre ?

— Oui. Et parce que d'autres pourraient bien les imiter. Parce que la rumeur m'a suivi à Londres plus vite que je ne l'avais craint. Parce que vous semblez nous considérer, ma famille et moi, comme plus que de simples clients. Je n'ai toujours pas compris pourquoi, mais je vous en suis reconnaissant.

Le regard qu'il leva vers elle était fiévreux... vulnérable.

— Vous comprendrez quand vous aurez lu.

Elle hésita. Devait-elle lui avouer que Rosy lui avait déjà révélé l'histoire ? Pas maintenant. Cette affaire de rumeurs inquiétait beaucoup Grenwood. Certes, il ne le montrait pas en général - il était contraint d'afficher un visage imperturbable - mais tout au fond de lui, il était rongé par l'anxiété. Elle le voyait.

Comme c'était étrange... Elle décryptait si bien ses émotions, à présent !

— Eh bien, allez-vous lire ? s'impatienta-t-il.

— Oui, bien sûr.

Alors qu'elle dépliait la feuille, il précisa :

— Manipulez-la avec soin. Elle pourrait me sauver la peau, un de ces jours.

Mal à l'aise, Diana commença sa lecture.

Mon cher fils,

Si vous lisez cette lettre, c'est que mon plan a fonctionné et que j'ai quitté cette vallée de larmes, ou la quitterai bientôt.

J'ai tenté de faire passer mon décès pour un accident, afin que le médecin ne voie pas l'intérêt de prévenir la police.

Si toutefois il y avait une enquête, ne dites rien de cette lettre, à moins que quelqu'un ne soit accusé de m'avoir assassiné. Laissez-les tirer leurs propres conclusions sur les circonstances de mon décès. Avec un peu de chance, on le croira accidentel.

Le cœur de Diana se serra. Elle ne s'était pas attendue à cela. Un empoisonnement au laudanum ? Oui. Une regrettable erreur de dosage ? Probablement. Mais *ceci*... Oh, pauvre Geoffrey. Pauvre Mme Brookhouse, pauvre Rosy !

Elle leva les yeux vers lui.

— Il s'est donné la mort ?

— Oui. Quand il m'a remis cette lettre avec instruction de ne pas la lire immédiatement, il avait déjà ingéré un flacon entier de laudanum, voire plus.

Détournant les yeux, il poursuivit :

— Et il avait déjà fait appeler le médecin. Cela lui a laissé le temps de me parler en toute discrétion et d'accomplir son plan. Il voulait être seul avec moi pour me confier la lettre. D'abord, pour qu'elle n'échappe pas à mon attention dans la confusion qui suivrait son décès. Ensuite, pour éviter que la police ne conclue à un suicide sur la base de ce courrier. Mais finissez donc de lire.

Elle obtempéra.

S'il y a une enquête, dites à la police que j'avais augmenté mes doses de laudanum à cause de la douleur. Dites que votre mère n'était pas informée que j'en utilisais, ce qui est la vérité. J'ai dû faire croire à l'apothicaire que j'en prenais pour des douleurs d'estomac ; c'était la seule façon d'en obtenir assez pour appliquer mon plan. Il aura sans doute une trace dans ses livres de comptes des visites que j'ai effectuées chez lui et pourra confirmer que je lui ai demandé de ne pas en parler à votre mère.

À propos de votre mère et de votre sœur, ne leur parlez pas non plus de cette lettre. Laissez-les pleurer mon départ en croyant que ce sont les douleurs d'estomac qui m'ont emporté. Je dirai moi-même au médecin que j'ai pris trop de laudanum, et lui demanderai de ne révéler qu'en cas d'absolue nécessité que j'en consommais régulièrement. Votre mère se fait déjà beaucoup de reproches. Inutile d'en rajouter.

À présent, venons-en à la question qui doit vous tourmenter. Pourquoi ai-je fait ceci ? La réponse est que je souffre effectivement, mais pas d'une douleur que le laudanum peut soulager. Je ne suis utile à personne et je ne fais que m'occuper en attendant que la mort m'emporte. J'ai eu cette impression toute ma vie, mais récemment c'est devenu une obsession. Elle ne s'estompe que lorsque je vois mes enfants s'épanouir et que je regarde le visage de leur mère. Nous nous querellons parfois, c'est vrai, mais tout est oublié dès que je la prends dans mes bras. Elle sera bien plus heureuse sans moi.

Il est donc préférable que je quitte cette terre dans un sommeil bienheureux, ce qui m'a rarement été offert dans cette existence. J'espère que vous pourrez comprendre mon geste et que, dans le cas contraire, vous ne m'en voudrez pas trop.

Vous avez été un bon fils, et j'espère que vous continuerez de l'être en respectant mes derniers vœux.

Mais ne vous mettez pas en danger en essayant de cacher à tout prix que je me suis suicidé. Je sais que vous prendrez les bonnes décisions en temps voulu. Je remets votre mère et votre sœur entre vos mains compétentes.

Avec toute mon affection,

Votre père

Diana s'aperçut alors que ses joues étaient striées de larmes. Quand Grenwood lui tendit un mouchoir, elle replia la lettre avec soin et la lui tendit, avant de s'essuyer le visage.

— Votre pauvre papa... Qu'il a dû souffrir pour estimer qu'il n'avait pas d'autre issue !

— Vous comprenez maintenant pourquoi j'ai caché la vérité sur son décès ?

— Je crois, oui, répondit-elle, la gorge nouée par l'émotion. Si on apprend qu'il s'est donné la mort, il peut être accusé de *felo de se*.

— Oui. Comme vous le savez peut-être, *felo de se* signifie « félon de soi », ou meurtrier de soi-même. Savez-vous ce qui arrive à ceux qui en sont accusés ?

— Pas vraiment, avoua-t-elle. Je sais seulement que cela crée un terrible scandale, et que les malheureux sont enterrés à un carrefour avec un pieu dans le cœur et autres rituels superstitieux.

— C'est pire que cela, je le crains.

Il rangea la lettre dans le tiroir, qu'il referma à clé.

— Si mon père était jugé pour acte de félonie, ce que signifie littéralement *felo de se* en termes légaux, tous ses biens seraient confisqués au bénéfice de la Couronne – la maison où vivent ma mère et ma sœur, la société de mon grand-père, Stockdon & Fils, qui lui avait été léguée, et possiblement les propriétés dont j'ai hérité avec le duché. Je n'ai pas de certitudes sur ce dernier point car j'hésite à consulter un notaire, de peur de soulever des questions. Quoi qu'il en soit, cela s'avérerait désastreux pour ma famille.

— Juste ciel, que cette loi est stupide !

— En effet, dit-il sèchement, mais elle est encore appliquée. Si mon seul moyen de ne pas être accusé du meurtre de mon père était de révéler l'existence de cette lettre, cela me sauverait mais condamnerait ma famille. D'une façon ou d'une autre, il n'en sortirait rien de bon.

Pas étonnant qu'il prenne si grand soin de ce courrier ! Diana n'aurait su dire si elle était honorée qu'il le lui ait montré... ou furieuse qu'il ait attendu si longtemps.

Cela expliquait également son mépris pour les gens qui colportaient des ragots. Ces personnes avaient le pouvoir de détruire sa vie, et celles de sa mère et de sa sœur.

Elle se souvint d'un point de droit qu'elle avait lu quelque part.

— Il me semble qu'un tribunal peut rendre une sentence moins lourde en déclarant votre père *non... non...*

— *Non compos mentis*. Ce qui signifie « en état de démence ».

— C'est cela !

Il pianota sur son bureau.

— Cette lettre semble-t-elle avoir été écrite par un homme qui n'a pas toute sa raison ? Il avait anticipé l'achat du laudanum et tout organisé pour faire croire à un accident. Personne ne le déclarera *non compos mentis*.

Le cœur de Diana se serra.

— Non, en effet…

— S'il est vrai que de nos jours, les tribunaux sont moins enclins à condamner pour *felo de se*, cela arrive encore.

— Je suppose, mais vous êtes duc à présent. Cela devrait jouer en votre faveur, non ?

— Cela dépend du jury, répondit-il d'un ton évasif. Ils peuvent me considérer comme un rustre à qui on n'aurait jamais dû accorder un titre ducal.

À ces mots, Diana tressaillit, mal à l'aise.

— Je suis désolé, dit-il en posant sa main sur la sienne. Il n'y avait aucune allusion aux paroles que vous m'avez dites quand nous nous sommes rencontrés.

Quelque peu rassurée, elle chercha son regard.

— C'est pour cela que vous tenez tant à ce que Rosy fasse un bon mariage, n'est-ce pas ?

Il poussa un soupir las.

— En grande partie, oui. Une fois mariée, elle sera à l'abri du scandale ou des difficultés financières qui pourraient la menacer si elle restait sous mon toit. Surtout si son époux échappe à la loi ordinaire.

— Vous voulez dire si c'est un pair du royaume.

— Exactement. Vous qui avez subi l'opprobre public à cause du comportement de vos parents, vous devez bien comprendre cela.

Elle retira sa main de la sienne.

— En effet, même si je n'ai pas tout perdu à cause de cette histoire.

Elle se leva et fit quelques pas dans la pièce.

— Pourquoi me révéler ceci aujourd'hui, après vous y être refusé jusqu'à présent ?

— Parce que j'ai été touché par ce que vous avez dit sur la confiance. Avant l'irruption de ma famille, j'avais déjà décidé de vous parler, mais ce soir leurs mensonges m'ont contraint à dire la vérité.

La mine sombre, il ajouta :

— Et peut-être comprenez-vous mieux à présent pourquoi je ne puis me marier pour l'instant.

Elle redressa le menton, sa fierté piquée.

— Non. Je crains que vous ne deviez me l'expliquer. D'autant que je ne me souviens pas d'avoir dit que je souhaitais quant à moi vous épouser.

Il afficha une expression de surprise. Geoffrey le Redoutable s'imaginait sans doute que les choses devaient toujours se dérouler selon ses propres souhaits ! Même si elle comprenait mieux à présent les raisons de son despotisme, elle n'était pas prête à l'accepter.

Il se leva et contourna le bureau.

— Si je ne peux pas vous épouser maintenant, c'est pour vous protéger, bon sang ! J'ignore combien de temps je parviendrai à m'en sortir en haussant le ton, comme tout à l'heure avec ma famille. À Newcastle, beaucoup de gens trouvaient mon père hautain et méprisant pour la seule raison qu'il était fils de vicomte. Il n'a jamais trouvé sa place, et par conséquent aucun de nous non plus.

Il prit ses mains entre les siennes avec ferveur.

— Si l'impopularité de ma famille me valait d'être accusé de meurtre, je ne supporterais pas de vous imposer cela. Sans parler du scandale si mon père était convaincu de félonie. Voilà pourquoi je dois aussi de toute urgence marier Rosy à un homme respectable.

— À un *pair du royaume,* rectifia-t-elle d'un ton sec en retirant ses mains des siennes. Vous avez bien précisé qu'il devrait être titré.

— Oui ! Elle épousera un aristocrate si c'est possible, et vous m'avez montré que ça l'était. Et quand assez de temps aura passé et que je ne risquerai plus d'être accusé de meurtre, je pourrai envisager de vous épouser.

Elle le regarda, incrédule.

— Qu'entendez-vous par « assez de temps » ? À supposer, bien sûr, que j'accepte votre demande.

Il ramena ses cheveux en arrière d'un geste nerveux.

— Je n'en sais rien. Autant que persisteront les rumeurs.

— Je vois.

Il n'était pas question qu'elle se soumette à un tyran. Or Grenwood n'imaginait manifestement pas que les décisions puissent être partagées au sein d'un couple, pour le bénéfice des deux conjoints.

Elle le dévisagea.

— Vous êtes conscient que le désastre dont vous prétendez protéger tout le monde repose sur beaucoup de suppositions ? *Si* Rosy n'épouse pas un aristocrate. *Si* vous êtes accusé de meurtre. *Si* vous êtes contraint de faire usage de la lettre de votre père pour vous innocenter. *Si* le tribunal déclare sa félonie. *Si* votre famille et vous perdez vos biens en conséquence de tout ceci.

— Cela peut arriver, se défendit-il.

— En effet, mais la probabilité d'un tel enchaînement de circonstances est faible, pour dire le moins. Alors refuser de vous marier à cause d'une hypothèse aussi aléatoire, c'est comme refuser de vous établir ici tant que vous n'aurez pas la certitude que la Tamise ne va pas sortir de son lit et inonder Londres.

Elle chercha son regard.

— Et si, au lieu de recourir à la lettre de votre père, vous demandez que le médecin soit convoqué en tant que témoin pour confirmer que votre père a confondu le laudanum avec sa teinture de rhubarbe ?

Il fronça les sourcils.

— Pour ce que j'en sais, c'est peut-être lui qui a lancé les rumeurs et... Minute ! Qui vous a parlé de la teinture de rhubarbe ?

Diana se mordit les lèvres.

— Votre sœur. Le jour du décès de votre père, elle a surpris une conversation entre lui, le médecin et vous. Elle m'a demandé la semaine dernière ce qu'était le laudanum.

Grenwood la regarda, livide.

— Enfer ! Alors depuis tout ce temps, elle a interrogé des étrangers sur la mort de père ?

— Je n'en sais rien mais c'est peu probable, répondit Diana, agacée. Et pour votre information, je ne suis pas exactement une étrangère pour elle.

Il poussa un soupir.

— Je ne voulais pas dire que...

— Oh, non ! l'interrompit-elle, sarcastique. Vous n'avez jamais l'intention d'insulter les gens, mais le résultat est le même.

Sans lui laisser le temps de s'enferrer dans des excuses maladroites, elle ajouta :

— Quoi qu'il en soit, je crois qu'elle m'en a parlé parce qu'elle a confiance en moi, mais c'est plutôt à elle qu'il faut vous adresser si vous voulez en savoir plus... et surtout si vous voulez éviter qu'elle ne pose des questions aux *étrangers*. Elle s'étonnait que votre père vous ait demandé, au médecin et à vous, de cacher à votre mère qu'il avait pris du laudanum.

— Bon sang ! marmonna-t-il en arpentant la pièce, tel un fauve en cage.

— Qu'avez-vous dit à votre mère et à votre sœur quand il est mort, au juste ?

— Exactement ce qu'il m'avait demandé de dire. Que c'était la conséquence de ses douleurs d'estomac. Bien sûr, j'ignorais que Rosy avait surpris la conversation et qu'elle connaissait une partie de la vérité.

— Voilà ce qui arrive quand on garde trop jalousement ses secrets. Cela ne fait pas que vous préserver de vos ennemis. Cela tient aussi vos amis et votre famille à distance. Et sans information, ils ont tendance à se comporter de façon imprévisible.

— On dirait bien, admit-il à contrecœur.

— Si vous vous entêtez à mener seul tous vos combats, vous finirez peut-être pendu, en effet.

Il fit halte devant elle.

— J'essaie de protéger ma mère et ma sœur, pour l'amour du ciel !

— Et elles ne veulent pas de votre protection, si cela signifie que vous devez y laisser votre fortune ou votre vie. Elles tiennent à vous. Peut-être préféreraient-elles que vous leur disiez ce que vous attendez d'elles, pour que vous puissiez agir de concert tous les trois ?

Elle s'interdit de songer qu'il préférait ne pas l'épouser plutôt que prendre le risque qu'elle soit blessée si l'affaire était révélée.

— Eh bien, qu'allez-vous faire avec Rosy ? demanda-t-elle. Lui dire la vérité ? Ou exiger qu'elle épouse l'aristocrate que vous lui aurez choisi pour la sauver d'un hypothétique avenir malheureux ?

Il fronça les sourcils.

— Vous savez que jamais je ne ferais cela. Si je lui offre des débuts fastueux, c'est justement pour qu'elle puisse choisir un homme qui sera digne d'elle et la protégera au cas où les choses tourneraient mal.

— De la même façon que mon beau-frère a protégé ma sœur quand le scandale de mes parents a éclaté ? ricana-t-elle. Je le prenais pour un homme bon, mais il n'est peut-être parti à la guerre que pour fuir les rumeurs en laissant Eliza les affronter seule. Que se passera-t-il si le prétendant parfait que vous espérez pour Rosy s'offusque en apprenant qu'il a épousé la fille d'un suicidé ? Devant le scandale, les hommes sont imprévisibles. Cela pourrait condamner définitivement le mariage de Rosy.

— Je pense être capable de choisir l'époux qu'il lui faut. Je n'imposerai rien, notez bien, mais je l'inciterai à accepter les bons partis et éconduire les mauvais.

— Comment osez-vous décider à la place de votre mère et de votre sœur ? Elles ont le droit de connaître la vérité sur votre père, et d'être préparées à ce qui pourrait arriver. Vous avez vu comment votre personnel vous a soutenu, alors qui sait ce dont votre mère et votre sœur seraient capables ? Sachant combien elles vous aiment, je suis certaine qu'elles préféreraient affronter le scandale pour que vous restiez auprès d'elles, sain et sauf.

Il détourna les yeux.

— Si je leur parle, je trahis mon père en ne faisant pas la seule chose qu'il m'a demandée.

— Il n'avait pas le droit d'exiger cela ! s'emporta-t-elle.

Elle le prit par les épaules.

— Un mort n'a pas le droit imposer ses choix à sa famille ; même ses dernières volontés peuvent être remises en question. Vous êtes dans une impasse, Geoffrey. Il a choisi le pire chemin pour lui-même et vous a laissé dans une situation terrible.

Elle se haussa sur la pointe des pieds pour déposer un baiser sur sa joue.

— La seule façon de gagner quand les dés sont pipés, c'est de refuser de jouer. Tracez votre propre chemin. Faites confiance à celles qui vous aiment, que vous aimez et en qui vous avez confiance. Et avancez quoi qu'il arrive.

— Vous ne comprenez pas, maugréa-t-il.

— Si, je comprends. C'est justement le problème : je comprends même très bien. Voilà pourquoi moi aussi, je ne laisse jamais personne m'approcher et n'ai jamais envisagé de me marier. Parce que trop de choses pourraient tourner de travers. Mon mari pourrait être un séducteur, comme mon père. Je pourrais ne pas aimer être l'épouse d'un ingénieur, d'un duc ou d'un homme de Newcastle, et me trouver prise au piège d'un mariage désastreux comme ma mère.

Elle prit son visage entre ses mains.

— Et je vois à présent qu'à force de m'inquiéter de tout ce qui pourrait aller de travers, je finirai seule et malheureuse. La vie ne nous fait jamais de promesses, vous le savez aussi bien que moi. C'est pour cette raison que chacun de nous apprécie la compagnie de l'autre et apprend à le connaître, ce qui est peut-être le point essentiel dans un mariage.

Ainsi qu'un amour authentique, mais elle n'osait parler d'amour alors qu'elle n'était pas certaine de ses propres sentiments, sans parler de ceux de son compagnon.

Il posa les mains sur les siennes et la regarda d'un air indécis. Elle ajouta :

— Vous cherchez désespérément l'assurance que tout ira bien si nous nous marions, et Dieu sait que moi aussi, mais nous n'aurons jamais de garantie. Nous ne choisissons même pas notre vie, ou si peu ! Si c'était le cas, vous n'auriez pas eu un père qui n'a pas supporté de vivre, ni moi des parents incapables de rester ensemble.

Des larmes roulèrent sur les joues de Diana, mais elle sourit.

— Nous aurions préféré des situations plus paisibles, conclut-elle.

— C'est vrai.

— Alors vous devez donner à vos proches une chance de vous montrer leur soutien. Je sais au fond de mon cœur que votre mère et votre sœur seront à vos côtés, quoi qu'il arrive. Me croirez-vous si je vous dis que moi aussi ?

— La question n'est pas ce que je crois, mais ce qui est le meilleur pour ma famille. Et pour vous, si vous m'autorisez à prendre soin de vous.

— Et comment ferez-vous, si vous ne m'épousez pas ?

— Je vous épouserai, Diana, mais pas avant d'être certain de ne pas vous condamner à la pauvreté. Sauf, bien sûr, si vous portez mon enfant. Vous avez enduré assez de scandales comme cela.

— D'abord, ce serait *notre* enfant et non le vôtre, rectifia-t-elle. Ensuite, ce que vous dites n'a aucun sens. Vous êtes prêt à entraîner une femme et un enfant dans une situation difficile, mais pas une femme sans enfant ?

— Ce n'est pas ce que je voulais dire, s'impatienta-t-il.

— C'est pourtant exactement ce que vous venez de dire. À vos yeux, le risque d'un scandale s'il y avait un enfant illégitime l'emporte sur le risque que la révélation du suicide de votre père nous condamne à la pauvreté ? Eh bien, je ne suis pas du même avis, et je ne vous laisserai pas prendre les décisions à ma place. Nous ne sommes pas mariés et ne le serons probablement pas avant un bon moment, par conséquent vous n'avez pas le droit de décréter l'avenir de l'enfant que je pourrais avoir en dehors des liens du mariage.

— Diana, soyez raisonnable. Vous ne mettriez pas cet enfant en danger par orgueil ?

— Non, mais je ne le condamnerais pas non plus à grandir entre deux parents qui se déchirent. La question, c'est le genre de mariage que je désire, le seul que je tolérerai. Je ne veux pas d'un époux qui décidera de ce qui est bon pour moi sans même me demander mon avis.

— Je ne suis pas en train de dire… Mon intention n'est pas…, bafouilla-t-il.

— Et qu'en sera-t-il d'Elegant Occasions ? Et que se passera-t-il si vous devez construire un pont dans une région dangereuse du monde ? Irez-vous sans moi, en me laissant m'inquiéter pour vous ? Ou si je vous accompagne, ne vous inquiéterez-vous pas pour moi ? Si vous ne pouvez pas répondre à ces questions, si vous n'y avez même pas songé, il est manifeste que vous n'êtes pas prêt à vous marier. Et je n'épouserai pas un homme aussi despotique que mon père, passion torride ou non.

— Passion torride ? répéta-t-il.

Bonté divine, pourquoi avait-elle laissé échapper cela ?

— Ma foi, reprit-il, je suppose que la « passion torride » compense bien des choses…

Et sans lui laisser le temps de répondre, il se pencha vers elle pour capturer ses lèvres.

Il tentait de détourner son attention pour mettre un terme à cette discussion et n'en faire qu'à sa tête. Diana le savait, mais elle ne lui refusa pas ce baiser. Parce que c'était peut-être le dernier. Parce que ses lèvres étaient à la fois exigeantes et généreuses. Parce qu'il savait prendre et donner en un ballet étourdissant.

Il la plaqua contre le mur, parsemant son visage et sa gorge de baisers tendres et brûlants. Palpitante de désir, elle fit courir ses mains sur lui avec fièvre. Pourquoi ne pas se donner à lui encore une fois, même s'ils n'avaient pas d'avenir ensemble ?

Cette question fut vite tranchée. Ils furent brusquement interrompus par des coups frappés à la porte. Puis on tenta de tourner la poignée, en vain.

Effarée, Diana reconnut la voix d'Eliza.

— Votre Grâce, êtes-vous ici ? On vous demande à la salle de réception.

— Enfer ! murmura-t-il.

— Et nous cherchons Diana, reprit Eliza. L'auriez-vous vue, par hasard ?

D'un coup de menton, il indiqua une sorte d'alcôve entre la bibliothèque et le mur. Dès que Diana s'y fut cachée, il s'approcha de la porte et l'ouvrit d'un geste impatient.

— Non, mentit-il. Je n'en ai aucune idée. Avez-vous regardé dans le salon de repos des dames ? Je crois qu'elle a dit qu'elle avait fait un accroc à son fichu.

Diana appuya la tête contre le mur en ravalant un gémissement de dépit. Elle ne portait pas un fichu mais une étole, et Eliza le savait très bien. Voilà ce qui arrivait quand on n'expliquait pas aux hommes les subtilités de l'élégance féminine.

— Pouvez-vous vous rendre à la salle de réception pendant que je vais chercher Diana au salon de repos des dames ? proposa Eliza.

— Entendu.

Diana attendit que leurs pas à tous les deux s'éloignent, traversa le bureau sur la pointe des pieds et s'engagea dans le couloir, se demandant comment elle allait regagner la salle de réception sans éveiller les soupçons.

— Je le savais ! marmonna Eliza derrière elle. J'étais sûre que tu étais avec lui.

Diana fit volte-face.

— Alors pourquoi nous avoir dérangés ? maugréa-t-elle. Nous avions une discussion importante sur notre avenir.

— Un avenir en tant que mari et femme, j'espère ?

— Comme tu nous as interrompus alors qu'il était en train de parler, je n'en sais rien.

Eliza lui adressa un regard navré.

— Il aurait suffi qu'il me le dise pour que je m'en aille. Ou j'aurais attendu qu'il sorte annoncer vos fiançailles. Seulement, il n'en a rien fait. C'est tout de même un duc, ma chère sœur. Ces gens-là ne se marient pas par amour.

— La situation est… compliquée. Je m'en occupe, mais tu dois me faire confiance. Je sais ce que je fais.

Se redressant de toute sa hauteur, Diana ajouta :

— Et je suis une adulte, parfaitement capable de m'occuper de mes affaires.

— Très bien. Si tu tiens à avoir le cœur brisé, je ne peux pas t'en empêcher, mais ne compte pas sur moi pour t'y aider non plus. Le seul point rassurant, c'est que ta tenue est intacte, et la sienne aussi. J'en déduis donc qu'il te traite avec respect.

— Un immense respect, acquiesça Diana.

Jamais elle n'avait croisé un homme plus désireux de préserver l'avenir d'une femme ! Elle en était à la fois déçue et flattée.

Toutefois, elle était frustrée que leur échange ait été interrompu. Cette mission s'achèverait bientôt, et ils n'auraient plus de raisons de se voir. Si les arguments pleins de bon sens qu'elle lui avait présentés ne le faisaient pas changer d'avis, il n'était pas près de l'épouser.

Au demeurant, il ne le lui avait pas demandé. Et si Eliza avait raison ? S'il ne valait pas mieux que les autres ?

Non. Dans ce cas, il aurait trouvé pour la repousser un prétexte plus simple que de prétendre qu'il perdrait tout si la vérité éclatait au grand jour.

Elle émit un soupir accablé. Cela ne faisait que rendre les choses un peu plus tristes. Grenwood était d'une grande noblesse d'âme et animé de principes élevés, des qualités qu'elle avait toujours recherchées chez un homme, mais s'il s'obstinait à se sacrifier pour sa famille, jamais il ne serait à elle.

Et *cela* lui briserait le cœur.

18

Geoffrey aurait préféré se trouver n'importe où, sauf au beau milieu de ce bal qu'il était censé présider. Il avait besoin de réfléchir aux paroles de Diana et de chercher une stratégie, au cas où elle refuserait finalement de l'épouser. Il ne s'étonnait pas qu'elle soit en colère – il l'était lui-même chaque fois qu'il songeait à sa situation – mais elle devait bien comprendre qu'il gérait le problème de son mieux.

Quelqu'un annonça que le dîner était servi. Rosy se rua vers lui, Foxstead dans son sillage.

— Oh, Geoffrey, c'est merveilleux ! J'ai dansé toutes les danses, et mes partenaires m'ont tellement couverte de compliments que je me sens comme une princesse !

— Ne venez-vous pas de finir la danse du dîner ? demanda Geoffrey en dardant sur Foxstead un regard noir.

— Nous en sortons tout juste, répondit l'autre, tout innocence.

Ce maudit Foxstead jouait avec ses nerfs !

— N'est-ce pas charmant de la part de lord Foxstead ? s'enquit Rosy en prenant celui-ci par le coude. Je commençais à désespérer qu'on me réserve cette danse, même si toutes les autres ont été prises très vite. J'ai cru que le duc de Devonshire allait m'inviter, mais il est parti avant qu'on annonce le dîner.

Elle tapota le bras de son cavalier.

— Par chance, lord Foxstead a volé à mon secours.

— C'est ce que font les amis, dit celui-ci d'un air sérieux.

— Oui, acquiesça Geoffrey, pensif. C'est ce que font les amis…

Rosy fronça les sourcils.

— Cela aurait été humiliant de ne pas être invitée pour la danse du dîner, et de ne pas avoir de cavalier pour m'escorter à table le soir de mon propre bal. Je lui suis très reconnaissante.

— Et moi également. Merci à vous, Foxstead.

L'autre salua d'un coup de menton et s'éloigna, Rosy à son bras. Diana avait-elle raison ? se demanda Geoffrey. Était-il tellement persuadé qu'un assassin se cachait derrière chaque arbre qu'il ne voyait plus les amis, les alliés et les proches qui se trouvaient sous ses yeux ?

Il poussa un soupir. C'était bien possible. Ou alors, ce n'était que le calme avant la tempête. Pourquoi personne n'avait-il invité Rosy pour la danse du dîner ? Les invités avaient-ils eu des échos de l'esclandre des Fieldhaven ?

Lady Verity s'approcha de lui.

— Vous devriez passer à table. Le repas promet d'être excellent, si j'ose le dire moi-même.

Elle observait la salle de bal comme si elle cherchait quelqu'un. Soudain, elle plissa les yeux.

— Le voilà ! Votre Grâce, voyez-vous cet homme là-bas, près du pilier ?

— Quel pilier ?

Elle lui jeta un regard agacé.

— Le seul pilier avec un homme juste à côté, maintenant que la salle est presque vide. Il est habillé en noir et nous tourne le dos.

— Tous les hommes sont habillés en noir, marmonna Geoffrey. Même moi.

Par politesse, il regarda tout de même dans la direction qu'elle indiquait.

— Le type avec un tricorne sous le bras ?

— Oui ! Qui est-ce ?

— Aucune idée, bon sang. Pourquoi ?

Elle ne releva même pas son juron. Les trois sœurs le reprenaient si souvent qu'il s'y était habitué et parfois, il jurait rien que pour voir leur réaction.

— Je ne suis pas certaine qu'on l'ait convié, dit-elle d'un ton pensif. Je pourrai peut-être retrouver son nom sur la liste des invités, mais…

Elle poussa un soupir découragé.

— Peu importe. À présent, il a disparu. Je ferais mieux de retourner en cuisine pour m'assurer que tout se passe bien.

Alors qu'elle pivotait, Geoffrey la rappela.

— Lady Verity ?

— Oui ?

— Si j'épousais votre sœur, aurais-je votre approbation ?

Enfer, pourquoi avait-il posé cette question ?

— Quelle sœur ? demanda-t-elle.

Comme il la fixait avec stupeur, elle éclata de rire.

— Ce n'est pas à moi de vous donner ma bénédiction, dit-elle simplement.

— Alors à qui est-ce ? Votre père ? Votre mère ? À lady Eliza, puisque c'est l'aînée de vous trois ?

— C'est à Diana, voyons.

Puis elle secoua la tête d'un air dubitatif.

— Quoique… si vous n'avez même pas compris cela, je pourrais désapprouver au motif que vous manquez cruellement de bon sens. Lui avez-vous fait votre demande ?

— En quelque sorte.

— Comment ça, « en quelque sorte » ?

Geoffrey lâcha un soupir de frustration.

— C'est… difficile à expliquer.

— Eh bien, quand vous saurez l'expliquer, nous en reparlerons. Je dois vous laisser.

Alors qu'elle s'éloignait, la mère de Geoffrey s'approcha de lui.

— Comptez-vous toujours m'escorter à table, mon garçon ?

Enfer ! Il avait complètement oublié.

— Bien entendu.

Il lui offrit son coude et ils se dirigèrent vers la foule, de l'autre côté de la salle de réception.

— De quoi discutiez-vous avec lady Verity ? s'enquit-elle.

— Nous parlions de lady Diana.

Aussitôt, la main de sa mère se crispa sur son bras.

— À quel propos ?

Il n'avait aucune envie de parler de cela avec sa mère pour l'instant.

— Rien d'important, répondit-il en se composant un sourire chaleureux. Eh bien, notre Rosy a dansé toute la soirée, on dirait ?

— Oui. Dommage que vous n'ayez pas vu cela.

— J'ai dû m'occuper de parents de père qui tentaient d'entrer en force.

Sa mère s'arrêta.

— Lesquels ?

— Lady et lord Fieldhaven.

— Oh. Ils sont détestables. Votre père et sa sœur étaient radicalement différents. Et ils ont été odieux avec Rosy et vous quand vous étiez enfants.

— Je m'en souviens.

— Votre père leur avait dit sa façon de penser.

— Ça, je ne m'en souviens pas.

— Il ne l'a pas fait devant vous deux, bien sûr. Il ne voulait pas vous choquer plus que vous ne l'étiez déjà.

Elle jeta un bref regard autour d'eux et demanda à mi-voix :

— Ont-ils insinué que vous avez assassiné votre père ?

Geoffrey tressaillit.

— Comment le savez-vous ?

— Pour l'amour du ciel, mon garçon ! Notre maison à Newcastle n'était pas coupée du monde. J'ai entendu les rumeurs. Pourquoi pensez-vous que j'étais si pressée de m'installer à Castel Grenwood ?

— Eh bien, j'ai supposé qu'après la mort de père vous aviez trop de souvenirs douloureux à Newcastle.

— Il y avait de cela, concéda-t-elle avec douceur. Mais j'ai surpris des gens en train d'affirmer qu'il avait pris trop de laudanum.

Elle leva les yeux au plafond.

— Comment a-t-il pu s'imaginer qu'il pourrait empêcher un médecin et un pharmacien de répéter qu'il prenait du laudanum, cela m'échappe ! S'il m'en avait parlé, c'est moi qui serais allée lui acheter son laudanum. J'aurais prétendu que c'était pour ma sœur, et personne n'aurait posé de questions.

Le cœur de Geoffrey se serra.

— Alors Rosy vous a tout dit ?

— Rosy ? répéta-t-elle d'un air abasourdi. Rosy est au courant ?

Geoffrey poussa un long soupir de découragement.

— Nous devrions peut-être parler de tout ceci en privé.

— Oui. Plus tard. Le buffet nous attend et je suis affamée.

Elle réfléchit quelques instants.

— Je sais ! s'exclama-t-elle. Préparons-nous une assiette, et allons la manger dans votre bureau. Vous pourrez m'expliquer ce que Rosy est censée m'avoir dit.

Geoffrey songea à tout ce qu'il devait révéler à sa mère. Et aux paroles de Diana.

— Cela peut attendre demain, décida-t-il. Ce soir, c'est le grand bal de Rosy. J'en ai déjà manqué une bonne partie, alors maintenant je vais en profiter, et vous aussi. J'ai bien l'intention de danser.

Il franchit la porte qui donnait sur la salle à manger, où les invités se trouvaient déjà.

— Nous allons manger de la pâte d'amandes, du blanc-manger, du gâteau au fromage...

— Et des crevettes, des truffes et ces petites tartes salées...

— On appelle ça des barquettes, mère. Le saviez-vous ?

Elle sourit.

— Non, vous me l'apprenez.

— Nous allons faire honneur au buffet, et au lieu d'être tristes pour père, nous serons heureux pour Rosy.

Le sourire de sa mère vacilla.

— Je vais essayer.

— Moi aussi, et de mon mieux.

Demain, il commencerait à révéler à sa famille les secrets de son père. Peut-être découvrirait-il des choses que sa mère et sa sœur ne lui avaient jamais dites. Le temps était venu de lever le voile de tous les mystères. Car sans un minimum de vérité, comment convaincre la femme de sa vie de l'épouser ?

Le retour à Grosvenor Square dura une éternité. Diana tombait de fatigue, et pas seulement parce qu'elle s'était occupée du bal de Rosy. Son échange avec Grenwood l'avait épuisée.

Et Verity était de nouveau en émoi à cause du mystérieux inconnu qui continuait de hanter les soirées qu'elles organisaient.

— Au moins, lord Grenwood l'a vu. Je suis sûre que je n'ai rien imaginé.

— Sait-il de qui il s'agit ? demanda Eliza.

— Non, mais ce n'est pas très surprenant. Après tout, c'est nous qui avons dressé la liste des invités, à part quelques amis ingénieurs qu'il a tenu à convier.

— Tu es bien silencieuse, Diana, dit Eliza. La soirée s'est-elle bien passée, de ton point de vue ?

— Oh, elle s'est très bien passée, à mon avis ! s'exclama Verity. Rosy a gagné de nouveaux admirateurs et Diana, le seul qui l'intéresse.

Diana sursauta.

— Que veux-tu dire ?

— Le duc de Grenwood m'a demandé si j'approuverais un mariage entre vous.

Un frisson parcourut Diana, mais elle s'empressa de le contenir.

— Que lui as-tu répondu ?

— Que ce n'était pas à moi de donner mon accord, et qu'il ferait mieux de te poser directement la question.

Diana émit un « humpf » amusé.

— Eh bien, ce n'est pas encore le cas, alors ne commence pas à bâtir des châteaux en Espagne.

— Il a pourtant affirmé qu'il t'avait fait une demande « en quelque sorte », insista Verity.

— Je crois qu'il ne s'y est pas pris de la meilleure manière, intervint Eliza. Grenwood n'est pas très doué pour gérer les situations délicates.

— C'est une bonne formule, ricana Diana. Avec sa façon de considérer que tout lui est acquis, et de supposer toutes sortes de choses sans rien savoir, il peut être franchement exaspérant. Et je ne sais même pas si j'ai envie de l'épouser, en admettant qu'il le demande pour de bon. Avez-vous seulement idée de ce que ce serait d'être mariée à cet homme-là ?

— Tout à fait, répondit Verity d'un air rêveur. Ce n'est certainement pas désagréable de se réveiller le matin aux côtés d'un si beau garçon.

— Dieu du ciel ! s'exclama Eliza. Tu ne t'es jamais réveillée le matin aux côtés d'un homme, beau ou non. Comment peux-tu affirmer une chose pareille ?

Elle se tourna vers Diana.

— Cela dit, elle a raison. Il y a des bénéfices à être l'épouse d'un homme pourvu de tels... avantages.

Par chance, il faisait trop sombre dans la voiture pour que ses sœurs voient Diana s'empourprer. Elle regarda par la fenêtre.

— Dieu merci, nous sommes arrivées à la maison. Je ne supporterais pas de vous entendre parler de mon éventuel futur époux en termes aussi choquants.

Un valet à l'air assoupi vint abaisser le marchepied. Alors qu'il ouvrait la portière, Eliza l'interrompit.

— Un instant, voulez-vous ?

Puis elle referma la porte.

— Eliza ! protesta Diana. Le malheureux tombe de sommeil ! Et moi aussi, d'ailleurs. Laisse-nous sortir, veux-tu ?

— Réponds juste à une question, et tu pourras descendre de voiture.

Diana poussa un soupir d'extrême lassitude.

— Je t'écoute.

— Es-tu amoureuse de Grenwood ?

Elle fit passer son regard d'Eliza à Verity tout en cherchant une réponse évasive, mais elle savait que celles-ci ne la laisseraient pas tranquille tant qu'elle n'aurait pas admis ses sentiments.

— Bien sûr que je suis amoureuse de lui.

C'était vrai, hélas !

— Qui ne le serait pas ? ajouta-t-elle d'un ton maussade.

— Moi, déclara Verity. Même si je dois reconnaître qu'il est doté d'un physique absolument…

— Merci, je crois que nous avons compris, l'interrompit Diana.

Elle se tourna vers Eliza.

— Et maintenant, vas-tu ouvrir cette fichue portière ?

Avant qu'elle fonde en larmes, songea-t-elle. Avant qu'elle se souvienne qu'elle s'était éprise d'un homme qui n'aimait que son corps, et qui n'avait manifestement pas la moindre estime pour son intelligence.

Eliza lâcha la poignée de la porte et se tourna vers Verity.

— Elle jure déjà comme lui, ricana-t-elle.

— C'est peut-être pour ça qu'elle lui plaît autant, répliqua Verity. Ou alors à cause de son généreux décolleté ?

— Assez ! tonna Diana en ouvrant la porte. Je ne vais pas passer la nuit à vous écouter dresser la liste de mes *avantages* ! Je vais me coucher.

— Elle est nerveuse après les bals, roucoula Eliza. Avais-tu remarqué ?

— Non, répliqua Verity sur le même ton, mais je commence à m'en apercevoir.

Diana ne leur fit même pas l'honneur de répondre à leurs moqueries. D'un pas rapide, elle se dirigea vers le perron. Contrairement à elle, ses sœurs étaient toujours pleines d'énergie lorsqu'un de leurs événements s'était bien déroulé. Elles adoraient passer la soirée en revue pour évaluer ce qui en avait fait le succès.

Toutefois, les premières lueurs de l'aube éclairaient déjà l'horizon, et Diana tombait de sommeil. Non seulement elle était trop épuisée pour tenir une conversation, mais son attention avait été accaparée soit par Grenwood soit par ses parents importuns, de sorte qu'elle avait manqué une partie du bal.

À peine étaient-elles entrées et avaient-elles enlevé chapeaux et étoles qu'elle déclara :

— Bonne nuit à vous deux. À demain.

Par chance, ses sœurs n'insistèrent pas. Ce n'était pas toujours le cas.

Une fois dans son lit, étendue sur le dos, elle se rappela tout ce que Grenwood lui avait dit, tout ce qu'elle lui avait répondu, avant de s'aviser qu'elle était de nouveau en colère contre lui.

Puis elle songea avec regret que plus jamais elle n'aurait l'occasion d'être seule avec lui, puisque le grand bal de Rosy marquait la fin de leur mission. Certes, il devait encore leur verser leurs émoluments, mais rien ne disait qu'il se déplacerait en personne. Sans doute enverrait-il son chargé d'affaires.

Au fait, en avait-il un ? Si c'était le cas, jamais elle ne l'avait croisé...

Elle devait absolument chasser tout cela de ses pensées, ou elle allait devenir folle. Elle préférait songer à ses baisers et à l'extase qu'elle avait ressentie entre ses bras. Malgré elle, elle glissa sa main entre ses cuisses, mais ce plaisir était bien pâle en comparaison de celui que Grenwood lui avait offert.

Maudit soit cet homme ! Il l'avait convaincue qu'elle n'était pas une femme froide, mais l'avait placée dans une telle situation qu'elle ne pouvait pas vivre la passion qu'il avait éveillée en elle.

Si la chance d'une étreinte clandestine se présentait de nouveau, Diana se promettait d'en profiter *d'abord* et de se quereller avec lui *ensuite*. Voire de ne pas se quereller du tout. S'ils ne parvenaient vraiment pas à s'entendre, jamais ils ne pourraient envisager une vie conjugale. Hélas, elle commençait à se demander si la vie vaudrait la peine d'être vécue sans cet homme à ses côtés.

Si seulement elle pouvait résoudre le problème des circonstances du décès de son père ! Apparemment, la rumeur avait commencé à se répandre dans Newcastle, mais dans quelle mesure ? Les Fieldhaven ne l'avaient-ils pas surestimée ? La tante de Grenwood avait un tel intérêt dans l'affaire que Diana ne pouvait se fier à ses affirmations. La jeune femme s'endormit en songeant à la triste fin de cet homme...

Tard dans l'après-midi, elle se réveilla et s'aperçut que son cycle était arrivé. Elle fondit en larmes. À présent, elle ne pouvait plus espérer que Grenwood soit contraint de régulariser leur relation. Elle n'avait plus d'autre option que d'attendre qu'il se décide.

Et cela pouvait prendre *des années*.

Si elle parvenait à oublier Grenwood, qui détenait son cœur en otage, plus jamais elle ne tomberait amoureuse, se promit-elle.

Car il n'y a rien de plus douloureux qu'un amour qui n'est pas payé de retour.

19

Au cours des quatre derniers jours, Geoffrey avait envisagé une bonne centaine de fois de se rendre à Grosvenor Square, mais il avait été trop occupé à réévaluer sa situation. Grâce à Diana, il commençait à envisager d'autres possibilités que l'impasse où il s'était perdu, loin des personnes qu'il aimait.

Entre le tourbillon d'événements mondains auxquels Rosy avait été conviée et les visites quotidiennes de ses admirateurs – qu'il se faisait un plaisir de toiser avec mépris –, il n'avait pas trouvé le temps d'aller voir Diana. Il avait consacré toute son énergie à rassembler le courage de dire enfin à sa mère et à sa sœur ce qui était réellement arrivé à son père, et pourquoi il s'était tu jusqu'à présent.

Enfin, le moment était arrivé. L'heure des visiteurs était passée et, par miracle, Rosy et mère n'avaient pas d'invitation pour la soirée. Ils étaient assis tous les trois dans son bureau, la porte fermée… et il se demandait bien par où commencer.

« La lettre ! » songea-t-il. Avec Diana, cela avait été la bonne méthode. Il allait laisser son père raconter lui-même l'histoire. Comme il aurait dû le faire dès le début. Certes, il avait probablement fait ce qu'il fallait en attendant d'être sûr de Diana pour tout lui raconter. En revanche, ne rien dire à sa mère et à sa sœur… c'était impardonnable.

Même si cela avait été la dernière volonté de son père, Diana avait raison en affirmant qu'« un mort n'a pas le droit imposer ses choix à sa famille ».

Diana avait raison sur bien des choses.

Accablé, il sortit la lettre de son tiroir.

— J'aurais dû vous parler depuis longtemps. Vous aviez le droit de savoir, toutes les deux. J'ai tenté de vous protéger, mais je crains d'avoir compliqué la situation.

Dans un soupir, il leur tendit le feuillet.

— Père m'a donné ceci juste avant son décès. Il savait qu'il ne survivrait pas à tout le laudanum qu'il avait volontairement avalé avec son whisky.

Sa mère ouvrit des yeux ronds et prit le courrier. Tandis qu'elles lisaient toutes les deux, Rosy se mit à pleurer. Une expression de plus en plus furieuse se peignait sur ses traits de leur mère.

Quand elle eut terminé, elle jeta la lettre sur le bureau sans même s'assurer que sa fille avait fini de lire.

— S'il n'était pas déjà mort, je le tuerais moi-même. Comment a-t-il pu faire ça ? Maintenant, il ne verra jamais sa fille faire un bon mariage, il ne connaîtra jamais ses petits-enfants, et il ne saura pas que son fils est devenu le meilleur duc de toute l'Angleterre !

— Je pourrais discuter la logique de ce dernier point, mère, mais je comprends ce que vous voulez dire. Et je partage votre indignation.

Rosy, qui avait repris la lettre, redressa la tête.

— Alors c'est pour ça qu'il m'a envoyée faire toutes ces courses, ce jour-là ?

— J'ai peur que oui, mon ange, répondit Geoffrey.

L'expression de trahison et d'humiliation qu'il lut sur son visage lui serra le cœur.

— Pourquoi t'a-t-il parlé, et pas à moi ? demanda-t-elle d'un ton amer.

— Parce qu'il savait que je vous protégerais toutes les deux des conséquences de son geste si quelqu'un découvrait les circonstances de son décès. Il voulait que cela reste secret.

Leur mère émit un petit reniflement agacé.

— La vérité, c'est que votre père craignait d'être déclaré *non compos mentis*. Il a toujours eu peur qu'on ne le prenne pour un fou.

Geoffrey la regarda, surpris. Quand Diana lui avait révélé la question de Rosy sur le laudanum, il avait commencé à soupçonner qu'il n'avait pas tous les éléments de l'histoire. Les paroles de sa mère n'étaient pas très encourageantes.

Elle se leva et s'approcha d'une fenêtre qui donnait sur les jardins.

— Je suppose que cela ne lui aurait posé aucun problème que son suicide prive sa famille de tous ses biens au bénéfice de la Couronne.

— C'est justement ce qu'il a voulu éviter, mère, lui rappela Geoffrey. Voilà pourquoi il m'a écrit cette lettre.

Il lui fallut du temps pour expliquer à Rosy ce que signifiait tout ceci. La jeune fille ne comprenait pas pourquoi le suicide revenait légalement à faire don de tous ses biens à la Couronne, ou à être officiellement déclaré fou.

Indépendamment du fait que les Saintes Écritures condamnaient un tel acte, Rosy refusait d'admettre qu'on punisse la famille d'un suicidé en la privant de ses ressources matérielles.

Soudain, elle tressaillit.

— Oh, non ! J'ai parlé à Diana de papa et du laudanum !

— Le laudanum ? Comment saviez-vous ? s'étonna leur mère. À cause des rumeurs ?

— Pas exactement, répondit Rosy d'un air penaud.

Elle raconta son indiscrétion, le jour de la mort de leur père. Puis Geoffrey la rassura : oui, elle avait choisi la bonne personne pour poser des questions sur le laudanum.

— Tu n'en as parlé à personne d'autre, j'espère ? demanda-t-il d'un ton grave.

— Penses-tu à mes admirateurs ? Je ne suis pas idiote. Et mes seules amies sont à Newcastle.

Leur mère posa une main affectueuse sur le bras de la jeune fille.

— Ne vous êtes-vous pas fait d'amies ici ?

— Si. Les dames d'Elegant Occasions m'ont dit qu'elles me considéraient comme une amie, alors j'en ai trois.

— Nous pouvons retourner à Newcastle, si vous préférez, proposa mère en jetant un regard à Geoffrey.

— Non, répondit Rosy, pensive. Il y a tant de choses passionnantes à faire à Londres ! Surtout une fois que je serai mariée.

— Et ta promesse de tenir ma maison ? demanda Geoffrey pour la taquiner.

— Diana s'en occupera très bien, répondit-elle simplement.

Mère regarda Geoffrey d'un air surpris.

— Y a-t-il quelque chose qui m'aurait échappé ?

— Il me semble juste qu'ils feraient un couple bien assorti, précisa la jeune fille. N'est-ce pas votre avis ?

— Assurément.

Mère se tourna vers Geoffrey.

— Vous devriez vous occuper de ceci sans tarder, mon garçon.

— J'y travaille, répondit-il dans un soupir.

— En restant assis avec nous dans ce bureau ? demanda-t-elle d'un ton incrédule.

Il esquissa un faible sourire.

— Je vois. Vous essayez de me pousser vers la porte, maintenant.

— S'il le faut, décréta sa mère.

— Je sais qu'il ne s'est pas encore écoulé une semaine entière, intervint Rosy, mais puisque j'ai reçu trente visites en quatre jours, il me semble que tu as toutes les raisons d'aller la voir et de lui payer le double du tarif.

— D'où tiens-tu cela ? s'étonna Geoffrey. Quatre jours, ce n'est pas une semaine.

— Le nombre de visiteurs requis a été atteint.

Il arqua un sourcil.

— Cinq fois sept égalent trente-cinq. Pas trente.

— Tu as dit : une semaine. Cela fait six jours, puisque personne ne rend de visites le dimanche. Et cinq fois six égalent trente.

Devant le regard triomphant de sa sœur, Geoffrey ne put retenir un éclat de rire.

— Je souhaite bien du plaisir à ton pauvre mari, ma belle… Bon, il faut que j'y aille.

— Tu vas voir Diana ? demanda-t-elle d'un ton vibrant d'espoir.

— Je crains que cela ne doive attendre demain. Je vais retrouver quelques-uns de mes investisseurs. Ce rendez-vous est prévu depuis des semaines.

Entre-temps, il devrait réfléchir à la façon de naviguer dans un monde où bien plus de personnes qu'il ne l'avait cru étaient au courant de l'histoire de son père. Sans parler de tout ce que Diana lui avait dit. Il commençait à espérer qu'elle avait raison ; peut-être y avait-il une solution à cette affaire.

Ou alors, ils devraient attendre que cela se tasse. Et si elle acceptait de patienter à ses côtés, en tant qu'épouse, que les choses se tassent...

— Dès demain, promit-il à mère et Rosy, je mettrai mes plus beaux habits et j'irai lui rendre visite.

Tout ce temps sans la voir ni la toucher, c'était trop – quelle que soit la façon de compter les jours.

Comme souvent, Diana était seule à la table du petit déjeuner. Mais ce matin, Eliza se trouvait chez une cliente pour inspecter son piano et sa harpe, pendant que Verity s'entretenait avec la cuisinière de cette dame. Pour cette mission, il n'y avait pas besoin de conseils vestimentaires : lady Sinclair s'habillait toujours avec un goût exquis.

Diana s'était attendue à ce que Grenwood ait besoin d'une ou deux journées pour réfléchir à tout ce qu'ils s'étaient dit, mais *cinq* jours ? Le désespoir commençait à la gagner.

À cet instant, Norris apparut.

— Sa Grâce le duc de Grenwood demande à être reçu par lady Diana. Dois-je le faire entrer, Madame ?

Elle se leva, le cœur battant.

— Vous voulez dire qu'il n'est pas sur vos talons, comme d'habitude ?

— Non, Madame. Lord Grenwood a bien précisé que je devais l'annoncer et m'assurer que vous étiez là pour lui.

Qui avait prétendu qu'un duc un peu rustre n'était pas capable d'apprendre de ses erreurs ? Le simple fait qu'il se plie à l'étiquette la bouleversait. Enfin, il était venu.

— Faites-le entrer, je vous prie.

Comme le majordome arquait un sourcil, façon de souligner l'absence d'un chaperon, elle ajouta d'une voix ferme :

— Allons, Norris.

— Bien, Madame.

Elle eut tout juste le temps de lisser sa robe, de rajuster ses cheveux et se pincer les joues pour se donner bonne mine. Par chance, son cycle – qui était toujours court – était terminé. Grenwood apparut et elle le contempla, muette de saisissement.

Il était plus séduisant que jamais dans sa veste de drap brun et ses pantalons bleu clair, avec sa cravate amidonnée et nouée à la perfection. Si un jour ils se mariaient, elle exigerait qu'il garde son valet de chambre, qui méritait assurément ses gages.

Mais ce n'était pas le moment de rêvasser.

— Vous avez bonne mine, le félicita-t-elle.

— Et vous, vous êtes sublime. Comme toujours, répondit-il avec tant de gravité qu'elle comprit aussitôt qu'il n'était pas seulement venu régler leur facture.

Il la couvait d'un regard si gourmand qu'elle se sentit nerveuse.

— Avez-vous pris votre petit déjeuner ? demanda-t-elle.

— J'avoue que j'ai une petite faim.

Elle éclata de rire.

— Quelque chose me dit que vous avez toujours une petite faim. Si ce n'était pas le cas, je penserais que vous êtes malade.

— Vous me connaissez bien. Mieux que je ne le croyais, en vérité.

Ils prirent place à table, et Diana envoya Norris chercher à manger pour son invité, en grande partie pour être seule avec Grenwood quelques instants. Elle avait quelque chose à lui dire en privé.

— Pour votre information, murmura-t-elle, je n'attends aucun heureux événement.

— Comment le savez-vous ?

— Mes... visiteurs du mois sont venus, si vous comprenez ce que cela signifie.

Il hocha la tête.

— Mais vous voulez tout de même des enfants ? demanda-t-il, à la surprise de Diana. Si nous nous marions, vous en voudrez, n'est-ce pas ?

La gorge nouée, elle acquiesça.

— Ce serait magnifique.

— Oui. C'est aussi mon avis.

Comme il ne disait plus rien, elle demanda :

— Y a-t-il eu des changements au sujet de vos... projets conjugaux ?

— Il y a eu beaucoup de changements.

Il jeta un regard en direction de la porte et approcha sa chaise pour prendre la main de Diana.

— J'ai découvert que ma famille en savait plus que je ne le croyais sur les machinations de mon père. Toutefois, ce n'est pas pour cela que je suis venu. Je voulais vous dire que...

Il se redressa et, d'un ton plus formel, poursuivit :

— Je suis venu vous payer le double tarif que je vous avais promis.

Déconcertée par ces paroles, elle fronça les sourcils. Puis elle s'aperçut que Norris était de retour.

— Vraiment ? répliqua-t-elle. Alors que nous n'en sommes qu'au cinquième jour ?

— Oui, mais Rosy a reçu trente visites en quatre jours. Et elle considère que puisque trente divisés par six font cinq visiteurs par jour en moyenne, votre mission est accomplie.

— C'est... très généreux de sa part, dit Diana, tout en se demandant où elle pourrait expédier son majordome pour que Grenwood et elle puissent discuter en toute intimité.

— Vous ne vous étonnez pas qu'elle ne compte que six jours ? demanda-t-il.

— Non, c'est tout à fait clair. Personne ne rend de visite le dimanche. Je n'ai jamais envisagé de compter le dimanche.

Il éclata de rire.

— Ma sœur et vous avez exactement la même façon de voir les choses. Vous devriez peut-être épouser Rosy.

Elle s'apprêtait à répondre qu'elle préférait épouser le frère de Rosy, quand elle s'avisa que son majordome tenait une enveloppe.

— On me demande de vous remettre ce courrier en mains propres, Madame.

Il se pencha pour lui murmurer à l'oreille :

— Il provient de lady Rosabel, et je suis censé ne vous le donner que lorsque vous serez seule.

Diana examina la lettre.

— A-t-elle dit pourquoi ?

— Le messager a seulement précisé que vous comprendriez en lisant.

Elle décacheta aussitôt le pli. À mesure qu'elle lisait, son cœur se serra.

Chère Diana,

J'ai une faveur à vous demander. Quand vous recevrez ce message, votre cousin et moi serons en route pour Gretna Green pour nous marier. Si

Geoffrey ou maman me cherchent, pouvez-vous demander à M. Norris de leur répondre que je suis allée avec vous faire quelques courses ? Cela nous donnera le temps de quitter Londres. Votre cousin affirme que vous comprendrez et nous aiderez, mais je vous le demande en tant qu'amie. Si vous acceptez, je vous promets de ne jamais révéler à Geoffrey la part que vous aurez jouée.

Avec toute ma reconnaissance,

Rosy

Elle laissa tomber l'enveloppe sur ses genoux.

— Oh, Rosy ! murmura-t-elle. Quelle folie avez-vous commise ?

— Que se passe-t-il ? s'étonna Grenwood.

Elle lui tendit la lettre.

— Votre sœur s'est enfuie avec mon cousin.

— Votre cousin ? Qui est-ce ?

— Lord Winston Chalmers.

Et voilà qui signait probablement la fin de tout espoir de mariage entre Grenwood et elle.

20

À mesure que Geoffrey lisait la lettre, sa colère contre Rosy montait. Et il savait sans l'ombre d'un doute que Diana n'était pour rien dans cette fugue. Il avait vu son expression choquée et horrifiée.

Il sauta sur ses pieds.

— J'y vais ! Je dois au moins essayer de les rattraper avant qu'ils atteignent l'Écosse.

Elle se leva d'un bond.

— Geoffrey, j'aimerais que vous sachiez que...

— Peu importe.

Devant son air désespéré, il comprit qu'elle avait mal interprété ses paroles.

— Peu importe, répéta-t-il en prenant ses mains pour y déposer un baiser, parce que je sais que vous n'êtes pour rien dans cette histoire. De la même façon que je sais que je vous aime.

— Oh ! Vraiment ? demanda-t-elle d'une voix émue.

— Oui. De tout mon cœur, et jusqu'à ce que la mort nous sépare. Et cela ne changera pas parce que ma sœur a perdu la tête et, à ce qu'il semble, votre cousin aussi. Je dois absolument y aller, maintenant.

— Alors je vous accompagne.

Elle se tourna vers Norris.

— Demandez en cuisine qu'on nous emballe le reste du petit déjeuner dans le panier à pique-nique. Avec beaucoup de café. Faites apporter tout cela à la voiture de Sa Grâce. Et si vous pouviez expliquer à mes sœurs où nous sommes et pourquoi...

— Mais... Madame, vous ne pouvez pas partir avec... avec *Monsieur* ! Ce n'est pas convenable ! Et votre réputation ? Ou si vous devez absolument y aller, je vais faire appeler Mme Pierce pour qu'elle vous chaperonne.

Geoffrey voulut protester, mais elle le devança :

— Cela prendrait trop de temps. Et quand cela se saura, nous serons déjà fiancés, Sa Grâce et moi.

Puis, comme si elle s'avisait que Geoffrey ne lui avait pas fait de demande officielle, elle se tourna vers lui.

— Ma supposition est-elle correcte, Votre Grâce ?

— Elle est parfaitement correcte, répondit-il, incapable de contenir un sourire idiot.

Elle esquissa en direction de Norris un geste qui devait signifier « Exécution ! », car le majordome détala sans insister.

— Il a raison, vous savez, dit Geoffrey. Si vous m'accompagnez, les commères seront impitoyables.

— Si je vous accompagne, rectifia-t-elle, nous sauverons Rosy des commères impitoyables. Si nous les retrouvons avant la tombée de la nuit, nous pourrons prétendre que nous sommes partis en excursion. Il est mon cousin, elle est votre sœur. D'une certaine façon, nous les chaperonnons. En partant tout seul, vous vous priveriez de cet argument.

— Vous tenez vraiment à venir, on dirait ?

Elle hocha la tête.

— Pourquoi ? demanda-t-il.

— Pour aider Rosy et… eh bien…

— M'empêcher d'étrangler votre cousin ?

— Exactement.

Il secoua la tête, un sourire navré aux lèvres.

— Je présume que ma promesse de ne pas le tuer ne suffirait pas, étant donné les circonstances ?

— Vous pourriez le brutaliser. Ou pire, le défier en duel. Et alors vous vous entretueriez, tous les deux. Si vous commettez une telle folie, ne comptez pas sur moi pour assister à vos funérailles.

Il rit doucement.

— Très bien. Combien de temps vous faut-il pour vous préparer ?

— Le temps de prendre mon sac et de mettre mes gants et un chapeau.

— Parfait, alors en route !

Quelques minutes plus tard, ils étaient en voiture, munis du panier de pique-nique et du mystérieux sac de Diana, qu'elle semblait emporter où qu'elle aille. Pendant qu'elle se préparait, il avait rattrapé le domestique qui avait apporté la lettre de Rosy, en le menaçant de le congédier s'il ne disait pas tout ce qu'il savait.

À son retour, Diana l'attendait dans la voiture. Il donna ses instructions au cocher et sauta à l'intérieur.

Tandis qu'ils traversaient Londres en direction du nord, il ferma les rideaux afin que personne ne reconnaisse Diana à son côté.

— Votre cousin possède-t-il une voiture ?

— Un phaéton, mais il a besoin d'être réparé, aussi je suppose qu'il ne l'aura pas pris.

— D'après mon domestique, il est en véhicule couvert, sans doute de location. Je voulais juste m'assurer que ce n'était pas sa voiture. Donc, s'il l'a loué, il prendra les routes habituelles pour Gretna Green.

Il pianota rapidement sur son genou.

— Ma satanée sœur a raconté au domestique qu'elle devait vous retrouver dans une boutique et que son « ami » l'y emmenait.

— Oh, non ! Je suis désolée.

— Pourquoi ? Ce n'est pas vous qui avez organisé cette fugue, que je sache ?

— Non, bien sûr !

— Alors vous n'avez pas à être désolée. Le seul fait que vous m'ayez montré ce courrier, au lieu de jouer le jeu de Rosy, nous donne une chance de la retrouver avant qu'il soit trop tard.

— Je sais, mais j'ai quelque chose à vous dire au sujet de Winston.

— Rien ne vous y oblige.

— Peut-être, mais j'y tiens.

Elle posa son sac sur la banquette à côté d'elle.

— La première fois que votre sœur m'a parlé de Winston, je l'ai mise en garde, comme je vous l'ai déjà dit.

— Je sais. Elle me l'a confirmé.

— Ce que vous ignorez, c'est que j'ai également envoyé un message à mon cousin pour lui demander de ne pas vous révéler nos liens de parenté. Je craignais que vous ne renonciez à nous engager si vous appreniez qu'il était de notre famille.

— J'aurais pu. Ou pas.

— Quoi qu'il en soit, ce n'était pas très correct de ma part.

— Peu importe, répondit-il en lui souriant. Avez-vous terminé votre confession ?

— Il me semble.

— Parfait. Je vous donne l'absolution.

Puis il lui prit la main pour l'attirer sur ses genoux.

— Que faites-vous ? protesta-t-elle sans trop de conviction.

— Ne vous êtes-vous pas étonnée que je sois venu à Grosvenor Square dans cette grande voiture fermée, plutôt qu'avec mon cabriolet ?

— En toute franchise, je n'y ai pas pensé un instant.

— Dans l'hypothèse où vous accepteriez ma demande, j'espérais vous emmener faire un tour en voiture au parc et vous séduire ainsi...

Il lui vola un long baiser, qu'elle lui rendit avec passion.

— Et ainsi...

Il lui ôta son fichu avant de déposer une pluie de baisers au creux de son décolleté.

— Et ainsi...

Passant une main sous ses jupes, il s'aventura dans la fente de ses culottes pour caresser sa cuisse. Avant d'aller plus loin, il demanda :

— Avez-vous toujours votre cycle ? Certaines femmes n'aiment pas faire l'amour ces jours-là.

— Non, gémit-elle en ouvrant les jambes. Mais si vous aviez tenté ceci au parc, ma réputation aurait été définitivement ruinée.

La main de Geoffrey poursuivit son chemin.

— Très bien. Nous avons du temps avant de rattraper lord Winston et...

— Attendez ! Comment êtes-vous si bien informé sur les préférences des femmes pendant leur cycle ?

Il tressaillit.

— Hum... C'est Rosy qui me l'a dit ?

— Rosy rougit rien qu'en parlant de ses seins, qu'elle appelle toujours son « décolleté ». Jamais elle ne vous aurait avoué un tel détail, en admettant qu'une innocente comme elle soit informée de ces questions.

Comme il s'apprêtait à répondre, elle ajouta :

— Et avant que vous tentiez de me faire croire que c'est votre mère qui vous l'a dit, sachez que *jamais* une femme ne parle de ce genre de choses à son propre fils.

— D'accord, admit-il. Je l'ai appris par une veuve que j'ai connue dans ma folle jeunesse.

Aussitôt, elle prit sa main pour l'immobiliser.

— Est-elle encore... ?

— Non ! L'histoire s'est terminée quand elle a découvert que je n'avais que quatorze ans.

— Quatorze ans ? Bonté divine, vous n'avez pas perdu de temps !

Il tenta de se libérer, mais elle lui tenait fermement la main.

— Combien avez-vous eu de fréquentations de ce genre ?

— Quelques-unes.

Elle arqua un sourcil.

— Je devrais peut-être prendre *quelques* amants, pour que nous soyons à égalité.

— Vous ne le feriez pas, dit-il très doucement.

— Comment pouvez-vous en être sûr ?

La main de Diana était toujours solidement fermée sur la sienne, mais l'intuition de Geoffrey lui disait que sa compagne avait seulement besoin d'être rassurée.

— Il n'y a eu personne dans ma vie depuis bien longtemps, avant que je vous rencontre. Et jamais je n'aurais une liaison illicite maintenant. Je vous aime. Et quand on aime une femme, on ne va pas voir ailleurs, surtout quand on souhaite faire le serment devant l'autel nuptial de rester à ses côtés pour toujours.

Ce devait être la bonne réponse, car Diana libéra sa main. Aussitôt, il reprit sa tendre exploration et trouva sa perle de chair.

— Je comprends mieux pourquoi vous êtes si doué, murmura-t-elle en s'abandonnant à ses caresses.

— Tenez-vous vraiment à faire la conversation ? lui chuchota-t-il à l'oreille, les reins en feu. Dans moins d'une heure, nous changerons de chevaux et je pense que vous n'aimeriez pas être interrompue au moment critique.

— D'accord. Assez discuté, répondit-elle avant de l'embrasser avec passion.

Il continua de la caresser, fasciné par l'excitation qui montait en elle. Quand elle fut humide et prête à le recevoir, il l'incita à s'installer sur la banquette à côté de lui, le temps de baisser ses pantalons et caleçon.

— Parfait, ma belle, dit-il. Et maintenant, vous allez me chevaucher.

— Pardon ? s'exclama-t-elle, ouvrant des yeux ronds de stupeur.

— Ce sera plus facile si vous venez sur moi. Ainsi, vous n'aurez pas besoin de vous dévêtir. Je vais vous montrer. Mettez une jambe de ce côté, et l'autre...

— Oh ! fit-elle. *Chevaucher*. Je comprends.

Quand elle s'assit sur lui, l'excitation de Geoffrey fut à son comble. Pour ce qui était des choses de l'amour, Diana apprenait vite et il adorait cela. Son enthousiasme était délicieusement communicatif.

— Bien, dit-il. Si vous placez vos genoux sur la banquette et que vous vous soulevez... pas trop haut ! Voilà, comme ceci... Maintenant, descendez sur mon... sur mon...

Il n'allait tout de même pas dire son « crayon » ?

— Les « femmes fourvoyées » appellent ça la verge, dit-elle.

Si elle continuait d'employer un langage aussi cru, il n'allait pas tenir bien longtemps !

— Je crains que vos « femmes fourvoyées » ne soient de très mauvaises fréquentations.

— Pourquoi ? Et vous, comment appelez-vous cela ?

— La verge, répondit-il en ravalant un sourire.

Il serra les dents quand elle s'empala sur lui.

— Et vous ne devez... jamais prononcer ce mot en société... sauf pour désigner... une baguette de bois.

— Chic, un gros mot ! Voyons si j'ai bien compris... Je descends sur votre *verge*...

Quand son fourreau de chair se referma autour de lui, il crut vraiment qu'il allait exploser.

— Plus bas, ma belle...

Il rejeta la tête en arrière.

— Bonté divine, oui ! Continuez...

— Et ensuite ?

— Ensuite, vous bougez... de bas en haut. Comme nous avons fait l'autre jour, mais cette fois c'est vous qui menez le jeu.

Le visage de la jeune femme s'éclaira.

— Je vois.

Elle commença à se mouvoir, d'abord de façon hésitante, puis avec plus d'assurance, guidée par le rythme qu'il lui indiquait.

— Geoffrey, c'est...

— Magique ? Pour moi aussi.

Il sentait son pouls battre fiévreusement et son sang courir dans ses veines avec une énergie nouvelle. Il était vivant, plus vivant que jamais !

Grâce à elle. C'était elle, sa déesse Diana, qui le réveillait ainsi en le chevauchant telle une reine amazone des temps anciens.

— Votre verge est si dure ! gémit-elle.

— J'espère bien !

Elle lui prit les mains pour les presser sur ses seins, ce qui ne fit que jeter de l'huile sur le brasier de son désir. Il caressa sa poitrine généreuse à travers sa robe, en se félicitant qu'elle ne porte pas ce type de corsets qui couvraient totalement le décolleté.

— La prochaine fois, ma belle, vous serez nue et je pourrai vous voir dans toute votre gloire.

— Oui, répondit-elle d'une voix étranglée.

Elle rejeta la tête en arrière, paupières mi-closes.

— Je voudrais… Je veux… J'ai besoin de *vous*… mon amour.

Quand son fourreau de chair se contracta autour de lui, Geoffrey bascula avec elle dans l'extase. Cette fois, alors qu'il déversait sa semence, il pria pour qu'elle prenne racine. Il ne désirait rien de plus qu'un enfant d'elle.

Une vie nouvelle, pour remplacer celui qui avait choisi de partir bien trop tôt.

Il la serra contre lui pour parsemer son visage de baisers éperdus. Son petit menton volontaire et ses mâchoires bien dessinées trahissaient sa force de caractère, mais il percevait le battement rapide de son pouls, signe de sa vulnérabilité. Une paix immense l'envahit quand, d'une main très douce, elle lui pressa la tête contre sa poitrine. Son souffle était toujours haletant, mais les spasmes de plaisir s'apaisaient peu à peu.

Elle s'écarta de lui dans un sourire de femme comblée.

— Eh bien, regrettez-vous de m'avoir emmenée ?

— Pas du tout. Mon seul regret, c'est de ne pas avoir pu ôter votre robe et défaire votre chignon.

Quand elle passa la main dans les cheveux de Geoffrey pour les ramener en arrière, il huma son parfum. Une nouvelle note se mêlait à ses fragrances habituelles de fruits rouges. Du jasmin ? Il n'aurait su le dire.

— Vous sentez merveilleusement bon, murmura-t-il.

— Vous aussi.

Elle poussa un soupir.

— J'ai mon éponge dans mon sac, mais j'ai encore oublié de l'utiliser.

Un petit rire échappa à Geoffrey.

— Pourquoi pensez-vous que tant de femmes tombent enceintes, alors qu'un certain nombre d'entre elles savent éviter une grossesse ?

Il pressa son bassin contre le sien d'un geste lascif et ajouta :

— Parce que nous autres libertins sommes tellement irrésistibles que nous vous faisons oublier toute raison.

Puis, d'un ton plus grave, il murmura :

— Diana, ma tendre déesse, je vous aime.

— Moi aussi, Votre Grâce, je vous aime.

Comme il fronçait les sourcils, elle éclata d'un rire léger.

— Je vous aime, Geoffrey Brookhouse, que vous soyez duc, ingénieur ou maître de forges. Un jour, il faudra tout de même que vous me disiez ce qu'est exactement un maître de forges.

Il s'avisa alors que c'était la première fois qu'elle lui avouait ses sentiments. Peut-être s'était-il imaginé, au cours de l'heure qui venait de s'écouler, que le cœur de Diana lui était tout acquis, mais plus jamais il ne commettrait cette erreur.

Une heure, déjà ? Bon sang, le temps avait filé…

Déjà, la voiture ralentissait. Ils arrivaient au relais de poste où ils devaient changer de chevaux.

— Vous devriez vous rasseoir à votre place, Diana. Vous aurez peut-être besoin de quelques instants pour remettre de l'ordre dans votre tenue.

— Hum ? fit-elle d'un ton rêveur.

Elle dut remarquer à son tour que la voiture ralentissait, car elle ouvrit des yeux ronds.

— Enfer ! marmonna-t-elle.

Elle se jeta sur la banquette d'en face et se rajusta de son mieux. Amusé, Geoffrey s'essuya avec un mouchoir avant de se rhabiller.

— Enfer ? On dirait que j'exerce une très mauvaise influence sur vous.

Elle lui adressa un sourire espiègle, tout en remettant son fichu.

— Pas pire que celle que j'exerce sur vous.

Il lui fallut un effort de volonté pour ne pas l'asseoir de nouveau sur ses genoux.

— Je vais sortir quand nous nous arrêterons, dit-il. Je veux m'assurer que nous suivons la même route que Winston et Rosy.

Elle hocha la tête, tout en rajustant son chignon.

— De quoi ai-je l'air ? demanda-t-elle.

— D'une femme qui vient de se faire trousser par un libertin.

— Geoffrey !
— Je plaisantais ! Vous êtes superbe, pourquoi ?
— Parce que j'aurai besoin d'aller aux toilettes.
— Essayez de faire vite. Nous ignorons combien d'heures ils ont d'avance sur nous.

21

Lorsque Diana regagna la voiture, elle était un peu plus présentable. Elle avait fait une toilette de chat avec de l'eau de rose, et remis une touche du luxueux parfum au jasmin qu'elle s'était offert la semaine précédente. Il ne lui restait qu'à espérer que si... *quand* ils retrouveraient Winston et Rosy, ceux-ci ne devineraient rien des ébats auxquels ils venaient de se livrer. Difficile de sermonner les fuyards si Grenwood et elle étaient enveloppés des effluves musqués de l'amour !

Elle ne fut pas surprise de trouver son compagnon en grande conversation avec le garçon d'écurie.

— Ah, la voici, dit Geoffrey en mettant une pièce dans la paume du jeune homme. Merci pour votre aide.

Une fois qu'ils furent remontés en voiture et eurent repris leur chemin, elle demanda :

— Des nouvelles ?

— Ils ont moins d'avance sur nous que je ne le craignais, peut-être pas plus d'une heure.

Elle poussa un soupir de soulagement.

— Tant mieux. Dans ce cas, nous pouvons encore les rattraper.

— Espérons-le.

— Qui avez-vous dit que nous étions, à ce garçon d'écurie ?

— Un couple marié, voyons. M. et Mme Brookhouse. Et ce n'est qu'un demi-mensonge, puisque je compte bien vous épouser dès que possible. Je présume que vos sœurs accepteront d'organiser le mariage ?

— Vous plaisantez ? Nous nous en occuperons *toutes les trois*. Mais je vous laisserai peut-être faire une ou deux suggestions.

— Le seul point où j'ai quelque chose à dire, c'est le buffet. J'ai goûté un certain nombre de recettes de lady Verity, et je veux bien vous dresser la liste de mes préférences.

— Laissez-moi deviner. La pâte d'amandes vient en premier ?

— Bravo.

Un silence s'installa entre eux. Diana cherchait comment poser la question qui lui brûlait les lèvres.

— Je vous écoute, ma douce, dit Grenwood.

— Vous lisez dans mon esprit, à présent ?

— À l'occasion.

Elle opta pour une approche directe.

— Qu'est-ce qui vous a fait changer d'avis et décider de m'épouser malgré les rumeurs qui agitent toujours Newcastle ? Sans parler du comportement déplorable de vos oncle et tante !

— Voyons... D'abord, quatre longues journées loin de vous.

— À d'autres ! Vous m'avez évitée pendant trois semaines, après notre premier baiser.

— Ah, mais c'était *avant* de vous faire l'amour.

À ces mots, les joues de Diana la brûlèrent.

— C'est vrai, mais après cela, nous ne nous sommes pas beaucoup vus non plus.

— Cette fois, ce n'était pas volontaire. Et je ne vivais que dans l'attente des moments où je vous croiserais. C'est ce qui m'a donné le courage de vous dire la vérité.

Il croisa les bras sur son torse.

— Après quoi, vous m'avez reproché de ne pas avoir tout révélé à ma mère et à ma sœur.

Le cœur de Diana se serra.

— Oh, non ! C'est pour ça que Rosy s'est enfuie avec Winston ? Vous lui avez parlé ?

— Ainsi qu'à ma mère, oui. Et je ne le regrette pas. Grâce à cela – grâce à vous –, j'ai appris bien des choses. Par exemple, que Rosy en savait plus que je ne l'avais cru. Ou que mère avait entendu les rumeurs qui couraient en ville sur le laudanum. Elle croyait qu'il en avait trop pris par inadvertance, mais elle le trouvait bien naïf d'imaginer que le médecin et l'apothicaire resteraient discrets. Au moins, elle sait à présent qu'elle n'aurait rien pu faire pour éviter le drame. Manifestement, la décision de père était prise depuis longtemps.

— Et Rosy ? Comment a-t-elle pris vos révélations ?

— Mal. Elle était furieuse qu'il m'ait confié son secret, et pas à elle.

— Pas étonnant. Je pense qu'elle est fatiguée que vous accapariez toute l'attention.

— Alors elle a fugué pour qu'on s'occupe d'elle ?

— À mon avis, elle a fugué parce qu'elle est amoureuse.

À contrecœur, elle lui parla de son échange avec Winston à l'Almack's et attendit sa réaction.

— Se pourrait-il qu'il soit vraiment amoureux d'elle ? demanda-t-il.

Surprise qu'il ne lui reproche pas de lui avoir caché cet épisode, elle répondit :

— C'est possible. Ou, à tout le moins, assez épris pour la traiter avec respect. Il n'a pas un mauvais fond ; il a juste pris un peu plus de temps que vous pour décider de se ranger.

— Je présume qu'il n'a pas commencé à quatorze ans, admit Grenwood.

Il semblait enfin envisager que Rosy épouse Winston.

— Et vous êtes certaine que ce n'est pas un chasseur de dot ? reprit-il cependant.

— Ma foi, une bonne dot leur permettrait de vivre plus confortablement. Nous avons croisé sa grand-mère l'autre jour alors que nous faisions des emplettes, Eliza et moi. Nous avons un peu discuté, et je lui ai demandé quelles étaient les perspectives de Winston s'il se mariait un jour. Elle m'a assuré qu'elles étaient tout à fait correctes. Il touche une pension de son père, même s'il a peu de chances d'hériter du titre. Toutefois, je ne peux vous assurer que son frère, qui doit prendre la succession, continuera de lui verser la même somme. Cela dépendra en grande partie du testament de leur père.

— Vous a-t-elle indiqué le montant de sa pension ?

Elle le lui révéla, avant d'ajouter :

— Je crains que cela ne suffise pas pour vivre à Londres.

Grenwood hocha la tête.

— Je présume que si on y ajoute la dot de Rosy, ils devraient s'en sortir, poursuivit-elle. Au fait, à combien s'élève-t-elle au juste ?

Quand Grenwood lui répondit, elle écarquilla les yeux de stupeur.

— Et vous avez peur des chasseurs de dot ? Avec un montant aussi faible ?

— Eh bien, je trouvais que c'était plutôt large quand mon père l'a établie, mais hier, j'ai reçu les factures pour les robes...

Il tressaillit.

— Entre cela et vos honoraires, il est clair qu'une dot généreuse à Newcastle devient ridicule à Londres.

Diana laissa échapper un petit rire navré.

— Pas étonnant que ni elle ni votre mère ne nous en aient jamais révélé le montant.

— Elles n'auraient pas pu. Je ne le leur ai pas dit.

Comme Diana fronçait les sourcils, il s'empressa d'ajouter :

— Je craignais qu'elles ne le révèlent par imprudence et que nous n'ayons tous les chasseurs de dot de la ville à notre porte. Comment aurais-je pu deviner que c'est une somme dérisoire, comparée aux critères de la capitale ?

— Il est sûr que s'ils essaient de vivre à Londres avec si peu, ils seront vite criblés de dettes. Surtout s'ils tentent de maintenir le train de vie qu'ils ont connu jusqu'à présent.

— Le croyez-vous capable d'être fidèle ?

— Qui peut le savoir ? J'ai toujours supposé que ma mère resterait fidèle à mon père, mais je me trompais. Si vous avez une méthode pour prédire ce genre de chose, je suis tout ouïe ! Elegant Occasions gagnerait une fortune avec un tel outil.

Il fronça les sourcils d'un air pensif.

— J'ai peut-être un moyen de m'assurer de son sérieux, mais n'allons pas trop vite en besogne. Nous ne les avons pas encore rattrapés.

— Quand ce sera fait, nous ne pourrons plus discuter. J'ai besoin de savoir ce que vous avez décidé, parce que si vous souhaitez attendre avant le mariage...

— Non. Mère a dit quelque chose qui m'a fait réfléchir. Père redoutait avant tout d'être pris pour un fou. Il se moquait que son suicide prive sa famille de tous ses biens au bénéfice de la Couronne.

Elle prit une profonde inspiration pour se donner du courage.

— Peut-être votre père vous a-t-il manipulé pour parvenir à ses fins.

— Vous pensez ? demanda-t-il sèchement. Je me suis fait la même réflexion. Après m'avoir vu pendant des années aussi proche de mon grand-père maternel, il s'est peut-être senti abandonné.

— Sans vouloir vous offenser, il me fait vraiment l'effet d'un...

— D'un sale type ? Oui, je comprends, mais il a passé sa vie à lutter contre la mélancolie. C'est pour cela qu'il buvait, ce qui ne faisait qu'aggraver sa situation.

Ses accents amers se teintaient d'une émotion que Diana reconnut pour l'avoir éprouvée quand sa propre famille avait volé en éclats.

— Vous n'avez pas encore fait le deuil de votre père, n'est-ce pas ?

Il la regarda d'un air surpris.

Le cœur serré, elle poursuivit :

— Vous avez été tellement occupé à remplir la mission qu'il vous avait assignée que vous n'avez pas eu le temps de le pleurer.

Il passa une main sur son visage d'un geste las.

— Disons simplement que je ne veux pas finir comme lui. Je ne veux pas renoncer à ma volonté de vivre.

— Je ne vous dis pas que vous devriez vous jeter dans le fleuve par chagrin, juste que vous pouvez maintenant faire la paix avec le fait qu'il est parti. Et avec la personne qu'il était.

— Vous voulez dire, un alcoolique dépressif ?

— À ce propos…, reprit-elle, pensive. La mélancolie fait partie des éléments qu'on prend en considération pour déclarer quelqu'un *non compos mentis*. Si vous déteniez des preuves qu'il était souvent d'humeur dépressive, vous pourriez en faire usage pour démontrer sa folie. Si les choses en venaient là, bien sûr…

— Je préférerais que ce ne soit pas le cas.

Diana poussa un soupir.

— D'accord, mais s'il fallait en arriver là, vous garderiez vos possessions et ne subiriez que le scandale et les rumeurs. Il y en a toujours, je le sais mieux que quiconque, mais on prend sa vie en main et on avance malgré les ragots. Un jour, Rosy m'a dit qu'à Newcastle vous étiez un célibataire convoité. Et vous êtes un expert dans votre profession, l'un des plus brillants diplômés de l'académie de Newcastle upon Tyne. Je suis sûre qu'il se trouvera plus de gens pour prendre votre défense que pour vous accuser de parricide. Vous répondrez aux soupçons avec panache.

— Comme vos sœurs et vous.

— Oui, comme mes sœurs et moi.

Elle prit ses mains dans les siennes.

— Peut-être serait-ce le moment de consulter un notaire, ou un enquêteur discret, pour déterminer si des gens prennent au sérieux la rumeur affirmant que vous avez assassiné votre père. Ou vous pourriez demander à un ami à Newcastle. Vous devez bien en avoir, là-bas ?

Il sourit.

— Quelques-uns. J'espère bien qu'aucun d'entre eux ne me croirait capable de meurtre !

— Sans compter que vous avez hérité du duché bien après son décès.

— Oui, mais cela ne prouve rien. On répondra que quiconque prêtait un peu attention à la transmission de ce titre savait que mon père était le suivant sur la liste.

Il pressa affectueusement les mains de Diana.

— Mais ne vous inquiétez pas pour tout cela.

— Non. Le plus important, c'est que quoi qu'il arrive, nous l'affronterons ensemble.

— Vous avez raison.

À cet instant, l'attelage s'arrêta.

Diana regarda par la fenêtre.

— Nous sommes en rase campagne, s'étonna-t-elle. Que se passe-t-il ?

Son compagnon descendit de voiture, puis revint, un grand sourire aux lèvres.

— Nous les avons trouvés.

— Non, c'est non ! Je ne rentrerai pas à la maison avec toi, Geoffrey ! s'écria Rosy.

Pourquoi avait-elle choisi ce jour pour affirmer son indépendance ? Mystère. Geoffrey avait bien envie de jeter sa sœur sur son épaule et de la traiter comme une enfant, puisque c'était ainsi qu'elle se comportait, mais il devait s'en abstenir. Ne serait-ce que parce que Winston semblait aussi furieux qu'il l'était lui-même.

Peut-être le moment était-il venu de proposer un compromis.

— Bien, mais tu ne vas pas non plus à Gretna Green, répondit-il. Si je t'abandonne ici avec cette voiture dont l'essieu est brisé, que feras-tu ? Ce n'est pas votre cocher qui va le réparer.

— Nous allons marcher jusqu'à la prochaine auberge, déclara Winston en prenant Rosy par la main.

— Je vous assure que jamais ma sœur n'effectuera dix kilomètres dans cette tenue. Et si vous vous obstinez à vous rendre à Gretna Green, elle ne touchera pas un sou de sa dot. Ce qui incitera sans nul doute votre père à vous déshériter.

Sans laisser à Rosy le temps de protester, il leva une main.

— J'ai une proposition que vous pourriez trouver acceptable, poursuivit-il. Elle est parfaitement équitable et vous permettra de vous marier comme il convient, à l'église et entourés de vos familles.

— Acceptez au moins de venir en discuter dans notre voiture, suggéra Diana. Nous avons un panier de pique-nique plein de victuailles.

Winston se tourna vers Rosy.

— Qu'en pensez-vous, mon amour ?

— Je présume que nous pourrions au moins écouter ce qu'ils ont à dire, répondit-elle dans un soupir. Mon propre père a été déshérité, et il en a profondément souffert.

Elle se rapprocha de Winston et darda un regard noir sur Geoffrey.

— Mais pas de coup bas ! l'avertit-elle. N'en profite pas pour tenter de nous ramener à Londres avant que nous puissions descendre de ta voiture !

— Impossible. Nous devrions faire tourner l'attelage, et vu le temps que prend la manœuvre, vous auriez tout loisir de descendre.

Rosy dut admettre la logique de l'argument.

Une fois tout le monde installé dans la voiture autour du panier de pique-nique, Geoffrey présenta son idée.

— J'approuverai votre union à condition que Winston travaille d'abord avec moi pendant un an.

— Travailler ? répéta ce dernier. À quoi ?

— À ce que vous voudrez. Stockdon & Fils a des chantiers à travers tout le pays. Ou si vous préférez, vous pouvez aller sur mon domaine pour apprendre à le gérer.

À la surprise de Geoffrey, Winston parut intéressé.

— J'ai quelques idées sur la rotation des cultures que j'aimerais essayer, dit-il. Mon père ne veut même pas y réfléchir.

— Eh bien moi, je veux bien. Je n'ai jamais eu de propriété, alors c'est peut-être vous qui allez m'apprendre à diriger la mienne.

— Il s'agit bien de Castel Grenwood dans le Yorkshire, n'est-ce pas ?

— Exactement. Je dois terminer un chantier à Manchester, et j'en ai pour un an. Je pensais que vous pourriez m'aider à le finir, mais si vous préférez jouer le maître du château, cela me va également.

— Nous pourrions nous voir, intervint Rosy en serrant la main de Winston.

— Non, Rosy, décréta Geoffrey. J'aiderai Winston à s'essayer à n'importe quel emploi que je peux lui proposer, mais seulement si vous restez loin de l'autre pendant un an.

— Un an ! gémit-elle.

— C'est à prendre ou à laisser.

La jeune femme se tourna vers Diana.

— Vous comprenez que c'est bien trop long, n'est-ce pas ? Ne pouvez-vous intercéder pour votre cousin ?

— L'année passera vite, promit Diana à Rosy. Votre frère veut seulement s'assurer que votre fiancé peut entretenir une épouse et lui offrir une source de revenus si vous en aviez besoin tous les deux.

— Et moi ? Je vais rester à la maison avec maman pendant un an ?

— Votre frère et moi allons nous marier, annonça Diana. J'espérais que vous pourriez m'aider à organiser la noce. Cela vous donnerait des idées pour la vôtre, l'an prochain.

Geoffrey admira l'intelligence de sa future épouse. Ainsi, Rosy verrait combien la vie à Londres était chère, surtout en regard des maigres ressources dont les jeunes gens disposeraient s'ils s'opposaient à leurs familles.

— Et qui sait ? poursuivit Diana. Je pourrais vous transmettre le flambeau. Vous avez beaucoup appris ces deux derniers mois en matière de style vestimentaire. Avec mon aide, vous pourriez devenir d'ici un an une véritable experte.

Geoffrey donna un petit coup de genou amical à sa cadette.

— J'essaie de me comporter avec toi mieux que les Brookhouse avec père et mère. Je n'ai aucune envie de te couper les vivres, Rosy, mais je dois m'assurer que tu... que *vous* êtes conscients de ce à quoi vous vous engagez tous les deux.

— Qu'en pensez-vous ? demanda-t-elle à Winston.

Il lui pressa la main.

— J'en pense que c'est une offre généreuse. À un point près...

Il se tourna vers Geoffrey :

— Vous nous autoriserez à passer une journée ensemble chaque mois. Dûment chaperonnés, cela va de soi.

Geoffrey sourit.

— Tant que cela n'interfère pas avec votre travail, je suis d'accord.

Winston poussa un soupir.

— Alors je présume qu'il ne me reste plus qu'à aller récupérer nos affaires dans la voiture.

Alors qu'il descendait, Rosy s'exclama :

— Je vais vous aider !

Et elle sauta de la voiture à sa suite. Geoffrey voulut les suivre, mais Diana le retint.

— Ils ne vont pas se sauver ! Où iraient-ils ? Et vous n'allez pas les priver de quelques instants en tête à tête.

— Que pensez-vous de tout ceci, mon amour ? Vont-ils y arriver ?

— Le temps le dira, répondit-elle en posant une main sur sa joue. Si leurs sentiments sont sincères, ils trouveront toujours le moyen de préserver leur couple, ne croyez-vous pas ?

— Ce que je crois, c'est que ma future épouse est remarquablement intelligente. Et maintenant, nous pouvons rentrer à la maison, ma douce.

Quand il l'embrassa, il sentit son cœur vibrer d'amour. Auprès de Diana, il serait toujours à la maison.

Épilogue

Londres, printemps 1812

Diana, duchesse de Grenwood, se tenait avec ses sœurs et son époux sur la terrasse de Grenwood House qui donnait sur le jardin, alors que les vœux nuptiaux étaient échangés. Puis lady Rosabel Brookhouse, désormais lady Winston Chalmers, se tourna vers son tout nouvel époux pour l'embrasser.

— Ça, c'est un baiser, murmura Eliza. Voilà un homme qui connaît son affaire.

Grenwood ricana.

— Il a eu le temps de s'entraîner.

— Distinguerais-je une nuance d'envie ? s'enquit Verity.

— Certainement pas ! protesta Geoffrey d'un ton offensé.

— Ma foi, j'ignore si vous êtes doué pour embrasser, commenta Eliza. Diana n'a jamais rien voulu nous dire à ce sujet.

— Croyez-moi, assura celle-ci, il est incomparable.

Dans un murmure théâtral, elle ajouta :

— C'est lui qui veut que je dise ça. En vérité, il est effroyable.

— Pardon ? s'offusqua Grenwood, attirant tous les regards vers lui.

Rosy et Winston étaient en train de passer entre les invités pour se diriger vers la maison, où les attendait le repas de mariage.

Diana éclata de rire.

— Vous savez bien que je plaisante, voyons.

— Je ne suis pas près de vous embrasser de nouveau, rétorqua-t-il d'un air boudeur.

Elle posa une main sur son ventre qui s'arrondissait.

— Ma foi, ce serait peut-être raisonnable…

Ses sœurs éclatèrent de rire. Les autres invités – qui étaient peu nombreux, pour respecter les préférences de Rosy et Winston – suivaient à présent les mariés dans la maison, mais les trois sœurs s'attardèrent sur la terrasse.

— C'était un mariage parfait ! s'exclama Verity. Diana, tu t'es surpassée pour la robe.

— Entre nous, j'ai à peine eu mon mot à dire.

— Le passepoil le long des manches lui donne tout son chic, fit remarquer Eliza.

— C'était une idée de Rosy, répondit Diana. Ainsi que les volants au bas de la jupe.

— Je n'ai jamais vu une femme aimer autant les volants, renchérit Verity. Elle en mettrait à ses chaussures, si elle avait la place.

Diana secoua la tête.

— J'aimerais bien avoir des pieds aussi menus que les siens !

— Vous êtes parfaite, rectifia son mari. Comme toujours.

Verity leva les yeux au ciel d'un air accablé.

— Peut-être devrions-nous rentrer pour poursuivre notre évaluation.

— Que voulez-vous évaluer ? s'étonna Geoffrey.

— Le mariage, voyons, répondit Eliza.

— Pourquoi évaluer un mariage que vous avez organisé vous-mêmes ? insista-t-il alors qu'ils entraient dans la salle à manger.

Verity se tourna vers Diana et désigna Grenwood d'un coup de menton.

— Tu ne lui as pas encore demandé ?

— J'attendais le bon moment.

— Me demander quoi ? grommela Grenwood.

— Votre avis sur la façon dont Rosy a préparé ce mariage, répondit Diana. Ou plutôt, chaque aspect de l'organisation. C'était son idée. Elle a beaucoup appris au cours des onze derniers mois, mais elle voulait qu'on évalue ses compétences dans les différents domaines. Nous avons accepté de lui transmettre nos connaissances, puis de rendre notre verdict, mais nous voulions aussi avoir les impressions d'un profane. Nous avons demandé à votre mère, mais elle a répondu que son jugement serait trop subjectif.

— Et pas le mien ? s'étonna Grenwood.

— Vous êtes le frère le plus intransigeant que je connaisse, répliqua Diana, mais n'ayez crainte. Vous ne serez pas seul dans cette tâche. Norris se charge d'évaluer la musique, et votre valet de chambre l'aspect vestimentaire.

— Et moi, quelle catégorie dois-je juger ?

— Le repas.

— C'est dans mes cordes ! Je n'aurai qu'une question : où est la pâte d'amandes ?

— Il n'y en a pas, répondit Verity. Lord Winston n'y tenait pas, et Rosy non plus.

— Ah, ah ! J'enlève dix points d'office, pour ne pas avoir pris en compte les préférences des invités.

Diana lui jeta un regard en biais.

— Vous voulez dire d'un invité en particulier.

Il se redressa, comme piqué au vif.

— Je suis le frère de la mariée et le témoin du marié. J'ai mon mot à dire sur la pâte d'amandes, quand même !

— Je vous avais prévenues qu'il ferait un juge lamentable, marmonna Diana. Par contre, donnez-lui une roue hydraulique et un moulin, et il vous les évaluera en un clin d'œil.

— C'est une catégorie ? demanda Grenwood. Parce que je fais cela toute la journée. Je peux juger la construction de la terrasse, si vous voulez ?

— Non merci, répondit Eliza.

Il haussa les épaules d'un air blasé.

— Tant pis.

— Oh, regardez ! Rosy lance le bouquet ! s'exclama Verity en entraînant Eliza à sa suite.

— Allons nous asseoir, si cela ne vous ennuie pas, dit Diana à son époux. Sa Future Seigneurie est en train de s'agiter.

Grenwood tendit aussitôt une main, qu'elle posa à l'endroit où une petite bosse s'était formée. Quand le bébé donna un nouveau coup de pied, il éclata de rire.

— Vous êtes consciente que c'est peut-être une fille ?

— Ce serait merveilleux ! s'exclama Diana. Elle pourrait hériter de l'agence.

— Et nous pourrions choquer encore la bonne société, ricana Geoffrey.

Pour lui, la perspective était sans doute alléchante. Il adorait « choquer la bonne société ». Il voulut entraîner Diana vers sa place au banquet, mais elle murmura :

— Serait-ce gênant si je m'asseyais quelques minutes dans un bon fauteuil devant le feu ?

— Pas pour moi.

Ils s'éclipsèrent discrètement et se rendirent au salon. Dans un soupir de bien-être, Diana se laissa tomber sur un siège.

— Juste quelques minutes, dit-elle.

— Je reste avec vous.

— Mais le banquet...

— ... pourra attendre, l'interrompit-il fermement.

Elle l'observa avec attention.

— Que pensez-vous de cette union entre Rosy et Winston ?

— Elle est heureuse, c'est tout ce qui compte. Et il s'est montré plutôt bon travailleur. La gestion du domaine l'intéresse plus que moi, pour tout vous dire.

Elle éclata de rire.

— Avouez-le, vous faites une bonne équipe, Winston et vous. Vous supervisez la rénovation de Castel Grenwood, pendant qu'il administre les terres et les fermages.

— C'est vrai. Je reconnais qu'il est très efficace.

— La vie à Newcastle ne vous manque-t-elle pas ? questionna-t-elle.

Il s'assit sur le canapé.

— Rarement. Jusqu'à présent, cela me suffit de m'y rendre de temps à autre. Il a fallu un moment pour que les rumeurs se calment, mais quand les gens ont vu que mon comportement n'avait pas changé et que je continuais de recruter du personnel pour Stockdon & Fils, ils ont compris que je n'étais pas un duc hautain pressé d'oublier ses humbles débuts.

Il avait engagé un notaire, qu'on lui avait recommandé pour sa discrétion et dont l'aide avait été précieuse. Quand il lui avait exposé les circonstances du décès de son père, l'homme avait répondu qu'un délai suffisant s'était écoulé sans qu'aucune enquête soit diligentée, et qu'il était peu probable qu'on s'avise maintenant d'accuser Geoffrey de meurtre, ou son père de suicide. À présent, les éventuelles preuves avaient disparu.

De plus, le notaire avait écarté l'idée que l'oncle et la tante Fieldhaven puissent contraindre les autorités de Newcastle à se pencher sur l'affaire. Ils n'avaient jamais vécu à Newcastle et seraient considérés comme des importuns tentant de semer la discorde en ville.

Et si, par le plus grand des hasards, ils s'avisaient de déclencher une action légale, le notaire se faisait fort de démontrer que lord Grenwood n'avait pas tué son père, sans même avoir besoin de faire usage de la lettre du suicidé. Il avait d'ailleurs recommandé que ce courrier soit brûlé, ce que Grenwood avait fait immédiatement.

— Nous devrions aller à Newcastle quand le bébé sera né, dit Diana.

— Ils vont adorer cela, chez Stockdon & Fils. Ils seront heureux de voir la nouvelle génération de Brookhouse.

Il chercha le regard de Diana.

— Vous êtes consciente, j'espère, que vous m'avez sauvé la vie.

— Allons ! fit-elle.

— Je suis très sérieux.

Il se pencha vers elle pour prendre sa main et y déposer un baiser.

— Qui sait combien de temps j'aurais dû vivre avec cette épée de Damoclès au-dessus de la tête ? C'est vous qui m'avez ouvert la porte de la prison où mon père m'avait enfermé.

— Ah, mais c'est vous qui l'avez franchie. C'est vous qui avez accompli le plus difficile.

— Si vous le dites...

Il s'agenouilla près d'elle.

— Vous ai-je dit aujourd'hui que je tenais à vous plus qu'à tout ? Que vous êtes le soleil de mon univers et la lune de mes nuits ?

— Pas aujourd'hui, et pas de façon aussi poétique, répliqua-t-elle, les larmes aux yeux. Et voici ce que je vous répondrai : moi aussi, je vous aime. Vous m'avez enseigné que la passion n'a de sens qu'avec l'amour. Et pour mon plus grand bonheur, vous êtes à moi.